南 英男

特命警部

実業之日本社

実業之日本社文庫

目次

第一章　口封じの疑い

1

被害者は血みどろだった。
死因は失血死だ。ほぼ全身に無数の金串《かなぐし》を突き立てられている。
血を吸った衣服は、真っ赤だった。痛ましい姿だ。
頬《ほお》にも、二本の金串が埋《う》まっていた。死者の顔面は歪《ゆが》んでいる。実に惨《むご》たらしい。
長くは死体写真を正視できなかった。
畔上拳《あぜがみけん》は、鑑識写真の束《たば》をコーヒーテーブルの上に置いた。
警視庁の副総監室である。本庁舎の十一階だ。隣室は警視総監室だった。
十一月上旬のある日の午後だ。二時過ぎである。

畔上は、副総監の折方達巳《おりかたたつみ》警視監とソファセットに坐《すわ》っていた。向かい合う形だった。五十四歳の折方は知的な風貌で、学者のような印象を与える。切れ者の警察官僚《キャリア》だ。

畔上は四十一歳で、副総監直属の覆面捜査官である。つまり、隠密《おんみつ》刑事だ。刑事歴は長い。本庁に配属されたのは、二十五歳のときだった。

捜査一課第三強行犯捜査殺人犯捜査第五係を振り出しに捜査二課知能犯係、組織犯罪対策部第四課と渡り歩き、一年数カ月前まで警務部人事課監察で主任監察官を務《つと》めていた。職階は警部だ。

いま現在は、特命捜査対策室に籍を置いている。

だが、それは表向きの異動だった。特命捜査対策室に畔上の机はない。職務も与えられていなかった。

文武両道の畔上はオールラウンドの優《すぐ》れた刑事と高く評価されていたが、自我が強く誇り高い。権力や権威にひざまずくことを最大の恥と考えていた。

したがって、階級社会で羊のように従順な生き方をしている多くの同僚たちとは反《そ》りが合わなかった。もともと彼らとは価値観が違う。

といっても、別に畔上は変人というわけではない。

常識的な人づき合いはしている。しかし、職場の者たちと馴《な》れ合うようなことはなかった。いかなる場合も、是々非々《ぜぜひひ》主義を貫《つらぬ》く。

そんなことで、畔上はどのセクションでも異端者扱いされた。その一方で、凄腕《すごうで》と一目置かれる存在でもあった。折方副総監が畔上を伸びやかに捜査活動に専念させたいと考え、非公式に特命刑事に任命したのだ。

畔上は、主に第一期の一カ月では落着しなかった捜査本部事件を極秘に洗い直している。これまでに七件の殺人事件を解決に導《みちび》いた。前例のない活躍ぶりだ。折方は喜んでいる。

副総監直属の特命捜査官といっても、特別手当は一件につき二十万円と少ない。ただし、捜査費はふんだんに遣《つか》える。情報を金で買うことも認められていた。

専用捜査車輌《しゃりょう》は、左ハンドル仕様《しよう》の黒いジープ・チェロキーだ。そのせいで、聞き込み先で刑事と見破られたことは一度もない。

畔上はフリージャーナリスト、信用調査会社の調査員、各種のセールスマン、結婚相談所職員などを装って、事件の手がかりを集めている。偽名刺や模造身分証明書を使い分け、めったに警察手帳は呈示《ていじ》しない。

官給拳銃は、たいていチーフズ・スペシャルかシグ・ザウエルＰ230ＪＰだ。

しかし、畔上はオーストリア製のグロック32の常時携行を特別に許可されている。高性能な自動拳銃だ。命中率は高い。

畔上は目下、独身である。妻の朋美《ともみ》は五年前の春、交通事故死してしまった。享年《きょうねん》三十二だった。夫婦は、まだ子宝に恵まれていなかった。

畔上は亡妻が飼《か》っていたオウムの世話をしながら、東中野《ひがしなかの》の賃貸マンションで暮らしている。間取りは2LDKだったが、妙に広く感じるときもあった。

孤独な心を癒《い》やしてくれるのは、渋谷のクラブ『エトワール』でピアノの弾き語りをしている佐伯真梨奈《さえきまりな》の存在だった。

三十三歳の真梨奈は、どこか翳《かげ》りのある美女だ。聴き手の魂を揺さぶるような歌声に酔い痴《し》れるファンは少なくなかった。

真梨奈の面立《おもだ》ちは、亡《な》くなった朋美と似ていた。円《つぶ》らな黒目がちの瞳とほっそりとした鼻はそっくりだった。色白であることも同じだ。唇の形は、わずかに違う。

畔上は、真梨奈に密《ひそ》かな想《おも》いを寄せていた。

だが、『エトワール』でそんな素振りを見せたことはない。店のホステスから真梨奈には恋人がいると聞いていた。横恋慕《よこれんぼ》はみっともないと自分にブレーキを掛けてきたのである。

「およそ三週間前に代々木署管内で殺害された八木敏宗《やぎとしむね》巡査部長は、きみが人事一課監察で主任監察官をやってたころの部下だったね？」

　折方副総監が確かめた。

「そうです。八木は、まだ三十四だったのに……」

「惜《お》しいね。捜一《そういち》の新沼卓《にいぬますぐる》理事官が届けてくれた捜査資料によると、被害者はごく最近まで池袋署の留置管理課巡査をマークしてたらしい。その巡査は傷害容疑で留置されてる暴力団組員に自分の携帯電話を貸し与えて、被疑者の内縁の妻から十万円の謝礼をもらった上に、その彼女をホテルに連れ込んだ。八木巡査部長は、その裏付《ウラ》けを取ろうと動いてたそうだよ」

「わたしも捜査資料に目を通しましたが、その若林悠樹《わかばやしゆうき》という二十六歳の留置管理係は本部事件には関わってないでしょう」

「なぜ、そう思うんだね？」

「自分の携帯を被疑者《マルヒ》に貸して、その内妻をホテルに連れ込むような小悪党には殺人《コロシ》はできませんよ」

「なるほど、そうだろうな。若林は不正の有無《うむ》を首席監察官に詰問されたとたん、全身を震わせはじめたそうだ。そんな小心者が被害者《マルガイ》を廃工場の天井からロープで吊《つ》るして、三十本近い金串を突き刺すなんてできないだろうね」

「そう思います」

「となると、代々木署に出張《でば》って第一期捜査に当たった本庁殺人犯捜査六係の連中が絞った三人がやはり怪しいんだろうか」

「その三人には事件当日のアリバイがあるんで、一応、容疑は晴れたんでしょう。ですが、三人のうちの誰かが金で実行犯を雇ったとも考えられます」

「そうだね。捜査線上に浮かんだ伏見昌平《ふしみしょうへい》、戸塚友哉《とつかともや》、桜井由香《さくらいゆか》の三人を直《じか》に揺さぶってみてくれないか」

「はい」

「三人とも元警察官だから、当然、きみのことは知ってるだろう。その三人の再聞き込みに身分を隠す必要はない。上層部の指令で、捜査本部《チョウバ》の側面支援をすることになったと明かしてもかまわんよ」

「わかりました」

「それにしても、監察係は損な役回りだね。正しいことをやってるのに、逆恨《さかうら》みされてしまう」

「ええ、そうですね」

畔上は相槌《あいづち》を打った。

警視庁警務部人事一課の監察係たちを束《たば》ねているのは、有資格者《キャリア》の首席監察官だ。その下に二人の管理官と四人の主任監察官がいて、それぞれ十四、五人の部下がいる。いわゆる平《ひら》の監察係だ。八木も、そのひとりだった。

監察係は、およそ四万八千人もいる警視庁警察官・職員の不品行や犯罪に目を光らせている。法の番人である警察官も人の子だ。邪心から法を破った者が毎年、警視庁だけで十数人は懲戒免職になっている。

マスコミで大きく報じられることは少ないが、例年、全国で五、六十人の警察関係者が職場から追放されていた。警視庁は警察庁の首席監察官たちと連動して、悪徳警官の摘発に励んでいる。

身内を売る恰好《かっこう》になってしまう監察係たちは、ほかの警察関係者から快《こころよ》く思われていない。スパイとか点数稼ぎと陰口をたたかれ、露骨に忌《い》み嫌う者さえいる。

殺された八木巡査部長は人一倍、正義感が強かった。モラリストでもあった。

被害者の亡父は牧師だった。八木は幼いころから、清く正しく生きることを親に教え込まれたのだろう。あらゆる不正や犯罪を暴《あば》くことに使命感を燃やしていた。

畔上は、何がなんでも職務を全《まっと》うしようとする八木の青臭《あおくさ》さに閉口した憶《おぼ》えがある。

正直に言えば、うっとうしかった。

畔上自身は、くだけた人間である。犯罪にこそ手は染めていないが、人間の狡《ずる》さや愚《おろ》かさも識《し》っていた。他人を咎《とが》めるほど立派な生き方はしていない。事実、畔上はアンモラルなこともしている。

哀《かな》しいことだが、俗人は聖者のようには生きられない。他者の少々の過《あやま》ちには目をつぶってもかまわないのではないか。

情《じょう》に絆《ほだ》されたルール違反は、個人的には見逃してやりたいとさえ思っている。もちろん、一般市民を泣かせるような罪は赦《ゆる》せない。

正義の使者気取りで警察関係者の不品行や違法行為を暴いていた八木の生真面目《きまじめ》さは、さすがに疎《うと》ましかった。それでも彼を評価していたのは、その無器用さにある種の好感を覚えていたからだ。

高度経済成長時代を迎えると、多くの日本人は物質面での豊かさを追い求めるようになった。

その結果、拝金《はいきん》主義者が世の中にはびこるようになった。損か得かだけを考えている者は、どうしても心根《こころね》が卑《いや》しくなる。

堕落した人間が目立つ時代に八木のような硬骨漢がいることは、ある意味では清々《すがすが》しい。救いにもなる。彼の極端な潔癖さには困惑していたが、純な面は嫌いではなかった。

「被害者は独身で、交際してる女性もいなかったようだね」

折方が言った。

「だと思いますよ。八木は、恋愛下手でしたから」

「そうなら、寂しい人生だったのではないか」

「客観的にはそういうことになるのかもしれませんが、八木はそれなりに充実してたんじゃないのかな」

「そうなら、いいんだがね。きみは、八木の群馬の実家の近くにある教会で営まれた葬儀には列席したんだろう？」

「いいえ、行きませんでした」

「えっ、そうだったのか」

「薄情と思われたでしょうが、わたしなりに八木を悼《いた》みましたんでね。弔《とむら》いは形式ではありません。生きてる間は、ずっと故人のことを忘れない。それが最善の供養になるんではないでしょうか」

「ドライなんだね。それはそれとして、かつての部下が殉職したんだ。畔上君の手で、なんとか犯人《ホシ》を割り出してやってくれないか」

「そうしてやりたいですね」

畔上は控え目に応じた。

「捜査本部から上がってきた報告書を読んで、わたしは三年前まで新宿署生活安全課にいた伏見昌平、三十八歳が最も怪しい気がしたよ」

「そう思われた根拠を聞かせていただけますか」

「いいとも。伏見は在職中に歌舞伎町の約百八十の組事務所をくまなく回って、毎月のように小遣いをせびってたらしい」

「そのことは主任監察官時代に過去の調査記録を読みましたので、わたしも知ってます。伏見は悪知恵が発達してて、訪ねた先で決して恐喝になるような言葉は口にしなかったようです。財布を落としたんで、タクシー代を貸してほしいと数万円ずつ出させてたらしいんですよ。法的には、寸借詐欺《すんしゃくさぎ》に当たります」

「悪質だな。そういうたかりなら、立件は難しい」

「ええ、そうですね。仮に立件しようとしても、相手方がまず被害事実を認めないでしょうから」

「だろうな。一カ所で三万円ずつせしめてたとしても、月に総額五百万円以上になる。

しかし、そのたかりは立証できなかったわけだ」

「ええ。その代わり、八木は伏見が竜神会《りゅうじんかい》の大幹部と会食中に手入れの情報を流してるときの音声をＩＣレコーダーに録《と》ってたんですよ。で、伏見を懲戒免職に追い込んだわけです。伏見は、情報提供料として三百万円を受け取ってました」

「伏見は収賄罪《しゅうわい》で起訴されて、一年半の有罪判決を受けたんだったね？」

　折方副総監が訊《き》いた。

「そうです。ですが、三年の執行猶予が付いたんで、刑務所《ムショ》には入ってません。伏見は判決が下《くだ》って間もなく、竜神会の盃《さかずき》を貰いました。とんとん拍子に貫目《かんめ》が上がって、いまや大幹部のひとりです。竜神会は首都圏では五番目にランクされてますが、それでも構成員は二千人もいます」

「異例のスピード出世だね。竜神会としては、まだまだ元刑事には利用価値があると判断したんだろうな」

「そうにちがいありません。伏見は免職になった翌月、妻子に去られてしまいました。そのことで、八木を逆恨《さかうら》みしてたことは間違いないでしょう」

「八木巡査部長に脅迫電話がかかってきたことは？」

「二、三回ありましたね。それから、八木が住んでる単身者宿舎に野良犬の生首が送り届けられたこともあったな。ですが、八木は少しも怯《ひる》みませんでした」

「被害者は根性があったんだね」

「ええ」

「亀有《かめあり》署の交通課に二年ほど前までいた戸塚友哉、四十五歳は交通違反の揉《も》み消しを重ね、八木巡査部長に免職に追い込まれたんだったね？」

「そうです。戸塚の父親は公立中学の元校長で、倅《せがれ》の不祥事を知った晩に服毒自殺してしまったんですよ」

畔上は答えた。

「そのことで、戸塚は八木を逆恨みしてたんじゃないのかね」

「ええ、その通りです。一年あまり前に戸塚は本庁舎の通用口付近で待ち伏せして、八木の服に墨汁を浴びせたことがあります。その件で、確か書類送検されたはずですよ」

「そうした子供じみた仕返しをする男が、八木を殺害する気になったとは思えないな。しかし、まだ完全にシロと断定するのは早計だろうね。恨みというものは、そう簡単に消えるもんじゃないからな」

「そうですね」

「外事二課《ソトニ》にいた桜井由香、三十五歳は不倫相手の新聞記者《ブンヤ》に中国と北朝鮮の公安捜査情報を漏《も》らした疑いがあって、八木巡査部長の監察対象になったんだったな？」

折方が問いかけてきた。

監察係たちが不審な警察官の身辺を探《さぐ》る場合、〝捜査〟という言葉は使わない。〝監察〟という言い方をする。昔からの習わしだ。身内を最初から被疑者扱いすることにためらいがあるせいだろう。

「ええ、そうです。桜井由香は公安情報をリークしたことを素直に認めたんですが、不倫相手はそれを否認しつづけたんですよ。それで結局、不起訴処分になったんです」

「そう。桜井由香は免職後、東京国税局職員の夫に離縁されて、いまは高級売春クラブの支配人めいたことをやってるようだな。ずいぶん落ちぶれたもんだね。不倫相手の霧島賢吾《きりしまけんご》、四十三歳も毎朝タイムズを解雇されて、有名人の自伝やエッセイを代作してるそうだよ」

「ダブル不倫してた二人の自業自得なんでしょうが、人生設計が大きく狂ってしまったことになります」

「そうだね。桜井由香だけじゃなく、霧島賢吾も八木巡査部長を逆恨みしてたんではないのかな。畔上君、懲戒免職になった三人は当然だが、元新聞記者もついでに調べてみてくれないか」

「了解しました」

「二期目から八係の連中を追加投入したんだが、それでも加害者を検挙《アゲ》られなかったら、捜査一課の名折《なお》れだ。なんとしてでも、二期目内に片をつけてくれないか」

「ベストを尽くします」

畔上は控え目な返事をした。

折方がソファから腰を浮かせた。副総監は自分の執務机に歩み寄ると、引き出しから茶封筒を取り出した。中身は捜査費だろう。

じきに折方副総監が戻ってきて、コーヒーテーブルの上に厚みのある茶封筒を置いた。

「今回の捜査費として、とりあえず二百万円を渡しておく。足りなくなったら、いつでも言ってくれ。すぐに補充するよ」

「わかりました」

「グロック32は、自宅マンションに保管してあるね？」

「ええ」

「危険を伴《ともな》う捜査には、必ず拳銃を携行《けいこう》したほうがいいな。命のスペアはないからね。

畔上君、何があっても死なないでくれよな」

「殺されたって、くたばりませんよ」

畔上は札束の入った茶封筒と捜査資料をまとめて掴《つか》み上げると、ソファから勢いよく立ち上がった。折戸に一礼し、副総監室を出る。

エレベーターを待っていると、私物の携帯電話が鳴った。

畔上はベージュのカシミヤの内ポケットから携帯電話を取り出し、ディスプレイに目をやった。発信者は飲み友達の原圭太《はらけいた》だった。

三十九歳の原はマルチ型の起業家だ。ＩＴ関連会社、ファンド運営会社、ゲームソフト開発会社、アパレル会社、音楽配信会社、調査会社などを手広く経営している。

商才には長《た》けているが、単に利潤だけを追い求めている金の亡者《もうじゃ》ではない。原は人生を最大限に愉《たの》しみたくて、次々に新規事業を興《おこ》してきたのである。

畔上は六年前、原と銀座の老舗《しにせ》バーで知り合った。二人は意気投合し、親交を重ねてきた。月に二、三回は、酒を酌《く》み交わしている。

原は鳥居坂《とりいざか》にある高級賃貸マンションに住んでいるが、物欲はあまり強くない。年収八億円以上だが、その半分は匿名《とくめい》で福祉施設に寄附していた。原も、まだ独身だ。彼に言い寄る女たちは多いが、特定の恋人はいなかった。

「畔上《アゼ》さん、今夜あたり渋谷のいつものクラブで飲《や》りませんか？　真梨奈ちゃんの歌を聴きながら、ゆっくりとグラスを傾けましょうよ」

「そうしたいとこだが、少し前に特命の出動指令が下《くだ》ったんだ」

畔上は、原には自分が単独で覆面捜査をしていることを明かしていた。そればかりか、時には飲み友達に捜査に協力してもらっていた。原は、いわば民間人の相棒だった。

「そういうことなら、今夜はひとりで『エトワール』で飲むか」

「原ちゃんと飲みたい気もするから、行けたら、店に顔を出すよ。でも、行けるかどうかわからないぜ」

「時間の都合がついたら、店に来てください。それでは、そういうことで！」

原が電話を切った。

畔上は携帯電話を折り畳み、エレベーターの下降ボタンを押し込んだ。黒い四輪駆動車は、地下二階の車庫に駐《と》めてあった。

2

門扉《もんぴ》には南京錠《なんきんじょう》が掛かっている。

廃工場は、渋谷区上原《うえはら》二丁目の外れにあった。元段ボール製造工場だ。

兄弟で共同経営していたのだが、半年以上も前に倒産してしまった。経営者の兄弟は、工場の敷地の所有権を巡って簡易裁判所で係争中だった。

畔上は鉄扉《てっぴ》をよじ登り、廃工場の敷地に飛び降りた。

もう四十路《よそじ》だが、運動神経はまだ衰《おとろ》えていない。身長百七十八センチで、体重は六十五キロだった。筋肉質の体型で、顔立ちは男臭い。

工場は格納庫に似た造りだった。

大きな両開きの戸には、小さな潜《くぐ》り戸があった。潜り戸はロックされていなかった。

畔上は工場の中に足を踏み入れた。

まだ午後三時を回ったばかりだが、薄暗かった。すでに機械類は取り払われ、がらんとしている。

目が暗さに馴《な》れた。

畔上は工場の中ほどまで進んだ。目を凝《こ》らすと、コンクリートの床に黒ずんだ血痕《けっこん》が見えた。頭上には鉄骨の梁《はり》が伸びている。

十月十二日の夜、八木敏宗はこの廃工場に連れ込まれた。そしてロープで吊るされ、体に金串を次々に突き立てられた。司法解剖で死亡推定時刻は、午後九時から同十時半の間とされた。

ロープや金串には、加害者の指掌紋《ししょうもん》はまったく付着していなかった。手袋を嵌《は》めてから犯行に及んだことは明白だ。血溜《だ》まりの周辺には、犯人の物と思われる靴痕が幾つも遺《のこ》っていた。

靴のサイズは二十七センチで、有名メーカーの紐靴《ひもぐつ》と判明した。だが、二万足以上も販売されていた。

履物《はきもの》から加害者を割り出すことは困難だ。また、事件現場からは数人の毛髪が採取された。その中に殺人者の頭髪が混じっている可能性はあるが、物証としては弱い。その種の遺留物から犯人を突き止めることは無理だろう。捜査本部は事件現場周辺で聞き込みを重ねたが、不審者や怪しい車輛の目撃証言は得られなかった。

本庁殺人犯捜査第六係と代々木署の刑事たちは被害者の血縁者、友人、知人、同僚にも地鑑《ちかん》捜査をした。しかし、事件を解く手がかりは得られなかった。

むろん、捜査班は元段ボール工場を経営していた五十代の兄弟からも事情聴取した。それぞれの交友関係を調べたが、被害者に悪感情を持つ人物はひとりもいなかった。捜査本部は現場周辺の家々から防犯カメラの画像を借り受けたが、それも徒労に終わった。つまり、これまでの捜査では特に収穫はなかったことになる。

畔上はロングピースをくわえ、使い捨てライターで火を点《つ》けた。深く喫《す》いつけ、煙草《たばこ》を足許《あしもと》に寝かせる。線香代わりだった。畔上は合掌してから、殺害された八木がクリスチャンであることを思い出した。改めて十字を切る。

「八木、必ず主《しゅ》のそばに行かせてやるよ」

畔上は声に出して呟《つぶや》き、天井を仰《あお》いだ。

次の瞬間、脳裏に八木がロープで吊るされている姿が浮かんだ。彼が金串を突き立てられるシーンも明滅した。犯人に対する憤《いきどお》りが一気に膨《ふく》らむ。

畔上は頭を振って、残忍な情景を頭の中から消した。

小型懐中電灯を点け、無駄を承知で工場内を歩いてみる。やはり、何も見つからなかった。

畔上は燃えくすぶっている煙草の火を踏み消し、大股で工場を出た。

門扉を乗り越え、付近の民家のインターフォンを鳴らす。八木の従兄《いとこ》になりすまし、事件当夜のことを訊《たず》ねてみた。予想通り、異変に気づいた住民はいなかった。

畔上はジープ・チェロキーに乗り込み、車を新宿に向けた。

竜神会の本部は歌舞伎町二丁目にある。二十分そこそこで、目的地に着いた。

本部は八階建ての持ちビルで、花道《はなみち》通りに面していた。代紋や提灯《ちょうちん》は掲《かか》げられていないが、ひと目で組事務所とわかる。

テナントプレートにもっともらしい社名が並んでいるが、防犯カメラの数がやたらに多い。一・二階の窓の半分は、鉄板で塞《ふさ》がれていた。ビルの前には、これ見よがしにベンツやロールスロイスが横づけされている。

畔上は四輪駆動車を竜神会本部の前に停めるなり、ホーンを高く響かせた。一度ではなかった。断続的に三回鳴らした。

案の定《じょう》、ビルの表玄関から若い男が飛《と》び出してきた。二十五、六歳で、丸坊主だった。眉《まゆ》を剃《そ》り落とし、額に卍《まんじ》の刺青《いれずみ》を入れている。典型的な三白眼だった。

畔上はパワーウインドーを下げた。坊主頭の男が車を回り込んできた。

「クラクションなんか鳴らしやがって！　なんだってんだよっ。てめえ、どこの者《もん》なんだ？」

「殴り込《カチコミ》みじゃないから、いきり立つなって。おれは伏見の知り合いだよ」

「そうでしたか。失礼しやした」

「伏見はいるかい？」

「まだお見えになってません」

「そうかい。あいつがてめえの家《ヤサ》にいるとは思えねえ。新宿署にいられなくなったとき、女房と子供に去られちまったからな。実はおれ、昔、渋谷署にいたんだよ」

畔上は、でまかせを口にした。

「そうなんですか。で、いまはどちらの系列《スジ》を噛《か》んでらっしゃるんです？」

「おれは一匹狼だよ。極上《マブネタ》の覚醒剤《シャブ》が手に入ったんで、伏見にちょいと点数稼がせてやろうと思ってな」

「品物《ブツ》はどのくらいあるんです？」

「十五キロは卸せる。竜神会がまとめて引き取ってくれるんだったら、相場の半値で回してやってもいいぜ」

「おいしい話っすね」

「伏見は最近、新しい情婦《いろ》に熱を上げてるらしいじゃないか。おおかた、その愛人《レコ》のマンションに昨夜《ゆうべ》は泊まったんだろうな」

「いい勘してるっすね。多分、そうなんだと思います」

「おれは、その彼女のことを知らねえんだ。ちょっと事情があって、一日も早く取引の話をまとめたいんだよ」

「そうっすか」

丸坊主の男は困惑顔になった。すかさず畔上は、三枚の万札を相手に握らせた。

「これで、煙草でも買ってくれ」

「なんか悪いっすね。伏見さんは、余丁町《よちょうまち》にある『新宿レジデンシャルパレス』の七〇八号室にいます。その部屋に住んでる彼女が、最近の愛人《レコ》なんですよ」

「女の名は?」

「服部志穂《はっとりしほ》さんっす。二十八、九だけど、マブい女っすよ。歌舞伎町でペットショップとネイルサロンを経営してて、割に金は持ってるようっす」

「伏見はしっかりしてるから、金回りのいい女を見つけるのがうまいんだ」

「そうみたいっすね。でも、いまは彼女に貢《みつ》いでる感じっすよ。つい先月、ＢＭＷのスポーツカーを買ってやったみたいっすから」

「そうかい。惚《ほ》れた女には、いいとこを見せたいんだろうよ」

「ええ、そうなのかもしれないっすね」

「それはそうと、伏見は三週間ぐらい前に若い者《もん》に誰かを殺《や》らせてないか?」

「えっ⁉」

「そんな噂《うわさ》を小耳に挟んだんだ。あいつが殺人事件に絡《から》んでたら、ちょっと麻薬《ヤク》は卸せないな」

「おれが知ってる限り、伏見さんはそんなことはやらせてないと思うっすよ」

「そう」

「おたく、本当に伏見さんの知り合いなんすか？」

相手が訝《いぶか》しんだ。

「何を疑ってるんだっ。おれを怪しいと思うんだったら、この車の助手席に乗れよ。一緒に余丁町のマンションに行こうや」

「いや、そこまでしなくても……」

「そうか。なら、おれは行くぜ」

「え、ええ」

「おれから煙草銭を貰《もら》ったこと、伏見には言わないほうがいいな。あいつ、口の軽い奴は昔っから大嫌いなんだよ。場合によっては、伏見に半殺しにされるかもしれないからな。たったの三万で、そんな目に遭《あ》ったんじゃ、割に合わないだろうが？」

「そうっすね。おれ、伏見さんには何も言わないっすよ」

「そのほうがいいな」

畔上は丸坊主の男に言って、四輪駆動車を発進させた。歌舞伎町の中心街を迂回《うかい》し、靖国通り《やすくにどお》りに出る。

市谷《いちがや》方面に進み、富久町《とみひさちょう》の外れを左に折れた。『新宿レジデンシャルパレス』は数百メートル先にあった。

畔上は、マンションの植え込みの際《きわ》にジープ・チェロキーを寄せた。

いつの間にか、陽《ひ》は大きく傾いていた。運転席を出ると、ひんやりとした風が吹きつけてきた。

畔上は『新宿レジデンシャルパレス』の表玄関に急いだ。大層なマンション名だが、出入口はオートロック・システムにはなっていなかった。

エントランスロビーに入り、エレベーターで七階に上がる。七〇八号室のインターフォンを鳴らすと、スピーカーから女の声が流れてきた。

「どなたかしら？」

「隣の七〇七号室に引っ越してくることになってる者ですが、挨拶《あいさつ》に伺《うかが》いました。中村《なかむら》といいます」

「それは、わざわざご丁寧に。わたし、服部です。よろしくね」

「こちらこそ、よろしくお願いします。あのう、お近づきのしるしにつまらない物ですが、お渡ししたいのですが……」

「わかりました。いま、そちらに行きます」

「恐れ入ります」

畔上はドアから離れた。

待つほどもなく、七〇八号室のドアが開けられた。現われたのは、派手な顔立ちの女だった。不自然なほど目鼻立ちが整っている。美容整形手術を受けたのだろう。

「ちょっと部屋の外に出てほしいんだ」

畔上はＦＢＩ型の警察手帳を見せ、小声で部屋の主に言った。相手が緊張した表情でうなずき、歩廊《ほろう》に出てきた。

「服部志穂さんだね？」

「はい」

「部屋に伏見昌平がいるでしょ？」

「ええ。彼、何か危《ヤバ》いことをやったんですか？」

「ひょっとしたら、ある殺人事件に関わってるかもしれないんだ。伏見が十月十二日の前日か前々日、誰かに会って何かを頼んだ気配はうかがえなかったかな？」

「そういうことはなかったと思うけど、記憶がはっきりしません。だから、確かなことは……」

「そう。伏見から、八木敏宗という名を聞いた憶《おぼ》えは？」

「いいえ、ありません。その方は？」

「警視庁警務部人事一課で監察係をしてたんだが、十月十二日の晩、何者かに殺害されたんだ。伏見が以前、新宿署生活安全課の刑事だったことは知ってるでしょ？」

「ええ、それはね」

「伏見は現職のころに暴力団から金を貰って、手入れの情報なんかを教えてた。それで、八木に摘発されて、伏見は懲戒免職になったんだよ」

「そうだったの。警察を辞めたのは、俸給が少ないからだと言ってたけど」

「ちょっと伏見に確かめたいことがあるんで、あなたの部屋に入らせてもらいたいんだ。かまわないかな？」

畔上は承諾《しょうだく》を求めた。

「ええ、かまいません」

「それではお邪魔させてもらうが、あなたは部屋の外にいてほしいんだ。伏見が逆上して、暴れるかもしれないんでね」

「わかりました」

「伏見は丸腰じゃないよね？　護身用のピストルか、短刀《ドス》を持ち歩いてると思うんだが……」

「わたしの部屋に来るときは、いつも物騒《ぶっそう》な物は所持してません」

「そう。しかし、あなたがとばっちりで怪我をするかもしれないから、とにかく部屋には入らないでほしいんだ」

「わかりました。わたし、あっちにいます」

志穂がエレベーター乗り場に足を向けた。

畔上は静かにドアを開け、靴を脱いだ。玄関ホールに繋《つな》がっている短い廊下の先は、リビングルームになっていた。居間には誰もいなかった。

間取りは2LDKだった。LDKを挟んで左手に和室があり、右手には洋室があった。抜き足で進む。

伏見は右手の寝室にいた。ダブルベッドに胡坐《あぐら》をかき、競馬新聞を読んでいた。パジャマの上に、濃紺のウールガウンを羽織《はお》っている。

「あんたは本庁の……」

「畔上だよ」

「な、何だって、あんたがここに来たんだ⁉」

「単刀直入に訊《き》くぞ。そっちが誰かに人事一課監察の八木を殺《や》らせたんじゃないのか？　おまえは八木に犯罪を暴かれて、収賄罪で逮捕《パク》られた。そのことを根に持ってたとも考えられるからな」

　畔上は競馬新聞を床に叩き落とした。

「何を言ってやがるんだっ。その件では、きれいに容疑が晴れたはずだ。代々木署に設置された捜査本部は、事件当夜のアリバイの裏付けを取ってるんだよ。いまごろ寝《ね》呆《ぼ》けたことを言わねえでくれ。十月十二日の夜、おれは義理掛けで、ある親分の通夜に列席してた」

「そのことはわかってる。おまえが実行犯だとは考えちゃいない」

「おれが誰かに八木を始末しろって命じたとでも疑ってやがるのか⁉　冗談じゃねえ。おれはシロだ。真っ白だよ」

　伏見がダブルベッドから滑り降り、畔上の前で肩をそびやかした。

　しかし、畔上は気圧《けお》されなかった。伏見は肩こそ厚いが、小柄だった。

「そっちは職を失った上に、妻子にも愛想を尽かされた。八木を逆恨みしたくなっても、別に不思議じゃない」

「八木を逆恨みしてたんじゃないかって？　逆だよ、逆！」

「どういうことだ？」

「おれは八木に摘発されて収賄容疑で起訴されて、懲戒免職になった。女房や子供に背を向けられたことは少しショックだったが、かえって警察官《サツカン》を辞めるきっかけができてよかったと思ったよ。八木って監察係を逆恨みするどころか、感謝したいぐらいだったぜ」

「前々から、いずれ警察とはおさらばする気だったのか？」

「ああ。あんたは大卒だが、おれは高卒で巡査になったんだよ。交番《ハコ》で何年か頑張ったんで、所轄署の刑事になれた。抜擢《ばってき》されたときは嬉しかったね」

「そうだろうな」

「けどさ、大卒組も高卒組も一般警察官《ノンキャリア》は、所詮《しょせん》、単なる働き蟻《あり》にすぎない。使い捨ての駒《こま》だった。二十九万人近い巨大組織を動かしてるのは、およそ六百人の警察官僚《キャリア》だよな？」

「そんなことは、警視庁の採用試験を受ける前からわかってたはずだ。警察は階級社会だからな」

「ああ、百も承知だったさ。けど、キャリアの連中が一般警察官《ノンキャリア》のことを裏で単なる駒扱いしてることまでは知らなかったよ」

「そんなふうに思い上がってる警察官僚がいることは、おれも知ってる。しかしな、まともなキャリアもいる。数こそ少ないがな」

畔上は言った。

「そうかもしれない。けど、おれは尊敬できるような警察官僚《キャリア》と出会うことはなかった。大卒のノンキャリアの中にも、おれたち高卒組を見下《みくだ》してる奴は結構いたよ。そいつらはおれたちが大学に行ってないから、すべての面で自分らよりも劣《おと》ってると思ってやがるんだ」

「そう思ってる奴がいたとしたら、そいつはただの低能だよ。学歴に関係なく、優《すぐ》れた奴は大勢いる」

「きれいごとを言うなっ。あんたは大卒だから、そんなことが言えるんだ。そういう上から目線も、おれたち高卒組は気に入らないんだよ。不愉快なんだっ」

「僻《ひが》み根性が強いな」

「なんだと⁉」

伏見が気色《けしき》ばんだ。

「殴り合うか？」

「ガキじゃあるまいし、あんたの挑発には乗らねえよ。なんか話が脱線した感じだけど、そんなわけで、おれはだいぶ前からやる気を失ってたんだ」

「で、職務をほったらかして、ヤー公どもにせっせとたかってたわけか。どんな組も叩けば、埃《ほこり》が出る。恐喝材料には事欠かなかったんだろうな」

「そのくらいの役得がなきゃ、高卒の警察官《サツカン》はやってられねえよ。警察官僚《キャリア》は偉そうなことを言ってるけど、異動のたびに裏金から捻出《ねんしゅつ》した餞別《せんべつ》を平気で何度も貰って、官費でしょっちゅう料亭や高級レストランに通ってる。上層部が腐り切ってるのに、下《した》っ端《ぱ》は真面目に職務に励めってか？　ふざけんなって！」

「見苦しい自己弁護だな。そっちは金銭欲に負けた小悪党だ」

「言いたいことを言いやがって！　くそ、頭にくるぜ」

「だったら、隠し持ってる拳銃《ドウグ》でも出すんだな」

「そんな物、持ち歩いちゃいねえ」

「伏見、正直に吐けよ。こっちは、おまえが第三者に八木を殺《や》らせたって証拠を握ってるんだ。凶器の金串に少しだけだが、実行犯の指紋《モン》が付着してたんだよ。そいつは、おまえに金で抱き込まれたと自白《ウタ》ってる」

　畔上は鎌をかけた。

際《きわ》どい誘導尋問《じんもん》だった。明らかに反則技だ。しかし、強《したた》かな犯罪者には正攻法は通用しない。

「汚《きたね》え手を使いやがる。違法捜査じゃねえかっ」

伏見が息巻き、畔上の胸倉を摑んだ。全身に怒りが漲《みなぎ》っていた。伏見は、八木殺しには関与していない。畔上は、そう直感した。刑事の勘だった。

「てめえ、おれを人殺しに仕立てて手柄を立てようって魂胆《こんたん》だな。ノンキャリアがどうあがいたって、警視止まりだろうがよ。そこまで出世したって、どうせキャリアどもの兵隊《へいたい》で終わるんだ。そんな人生、虚《むな》しいじゃねえか」

「だから、そっちみたいに警察官《サツカン》なんかさっさと辞めて、ヤー公になったほうがいいって言いたいわけか？」

「そうしたきゃ、そうしろや」

伏見が言った。

「おれは、おまえとは違う」

「どう違うんだ？」

「竜神会の大幹部になれても、所詮は駒だ。利用価値がなくなれば、おまえはお払い箱にされるだろうよ。そんなこともわからないのかい？」

畔上は冷笑し、伏見の右手首を外側に捻《ひね》った。伏見は横倒しに転がった。

「邪魔したな」

畔上は言い捨て、そのまま寝室を出た。

3

人影が動いた。

近くだった。『新宿レジデンシャルパレス』を出た直後だ。

畔上は視線を延ばした。

慌《あわ》てた様子で物陰に身を潜《ひそ》めた男は、黒いスポーツキャップを目深《まぶか》に被《かぶ》っていた。まだ若い。二十代の半《なか》ばだろう。格子柄の綿《めん》ネルの長袖シャツの上に、オリーブグリーンのパーカを重ねていた。下は白っぽい厚手のカーゴパンツだった。

捜査本部に詰めている若手刑事かもしれない。

畔上はそう思いながら、ジープ・チェロキーの運転席に腰を沈めた。

特命捜査で七人の殺人者を割り出したが、彼は犯人の身柄を直《じか》に捜査本部に引き渡したことは一度もない。折方副総監の腹心の部下の新沼理事官が加害者を捜査本部に連行していた。

その際《さい》、新沼理事官は犯人を検挙するまでの経過をぼかして、詳しいことは決して語らない。それでも捜査一課の殺人犯捜査係の面々は、理事官か上層部の人間が非公式に誰か現職刑事に極秘の支援捜査をさせていると睨《にら》んでいるはずだ。

本庁捜査一課の殺人犯捜査係は第一係から第十二係まである。都内の所轄署に設けられた捜査本部に派遣されるのは、第一係から第十二係のいずれかだ。各係は二つの班で構成されていて、一つの班には十数名の捜査員がいる。

本庁の捜査一課には、有能な刑事が多い。そんな彼らでも、第一期内で加害者を断定できないこともある。第二期目から別の係の十数人が追加投入されるわけだが、それでも事件が解決しない場合も珍しくない。

それなのに、覆面捜査でやすやすと真犯人を突き止める刑事がいたら、その正体を知りたくなるのは人情だろう。

いま代々木署の捜査本部には、本庁殺人犯捜査第六係と第八係の総勢二十数人が詰めている。そのうちの誰かが第一期捜査で容疑者リストに載《の》せられた伏見の周辺に張り込み、極秘捜査に携わっている者の正体を突き止めようとしているのではないか。

正体を知られたら、折方副総監の立場がまずくなる。覆面支援捜査のことは、もちろん警視総監の承認を得ていた。

とはいえ、非公式活動である。マスコミや市民団体に勘づかれたら、問題視されるにちがいない。捜査一課の正規捜査員たちも自尊心を傷つけられるだろう。

誰にも覚《さと》られないようにしなければならない。

畔上は自分に言い聞かせ、懐《ふところ》から刑事用携帯電話を取り出した。いわゆるポリスモードだ。当然、複数人との同時通話ができる。制服警官たちにはP《ピー》フォンが貸与されている。機能は、ポリスモードとほとんど変わらない。畔上は東都タクシー上野営業所に電話をかけた。スリーコールの途中で、通話可能状態になった。

「わたし、戸塚君の友人なんですが、彼はきょうは〝出《で》〟でしたっけね？」

「いいえ、明け番です」

「そうでしたか。それじゃ、戸塚君は大崎《おおさき》の自宅にいるんだろうな」

「ええ、多分ね」

電話口に出た年配と思われる男が、面倒臭そうに応じた。

戸塚友哉は職場ではあまり好かれていないのかもしれない。あるいは、亀有署時代の悪事を同僚たちに知られ、警戒されているのか。

交通課勤務の長い退職警官は、タクシー会社、バス会社、運送会社などに再就職することが多い。そうした者たちを雇っておけば、当たり屋グループや暴力団関係者に因縁《いんねん》をつけられた場合、対処しやすいからだ。そんなことで、懲戒免職になった戸塚もタクシードライバーになれたのだろう。

畔上は、ポリスモードをジャケットの内ポケットに戻した。右のポケットだ。官給の刑事用携帯電話《ポリスモード》は、いつも左の内ポケットに入れてある。ＦＢＩ型の警察手帳も同じだ。

畔上はグローブボックスから捜査資料を摑み出し、戸塚の自宅の住所を確認した。品川区大崎三丁目二十×番地だ。立正《りっしょう》大学の裏手あたりか。

畔上は四輪駆動車を走らせはじめた。

徐行運転しながら、気になる男が走り入った物陰に目を向ける。そこには、誰もいなかった。そっと姿をくらましたのだろう。

畔上は加速した。

新宿通りから溜池《ためいけ》経由で港区を抜け、品川区に入る。戸塚の自宅は、東急池上《いけがみ》線の大崎広小路駅の近くにあった。ありふれた二階家だった。敷地はさほど広くない。五十坪もないだろう。住宅密集地帯だった。道路は狭かった。

畔上は、ジープ・チェロキーを戸塚宅のブロック塀《べい》に寄せた。エンジンを切って、何気なくミラーを見る。

三十メートルほど後方に白いカローラが停まっていた。見覚えがあった。『新宿レジデンシャルパレス』を後《あと》にしてから、幾度かミラーに映っていた。スポーツキャップを被った男に尾行されていたのか。

畔上は手早くエンジンを始動させ、ギアをR《リヴァース》レンジに入れた。アクセルを踏み込み、車を十四、五メートル後退させる。

畔上はミラーを仰《あお》いだ。カローラの運転手は体を横に傾け、グローブボックスから何かを取り出そうとしていた。顔は確認できなかったが、黒いスポーツキャップは見えた。余丁町で物陰に隠れた者だろう。

畔上はカローラのナンバープレートを読んだ。数字の上に〝わ〟の字が冠されている。レンタカーだ。代々木署の捜査本部に出張《でば》っている刑事が尾行者だったとしても、覆面パトカーは使えない。ナンバーと無線機のアンテナで、たちまち捜査車輛と見破られてしまうからだ。

第六係か第八係の者がレンタカーで、自分を尾《つ》けているのか。

そう思ったとき、カローラが急に猛スピードでバックしはじめた。四、五十メートル先で、脇道に入った。追っても間に合わないだろう。

た。


　畔上は、助手席のパネルを引き剝《は》がした。無線機とパソコンの端末が埋まっている。

　畔上は端末を操作して、レンタカーのナンバーを照会した。

　レンタカー会社の営業所は、造作なくわかった。畔上は、その営業所に電話をかけた。

　すぐに若い女性従業員が電話口に出た。

「白いカローラを借りた者なんだが、どうもブレーキの利《き》きがよくないんだよね。大丈夫かな」

　畔上は作り話をして、レンタカーのナンバーを告げた。

「お客さまは若林悠樹さんですね？」

「そ、そう」

「ご安心ください。ご利用のカローラは、貸し出す寸前に点検済みですので」

「それなら、心配ないな。安心したよ。ありがとう」

　畔上は謝意を表し、通話終了キーを押した。ポリスモードを懐に戻す。

　池袋署で留置管理係を務めていた若林は留置中のやくざに自分の携帯電話を貸し与え、十万円の謝礼を受け取った。さらに被疑者の内妻をホテルに連れ込んだことを八木に暴かれ、懲戒免職になった。

畔上は経験則で、そうした小悪党が殺人を犯すはずはないと極《き》めつけてしまったのだが、それは早合点だったのだろうか。

いったい若林は、なぜ伏見の動きが気になったのか。

それが謎だった。若林は伏見が竜神会の構成員か誰かに八木を葬《ほうむ》らせたと筋を読み、やくざになった元刑事を強請《ゆす》る気でいるのだろうか。

そうだとしたら、もう畔上を尾行する必要はないはずだ。おそらく若林は、八木殺しの犯人には見当がついていないのだろう。

しかし、元巡査である。捜査本部が第一期捜査で伏見昌平、戸塚友哉、桜井由香の三人を怪しんでいた事実を調べることも可能だ。疑惑を持たれていた三人のうちの誰かが本部事件に関与しているかもしれないと推測し、真相に迫ろうとしているのか。

そうだったなら、別に正義感に衝《つ》き動かされたのではないだろう。若林は真犯人を割り出したら、その人物が逮捕される前に多額の口止め料を脅《おど》し獲《と》る気なのではないか。

そこまで考え、畔上は自分の筋の読み方に自信を持てなくなった。

若林が警察官だったのは、わずか数年だ。それも捜査畑で働いていたわけではない。

捜査資料によると、若林は練馬区内で二年ほど派出所勤務をしてから、池袋署の留置係になっている。どう考えても、そんな彼が単独で殺人事件の加害者にはたどり着けないだろう。

若林は、八木を殺した真犯人に雇われたのではないか。そして、捜査本部が伏見たち三人を完全にシロと見ているかどうかを見極める役目を引き受けたのかもしれない。そういうことなら、納得できる。

畔上はジープ・チェロキーを降り、戸塚宅に向かった。じきに目的地に着いた。

インターフォンのボタンを押し込むと、女性の声で応答があった。

「どなたでしょうか?」

「警視庁の者です。失礼ですが、戸塚さんの奥さんですよね?」

「はい。妻の瑛子《えいこ》です。あのう、ご用件は?」

「ご主人にある事件のことで、改めて事情聴取させてほしいと思って、こちらを訪ねたんですよ。戸塚さんは明け番だそうですから、在宅されてますでしょう?」

「いいえ、外出してます」

「どちらにお出かけなんです?」

「インターフォンでの遣《や》り取りでは、ご近所の手前もありますんで、いま、そちらに行きます」

瑛子の声が途切れた。

畔上は門柱から少し離れ、低い鉄扉の前に立った。玄関のドアが開けられ、四十二、三歳の女性が姿を見せた。瑛子だろう。地味な印象で、表情が暗い。

「畔上といいます」

「瑛子です」

「ご主人の外出先を教えていただけますか」

畔上は門扉越しに小声で言った。

「戸塚は釣りに出かけたんですよ。金杉橋《かなすぎばし》の袂《たもと》から乗合船《のりあい》に乗って、木更津《きさらづ》沖でマコガレイ釣りをするんだとか言いまして……」

「朝早く出かけたんですね？」

「ええ、山手線の始発電車で。ＪＲ大崎駅まで徒歩で二十分弱で行けるんですよ」

「そうなんですか。乗合船が戻るのは、何時ごろなんでしょう？」

「午後四時半には、釣り船屋の前に戻ると聞いてます」

「釣り船屋の名は？」

「『津田屋《つだ》』です。多分、主人は釣り仲間と釣り船屋で釣果《ちょうか》を自慢し合ってるんでしょう。その後《あと》、仲間と一緒に釣った魚を行きつけの居酒屋に持ち込んで、捌《さば》いてもらってるんですよ。一杯のつもりが二杯になるんだと言って、たいがい家には終電で帰ってくるんです。いい気なもんだわ」

暎子が顔をしかめた。

「息抜きも必要でしょ？」

「それにしても、呑気《のんき》すぎますよ。それから、いい加減ですよね。亀有署時代に不始末を起こして懲戒免職になったのに、あまり反省してる様子もないんですから。義父が息子の不正を恥じて自死したときは、少ししょげてましたけどね」

「ショックだったんでしょう」

「ええ。わたしに経済力があったら、とっくに戸塚と別れてますよ。でも、まだ二人の子供は学生で教育費がかかるの。それだからね、みっともないけど、離婚しないで、この家に住んでるんですよ。この家を売って郊外に引っ越したいんだけど、主人が親から相続した不動産は絶対に手放したくないと言い張ってるの。扱いにくい旦那ですよ、まったく！」

「ご主人は生活費に困って、知人の交通事故の揉み消しをしてたわけじゃなかったんでしょ？」

「俸給だけで普通に暮らしていけましたよ、贅沢《ぜいたく》はできませんでしたけどね。でも、戸塚は海釣りが大好きなんですよ。いい釣り竿《ざお》や最新の電動リールをたくさん揃《そろ》えたかったんでしょう。乗合船の料金はひとり六千円から一万円弱なんだけど、月に七、八回は釣りに出かけてるから、いつも小遣いが足りなかったみたいね」

「それで、つい悪いとは知りながら……」

「ええ、交通違反の揉み消しをしてやるようになったんでしょうね。悪いことをしてたんですから、懲戒免職になっても仕方ありません。戸塚が悪いんです。ええ、そうですよ」

「十月十二日の夜、ご主人を摘発した八木という監察係が代々木署管内で殺害された事件はご存じでしょ?」

　畔上は確かめた。

「もちろん、知ってます。戸塚が以前、八木という方に墨汁を引っかけたことで、殺人の疑いを持たれて、しつこく取り調べを受けましたんでね」

「そうですか」

「亡くなった方に墨汁を浴《あ》びせた数日前、義父の法要があったんですよ。戸塚は集まった血縁者たちに義父を自殺に追い込んだのはおまえのせいだと強く責めたてられたんで、つい摘発者を逆恨みしてしまったんでしょう」

「それで本庁舎の通用口の近くで八木敏宗巡査部長を待ち伏せして、腹いせに墨汁を浴びせたんだな」

「そうなんです。戸塚は幼稚な仕返しをした自分に呆《あき》れてましたし、それなりに反省もしてましたよ。それなのに、捜査本部の方たちは夫の事件当日のアリバイを調べたり、交友関係を洗ったんです。少しでも怪しい点のある者は徹底的に調べるのが警察のやり方なんでしょうけど、主人は二十年も警察官をやってたんです。身内をそこまで疑うなんて、ひどすぎるわ」

瑛子が怒りを露《あらわ》にした。

「奥さんの気持ちもわかりますが、残念ながら、現職警官が人殺しをしたケースは一例や二例じゃないんですよ」

「それはわかってます。でも、戸塚は特に野心もない交通係だったんです。交通違反の揉み消しで得た謝礼だって、百数十万円だったんですよ。弁償できない額じゃありません」

「それは、その通りですが……」

「夫には愛想《あいそ》が尽きかけてるけど、そんな悪人じゃないわ。戸塚が八木という監察係を殺したなんて、絶対にあり得ません。いつまでも夫を疑うのはやめてください。主人がまだ怪しまれてることで悲観的になって、発作的に釣り船から海に身を投げたりしたら、誰が責任を取ってくれるんですっ。そんなことになったら、わたしと子供たちは警視庁を死ぬまで恨みますからね！」

「奥さんがそこまでおっしゃるなら、ご主人は潔白なんでしょう。しかし、一応、戸塚さんにもお目にかかってみたいんですよ」

「それをやめさせる権利はありませんから、好きなようにすればいいわっ」

「では、そうさせてもらいます」

畔上は瑛子に一礼し、ジープ・チェロキーに足を向けた。

歩きながら、前後に目をやる。怪しいカローラはどこにも見当たらない。若林は尾行を切り上げる気になったのだろう。

畔上は四輪駆動車に乗り込み、芝方面をめざした。

『津田屋』を探し当てたのは、およそ三十分後だった。街は昏《く》れなずんでいた。ジープ・チェロキーを川っぷちに停め、釣り船屋を覗《のぞ》く。

店先に出された円椅子《まるいす》に四人の中高年の男が腰かけ、釣り談義に耽《ふけ》っていた。

全員、ポケットの多いアングラージャケットを着込んでいる。男たちの足許《あしもと》には、大型の青いクーラーボックスが置いてあった。

捜査資料の中には、戸塚友哉の顔写真も入っていた。『津田屋』の店頭にいる男たちの中に戸塚はいなかった。

「戸塚さんはどこにいます？」

畔上は、漁師のように潮灼《しおや》けした六十年配の男に声をかけた。

「戸塚ちゃんなら、この並びにある『磯繁《いそしげ》』って居酒屋にいるよ。きょうの狙いはマコガレイだったんだけどさ、彼は座蒲団《ざぶとん》クラスの鮃《ひらめ》を一枚釣り上げたんだ」

「それは凄いな」

「『磯繁』の大将に釣った鮃を早く見せたくなったみたいで、三十分ぐらい前に先に店に行ったよ。後で、我々も合流することになってるんだ。おたく、戸塚ちゃんと同じタクシー会社の人？」

相手が問いかけてきた。

「ええ、まあ」

「特に趣味がないんだったら、海釣りをはじめなよ。東京湾は信じられないくらいに濁《にご》りが少なくなったんだ。ちょっと沖に出れば、江戸前の魚がわんさかいるよ」

「そうですか」

「仕立《したて》船じゃ銭《ぜに》がかかるけど、乗合船を利用すれば、安く上がる。ビギナーは、五目《ごもく》釣りからスタートするといいよ。戸塚ちゃんに仕込んでもらうんだね」

「機会があったら、戸塚さんの手ほどきを受けましょう」

畔上は話を合わせて、『磯繁』に向かった。

めざす居酒屋は、表通りの少し手前にあった。店の構えは気取っていないが、酒の肴《さかな》はいろいろ取り揃えているような感じだった。

畔上は店内に入った。

意外に広い。手前にテーブルが六卓並び、正面にL字型のカウンター席がある。右手は、小上《こあ》がりになっていた。テーブルごとに衝立《ついたて》で仕切られている。

戸塚は、奥の小上がりにいた。同じテーブルには、二人の中年男性が向かっている。釣り仲間だろう。

その席に近づいたとき、戸塚が立ち上がった。手洗いに行く気らしい。畔上は空席を目で探してる振りをした。

戸塚が店のサンダルを突っかけて、やはりトイレに向かった。畔上は、ごく自然に手洗いの前まで歩いた。

二分ほど待つと、トイレから戸塚が出てきた。あたりに人影は見当たらない。

畔上は警察手帳を短く呈示した。

「八木の事件の再聞き込みに協力してほしいんですよ」

「まだ、わたしを疑ってるのか⁉」

「八木がおたくの犯罪に目をつぶってやってたら、元校長の親父さんは死なずに済んだでしょうね」

「わたしには、れっきとしたアリバイがあるぞ。被害者の死亡推定時刻には、長距離《ロング》の客を乗せて小田原に向かってたんだ。実車中だったんだから、わたしが犯行を踏めるわけないじゃないかっ」

「おたくが実行犯じゃないことは間違いないでしょう。しかし、殺人教唆《きょうさ》の疑いがまるでなかったとは言い切れない」

「ずいぶん意地の悪いことを言うんだなっ。そこまで疑うのは人権問題だぞ。わたしが誰かに八木敏宗を殺《や》ってくれと頼んだとでも言うのか！」

「根拠があるわけじゃないんですが、そう疑うこともできなくはありません」

「わたしが懲戒免職になったからって、色眼鏡で見るな。不愉快だっ」

戸塚が目を尖《とが》らせた。畔上は、戸塚の顔を見据《みす》えた。戸塚がまっすぐに睨《にら》み返してくる。

畔上は職務で数多くの犯罪者と接してきた。犯歴を重ねた無法者でも疚《やま》しい気持ちがあるときは、無意識に視線を泳がせる。直視されることに耐えられなくなって、ほんの一瞬でも目を逸《そ》らしてしまうのだろう。

ところが、戸塚の視線は少しも揺るがない。畔上を睨《ね》めつけたまま、悔《くや》しげに下唇を噛んでいる。

「おたくは、殺人事件にはタッチしてなさそうだ」

「当たり前じゃないか」

「懲戒免職になった者で、八木を逆恨みしてた奴を知らないだろうか？」

「そんなこと、知るかっ。自分で地を這《は》って見つけ出せ！」

「一本取られたな。不快な思いをさせて、申し訳ありませんでした」

畔上は詫《わ》びて、踵《きびす》を返した。

4

部屋の窓は明るい。

若林悠樹の自宅は、豊島区長崎《ながさき》二丁目にあるワンルームマンションの一室だった。

畔上は四輪駆動車の中から、二〇三号室を見上げていた。

金杉橋の居酒屋を出てから、若林の自宅に回ってきたのである。元留置管理係巡査が伏見昌平の動きを探《さぐ》り、自分を尾行する理由を知りたくなったからだ。

ワンルームマンションの横には、白っぽいカローラが駐《と》められている。

午後七時過ぎだった。

張り込んでから、間もなく三十分が経《た》つ。畔上は幾度も二〇三号室に行き、若林を締め上げたい衝動に駆られた。

だが、そのつど思い留《とど》まった。若林が誰かに頼まれて動いている可能性もあった。そうならば、いま若林を追い詰めるのは得策ではない。

畔上は張り込む前に、コンビニエンスストアで缶コーヒーと数種の調理パンを買っておいた。缶コーヒーで喉《のど》を潤《うるお》しながら、調理パンを頬張りはじめる。

腹ごしらえをし終えたとき、二〇三号室の照明が消えた。

どうやら若林は外出するらしい。畔上はジープ・チェロキーを二十メートルほどバックさせ、すぐにヘッドライトを消した。

待つほどもなく若林がワンルームマンションから出てきた。せっかちにレンタカーに乗り込み、荒っぽく発進させた。

畔上はカローラが少し遠ざかってから、捜査車輌を走らせはじめた。

カローラは裏通りを走り抜け、山手通りに出た。行き先に見当はつかなかった。レンタカーは板橋方面に進み、ほどなく要町《かなめちょう》交差点の先にあるファミリーレストランの大駐車場に吸い込まれた。

畔上は、車をファミリーレストランの少し手前で路肩《ろかた》に寄せた。静かにジープ・チェロキーを降り、ファミリーレストランの駐車場を覗く。

カローラは道路寄りにパークされていた。レンタカーのライトは消されているが、なぜか若林は運転席から出ようとしない。ファミリーレストランの駐車場で誰かと落ち合うことになっているようだ。

畔上は、しばらく様子を見ることにした。

六、七分が流れたころ、三台の原付きバイクが次々にファミリーレストランの駐車場に乗り入れた。ライダーは十六、七歳の少年だった。三人ともヘルメットは被っていない。非行少年っぽい身なりで、髪を茶色に染めている。

ミニバイクは、カローラの前に停まった。

それを見届けてから、若林がレンタカーから出た。三人の少年はおどおどした様子で若林に近づき、各自が何かを手渡した。剝《む》き出しの紙幣だった。万札だろう。一枚ではなく、数枚だった。

若林は免職後、フリーター暮らしをしている。派遣で短期の肉体労働をしているらしい。若林は生活費に困って、非行少年グループから金をせびっているのか。そう見える。

若林が少年たちに短く何か言い、レストランの中に入った。畔上は駐車場に足を踏み入れ、三人の少年に歩み寄った。

少年たちが一斉に険《けわ》しい目を向けてくる。

「おっさん、何だよっ」

「おまえらは、若林に金をたかられてるようだな」

畔上は、リーダー格らしい少年に声をかけた。両手に六つもデザインリングを嵌《は》めていた。背が高い。顔は面皰《にきび》だらけだ。

「あんた、誰だよ?」

「通りすがりの者だ。三人が、カローラに乗ってた男に数枚ずつ万札を渡したとこを見ちゃったんだよ。おまえら、若林に何か弱みを握られたんじゃないのか?」

「あんたにゃ関係ねえだろうが!」

両手に指輪を嵌めた男が色をなし、いきなり右フックを繰《く》り出してきた。空気が縺《もつ》れた。畔上は軽々とパンチを躱《かわ》し、相手の利き手を摑んで捩上《ねじあ》げた。

仲間の二人が身構えた。

畔上は目に凄《すご》みを溜めた。二人の少年がたじろぎ、後ずさった。

「怪我したくなかったら、どっちもおとなしくしてろ」

畔上は二人の少年を交互に見た。少年たちが前後して、大きくうなずく。

「あんた、ただのおっさんじゃねえな。でも、ヤーさんじゃないよね？　若林と同じく元警官《マッポ》かな」

面皰面《づら》の少年が言った。

「若林は前歴をおまえらに教えたのか。おまえ、名前は？」

「名前なんかどうでもいいじゃねえかっ」

「知りたいんだよ」

畔上は、相手の右腕を肩の近くまで捻《ひね》り上げた。

「い、痛てーっ。おれは安川《やすかわ》、安川智史《ともふみ》だよ」

「高校生か？」

「ああ、一年坊だよ。おれといつもつるんで遊んでるのは、大石《おおいし》と根本《ねもと》。三人とも高校は別々だけど、中学は同じだったんだ。ちょっと太ってるのが大石だよ」

「そうか。おまえら、なぜ若林に強請《ゆす》られてるんだ？」

「あんたの正体がわからねえんじゃ、何も喋れねえな。危《ヤバ》いからさ」

安川が言った。

「おまえら三人で輪姦《マワシ》でもやって、それを若林に知られちまったのか。え？」

「おれたち、女にゃ不自由してねえよ。ヤリマン女は結構いるんだ」

「おれは、おまえらを警察に引き渡すようなことはしない」

「本当かよ？」

「ああ」

「けど、なんか信用できねえな」

「安川、喋っちゃおうよ。このままだと、おれたち若林の言いなりになりそうだからさ」

小太りの大石が言った。根本という少年がすぐに同調する。

「そうだな。おまえらの言う通りだ」

「喋る気になったか」

「ああ。おれたち池袋《ブクロ》周辺でゲームソフトやコミック本をごっそり盗《ギ》ってさ、それを大型新古書店で売って遊ぶ金をこさえてたんだ。中学生《チューボウ》のときから万引きはやってたんで、誰にも見つからないと思ってたんだよ。けどさ、元お巡りの若林に気づかれちやったんだ」

「若林は、おまえら三人に口止め料を出せって脅迫したんだな？」

「そう。もう五カ月ぐらい前から、毎週ひとり三万円ずつ払わされてる。一カ月で十二万もたかられてるんだから、金を都合つけるのは大変なんだよ」

「だろうな」

「そう愚痴《ぐち》ったらさ、若林はおれたちに主婦を狙って引ったくりでもやれと言ったんだ。元お巡りがさ、そう唆《そそのか》したんだぜ。最初は信じられなかったよな？」

安川が遊び仲間に相槌を求めた。大石と根本が、ほぼ同時に顎《あご》を引く。

「もう若林に金を払うことはない」

「でも、無視《シカト》したら、おれたち三人は退学になっちまうよ。親に勘当されるかもしんねえな。あいつ、若林はおれたちが逆《さか》らったりしたら、即、学校と家に連絡するって会うたびに言ってるんだ」

「それは単なる威《おど》しだよ」

「いや、本気みたいだったぜ」

「おまえらの万引きのことを学校や家庭に教えたら、若林も恐喝で捕まる恐れがあるじゃないか」

「そっか。うん、そうだよな。何もビビることはねえか。万引きの件をバラされたら、おれたちも若林にたかられてることを警察に喋っちゃえばいいわけだから」

「そうだよ。もう万引きなんかしないと約束したら、おれが若林を逆に威してやる」

「マジで？」

「ああ。どうだ？」

「そういうことなら、もう二度と万引きはしねえよ。もちろん、引ったくりもしない」

「約束を破ったら、三人とも少年院《ネンショウ》送りにするぞ」

「ちゃんと約束は守るよ。あんたがどこの誰か知らないけどさ、話のわかる大人もいたんだな」

「説教じみたことは言いたくないが、ノーヘルで原チャリに乗ってて事故《ジコ》ったら、死んじまうぞ。明日《あした》から必ずメットを被れよ」

畔上は言って、安川の利き腕から手を離した。安川たち三人が軽く頭を下げ、おのおのミニバイクに跨《また》がった。

畔上は三台の原付きバイクが駐車場から消えると、レストランに接近した。

店の窓は嵌《は》め殺しのガラスになっている。うっかり窓辺に近づいたら、若林に気づかれるだろう。

　畔上は出入口近くの植え込みの陰に隠れた。

　若林は中ほどのテーブル席について、携帯電話を耳に当てている。雇い主に電話をしているのだろうか。

　通話を切り上げたとき、若林のテーブルに和風ハンバーグセットが届けられた。若林はすぐに食事を摂《と》りはじめた。

　畔上はレストランに背を向け、足早にジープ・チェロキーに戻った。まだ晩秋だが、夜間はぐっと冷え込む。車内は暖かかった。

　折方副総監から電話がかかってきたのは、数十分後だった。

「何か手がかりは掴めたかな？」

「これといった収穫はありませんでしたが、意外な人物が伏見昌平の身辺を探《さぐ》ってました」

　畔上はそう前置きして、若林悠樹のことを伝えた。

「懲戒免職になった元留置係は、いったい何を考えてるのかね。まさか自分で捜査本部事件の犯人《ホシ》を割り出し、その手柄をちらつかせて復職したいと考えてるんじゃないだろうな」

「それは考えられないと思います。若林は八木殺しの加害者を突き止めて、その相手に口止め料を要求する気なのではないかと最初は推測したんですよ」

「話をつづけてくれないか」

「わかりました。殺人捜査に携わったことのない元警官が、そんな芸当はできるわけないと考え直したんですよ」

「ああ、まず無理だろうね。ほかにどんなことが考えられる？」

「若林は誰かに頼まれて、第一期捜査でマークされた伏見、戸塚、桜井由香の動きを探ってたんではないでしょうか？」

「畔上君、待ってくれ。その三人の容疑は一応、晴れてるはずだぞ」

「ええ、そうですね。根拠のある話ではないんですが、若林を動かしてる人物がいるとしたら、そいつは八木殺しに深く関わってるんでしょう。伏見たち三人は警察にまったく怪しまれてないということがわかったら、いつ自分に捜査の手が伸びてくるのではないかと焦るかもしれません」

「つまり、そいつは高飛びの準備が必要かを見極めるため、若林を使って伏見たち三人が完全にシロと思われてるかどうか知りたいわけだな？」

「ええ、そうです。三人のうちの誰かが捜査当局にまだ疑われてるとしたら、焦《あせ》って逃亡する必要はないわけでしょ？」

「そうだね。慌《あわ》てて高飛びなんかしたら、自ら馬脚を露《あら》わすことになる」

「ええ」

「きみの推測が正しいとしたら、若林の雇い主は警察関係者なのかもしれないな」

「お言葉を返すようですが、そうとは限らないと思います。若林は巡査のころに留置中のやくざに便宜《べんぎ》を図ってやって、十万円の謝礼を貰ってたんです」

「そうだったね。そんな節操《せっそう》のない男だから、好条件ならば、どんな人間の手足になることも厭《いと》わないだろうな」

「わたしも、そう思います」

「ところで、きみの心証では伏見昌平と戸塚友哉はシロなんだな？」

　折方が問いかけてきた。

「ええ、そういう心証を得ました」

「残るは、元公安刑事の桜井由香だな。それから、由香の不倫相手だった霧島賢吾も気になる」

「そうですね。桜井由香は旦那と不倫相手の二人を相前後して失うことになったわけですから、八木を強く逆恨みしてたと思われます」

「そうだろうな。元公安刑事はスキャンダルの主役になってしまったことで、自分の人生はもう終わってしまったと捨て鉢《ばち》になって、高級売春クラブの支配人にまで堕《お》ちてしまったんだろう。女がいったん堕落すると、とことん汚れるケースが多い」

「そうでしょうね」

「公安部長や外事二課長の二人は、桜井由香を優秀だと高く評価してたらしいんだが、ベッドで不倫相手の記者に大事な公安情報を漏らすようじゃ、公安刑事失格だよ」

「その通りなんですが、桜井由香は分別《ふんべつ》を忘れてしまうほど霧島賢吾にのめり込んでたんでしょうね」

「そうなんだろうね。人妻でありながらも夫以外の男に夢中になってたんだろうから、由香のほうは離婚して、不倫相手の許《もと》に走ってもいいと考えてたんじゃないのかな」

「ええ、多分ね。しかし、毎朝タイムズの記者のほうはそれほど女刑事にのぼせてはいなかった。悪く考えれば、公安情報が欲しくて桜井由香に近づいたのかもしれませんね」

「おそらく、そうだったんだろう。その証拠に、霧島は不倫のことがバレたとたん、由香と別れてる」

「由香は利用だけされて、あっさり棄《す》てられちゃったんだろうな。なんだか哀《あわ》れな話ですね」

　畔上は溜息《ためいき》をついた。

「霧島は狡《ずる》い男なんだろうが、大きな代償を支払わされた。エース記者と目《もく》されていながらも解雇させられ、いまやゴーストライターで糊口《ここう》を凌《しの》いでるそうだからな。それも以前は軽蔑してた芸能人、スポーツ選手、政治家なんかに何日か取材して、著作のゴーストをしてるようだ。しかも著者印税の半分を貰ってるんではなく、一冊五十万円前後の代作料を得てるだけらしい」

「それでは本がベストセラーになっても、霧島には印税の類《たぐい》はまったく入らないわけだな」

「そうみたいだよ。代作の依頼が切れ目なく舞い込めば、喰《く》うには困らないだろう。しかし、いまは出版不況だから、昔のようにタレント本を出す版元も多くないんじゃないのか？」

「でしょうね」

「ゴーストライティングの仕事がなくなったら、霧島はブラックジャーナリストめいたことをやるようになるかもしれないな。人生というのは、わからないもんだね」

　折方副総監が長嘆息《ちょうたんそく》した。

「実際、落とし穴だらけなんでしょう。別段、わたしには背負ってるものは何もありません。どんな落とし穴に嵌《は》まっても、特に困ることはないが……」

「そんなふうにあまり虚無的にならないでくれ。ニヒリズムの先には、絶望しかないじゃないか。きみには、もっともっと凶悪な犯罪者を取っ捕まえてほしいんだよ。それはともかく、若林にちょっと揺さぶりをかけてみるのかな？」

「ええ、そうするつもりです」

「相手は、もう警察官じゃないんだ。刃物を持ち歩いてるかもしれないから、決して油断しないようにな」

「はい。何か捜査に進展がありましたら、すぐに報告します」

畔上は電話を切って、ふたたびジープ・チェロキーから出た。ファミリーレストランの広い駐車場に入り、レンタカーの近くに身を潜《ひそ》める。

十分ほど待つと、若林がレストランから出てきた。寒いのか、肩をすぼめていた。

畔上は、カローラの真横に駐《と》められている薄茶のエスティマの背後に移動した。身を屈《かが》めて、息を殺す。

若林の姿が視界に入った。若い元警官がレンタカーとエスティマの間に立ち止まり、ドア・ロックを解除した。

畔上は抜き足で若林の背後に迫り、後ろ首に手刀《しゅとう》打ちを見舞った。若林が呻《うめ》いて、腰の位置を落とした。

畔上は無言で若林の左脚の膕《ひかがみ》を蹴《け》った。

膝頭の真裏だ。若林が片方の膝をがくりと折り曲げた。間髪《かんはつ》を容《い》れず畔上は、若林の左の肩口に強烈な肘《エルボー》打ちを浴びせた。

若林が頽《くずお》れた。水を吸った泥人形のような崩れ方だった。

「恐喝《カツアゲ》で手錠《ワッパ》打たれたくなかったら、騒ぎたてるな」

畔上はしゃがむなり、若林の体を探《さぐ》った。刃物は所持していなかった。

「恐喝って？」

「空とぼけるなって。そっちは三人の高校生が万引きを重ねてることを脅迫材料にして、月に総額で三十六万ぐらい脅し獲《と》ってる。さっきも安川、大石、根本から三万円ずつせしめたろうが！　おれは、この目で見てたんだ。シラを切っても無駄だぜ」

「まいったな。おれをどうする気なんです？」

「そっちの出方次第だな。おれの質問に素直に答えたら、恐喝の件は事件にしない」

「本当にそうしてくれますか。おれ、正社員で雇ってくれる会社がないんで、派遣でいろんな工場や物流センターで短期のバイトをやって、なんとか喰いつないでるんですよ。でも、余裕がないんで、外では飲めないし、風俗の店にも行けないんです」

「遊興費《ゆうきょうひ》が欲しくて、高校生の坊やたちにたかってたわけか」

「ええ、まあ。あいつらはゲームソフトや新刊のコミック本を大量に万引きして、月に四、五十万は荒稼ぎしてるようなんですよ。だから、少し上前《うわまえ》をはねてやろうと思ったんです。でも、もう安川たちから金は貰いません。だから、なんとか穏便《おんびん》に頼みます。恐喝で起訴されたら、おれの人生は真っ暗です。猛省しますんで、今回は大目にみてください。お願いです」

若林が哀願した。

「いいだろう。さて、本題に入るぞ。なんで伏見昌平の愛人宅まで行って、竜神会の幹部の動きを気にしてた？　それだけじゃない。おまえはおれの車を追尾《ついび》して、戸塚友哉の自宅まで来たよな？」

「それは……」

「先月の十二日に殺害された八木敏宗の事件で容疑を持たれた元交通課警察官のことをなんで気にする？　まさか八木殺しの加害者を自分で割り出して、そいつが検挙《アゲ》られる前に巨額の口止め料を毟《むし》り獲《と》る気になったわけじゃないよな？」

「違います。そうじゃありません。おれ、頼まれたんです」

「誰に何を頼まれたんだ？」

畔上は若林の髪を鷲摑《わしづか》みにして、強く引き絞った。

「うーっ。力を緩《ゆる》めてくださいよ」

「いいから、おまえを雇った人間のことを話せ！」

「本庁外事二課にいた桜井由香に頼まれたんです。伏見昌平と戸塚友哉の身辺に捜査本部の者がうろついてないかどうかチェックしてみてくれってね。伏見の愛人宅の近くで探《さぐ》りを入れてたら、おたくが現われたんで、てっきり代々木署の捜査本部の刑事だと思ったたんです。で、大崎の戸塚の自宅まで尾《つ》けたんですよ」

「おれは本庁六係や八係とは無関係だ。別件で伏見と戸塚をちょっと内偵してただけだよ」

「なあんだ、そうだったんですか」

「桜井由香は、どうして伏見や戸塚がまだ疑われてるかどうか気になるんだい？」

「その点はよくわかりません。でも、頼まれたことをやれば、三十万円の謝礼をくれるって話だったたから、おれ、引き受けたんですよ」

「元公安刑事とは前々からの知り合いなのか？」

「いいえ、一面識もありませんでした」

若林が即座に答えた。

「おまえが懲戒免職になったことは？」

「知ってましたよ。自分も人事一課の八木監察係に不倫相手に公安情報を流したことを知られ、職を失ったと言ってたな。だいぶ監察係を逆恨みしてた感じだから、もしかしたら、彼女が誰かに八木を始末させたのかもしれないな。だから、伏見と戸塚がもう捜査本部にマークされてないとしたら、また自分が疑われるのではないかという強迫観念を拭《ぬぐ》えなかったんじゃないかな。それで伏見たち二人がノーマークなら、早いとこ逃《フ》げ《ケ》なければと考えてるんじゃないですかね」

「そうだろうか」

「おれ、そんな気がしてるんです」

「桜井由香に余計なことを言ったら、おまえに前科《ホシ》をしょわせるぞ。そのことを忘れるなっ」

畔上は立ち上がって、駐車場の走路に出た。

第二章　気になる男女

1

若い女が全裸になった。

すぐ目の前だった。みじんの恥じらいも見せなかった。

リサと名乗る二十三、四歳の女だった。肢体《したい》は肉感的だ。

赤坂見附のシティホテルの一室である。畔上はソファに腰かけ、紫煙をくゆらせていた。午後八時半過ぎだった。

畔上は若林を痛めつけた後、桜井由香が支配人を務めている高級売春クラブに電話をして、チェックインしたホテルにリサを来させたのだ。すでにショートの遊び代八万円は高級娼婦に渡してあった。

「お客さんも早く裸になってくださいよ。わたし、ボディー洗いが上手なんです。大事なとこは、おっぱいで洗ってあげます」

リサがなまめかしく笑い、熟《う》れた裸身をくねらせた。

豊満な乳房がゆさゆさと揺れた。股間の飾り毛は、ハートの形に小さく刈り込まれている。むっちりとした腿《もも》は艶《つや》やかだった。

「ランジェリーと服をまとえよ」

「えっ⁉」

「きみを部屋に呼んだが、抱くつもりはないんだ」

「どういうことなの？　意味がわからないわ」

「売春防止法違反で捕まりたくなかったら、早く衣服を着るんだな」

畔上は、短くなったロングピースの火を灰皿の底で揉み消した。

「お客さん、警察の人なの？」

「そうだ」

「嘘でしょ⁉　刑事になりすまして、わたしに只乗《ただの》りするつもりなのね。わたし、受け取ったお金は絶対に返しませんからね」

リサが怒気を含んだ声で言い、胸の前で両腕を交差させた。バストの谷間が深くなった。

　畔上は黙って警察手帳を短く見せた。

　リサの顔色が変わった。うろたえはじめた。

「金は返さなくてもいい。売春クラブは、女の子たちから何割ぐらいピンをはねてるんだい？」

「わたしたちの取り分は六割です」

「ショートで、四万八千円の稼ぎか」

「ええ。泊まりの料金は十五万ですから、実入《みい》りは九万円になりますけど」

「そういう計算になるな」

「わたし、貰った八万円をそっくり返します。だから、わたしを捕まえないで！　わたし、親兄弟にはモデルの仕事で食べてるって言ってあるんですよ。体を売ってることを家族に知られたら、生きていけません」

「とにかく、服を着てくれ」

「刑事さん、わたしを抱いてください。シャワーなんか浴びなくてもかまいません」

「そういうわけにはいかないんだよ。もう警察手帳を見せちゃったからな」

　畔上は微苦笑《びくしょう》した。

「わたし、見なかったことにします。お客さん、ノーマルですよね？　ゲイじゃないんだったら、わたしとセックスしてください。そうじゃないと、困るんですよ」

「そう言われてもな」

「いきなり合体でもいいんです」

リサが手前のベッドに仰向《あおむ》けになり、立てた両膝を大きく開いた。

「残念ながら、職業上、きみと寝るわけにはいかないんだよ。そもそも女が欲しかったわけじゃないんだ」

「よく理解できません」

「きみを買う振りをしたのは、高級売春クラブの女支配人をここに誘《おび》き出したかったからなんだよ。桜井由香という元公安刑事に確かめたいことがあるんだ」

「桜井由香？　支配人は深町綾乃《ふかまちあやの》という名前ですけど」

「ああ、そういう偽名を使ってたんだな。支配人に電話して、客が変態じみたことを要求するんで、すぐに救《たす》けてほしいと芝居をしてくれないか」

「深町さんを騙《だま》すようなことをしたら、わたし、仕事をさせてもらえなくなります」

「支配人にきみを干《ほ》さないよう強く言っといてやる。だから、とりあえず衣服をまとってくれ」

畔上は言った。リサがベッドから滑り降り、手早くブラジャーとパンティーを身につけた。シャツブラウスを着込み、ウールスーツに身を包む。

「支配人に電話をしてくれないか」

畔上は急《せ》かした。リサがベッドに浅く腰かけ、自分のスマートフォンを手に取った。

電話は、ほどなく繋がった。

「支配人、すぐに赤坂西急ホテルの一二〇八号室に来てください。わたし、お客さんに西洋剃刀《かみそり》で全身を傷つけられるかもしれないんです」

リサが訴えた。迫真の演技だった。畔上は神経を耳に集めた。

「ううん、プレイなんかじゃありませんよ。お客さんの目はイッちゃってる感じだから、正真正銘の変態だと思う。わたし、怖い！」

「…………」

「はい、お客さんはいまバスルームにいます。わたし、部屋から逃げちゃってもいいでしょ？」

「…………」

「わたし、殺されちゃうかもしれないんですよ。早くこっちに来てください。お願いだから、すぐに救けに来て！」

「…………」

「ええ、わかりました。服を着て、すぐに部屋から飛び出せるようにしておきます。深町さん、急いでくださいね」

リサが叫ぶように言い、通話を切り上げた。

「名演技だったよ」

「わたし、売れないモデルをやりながら、ある劇団の研究生として演技の勉強もしてたの」

「そう。支配人は、すぐ来るって?」

「ええ。十分以内には行けるだろうから、客を怒らせないようにしてくれと言ってました」

「そうか。ご苦労さんだったな」

畔上はリサを犒《ねぎら》った。モデルクラブを装った高級売春クラブの事務所は、近くの田《た》町《まち》通りの雑居ビルの五階にある。

そこに十数人の高級娼婦を待機させ、都心のホテル、マンション、個人住宅に彼女たちを派遣させていた。畔上は高級売春クラブに電話をかける前に本庁組織犯罪対策第四課で、経営者が何者なのか問い合わせてみた。

しかし、同課はオーナーの名まで把握《はあく》していなかった。どこかの組がダミー経営者を用意して、売春ビジネスで暴利を貪《むさぼ》っているのだろう。警視庁の元公安刑事が非合法ビジネスに手を貸しているとは、なんとも嘆かわしい。

「支配人の深町さん、わたしに嘘つかれたとわかったら、怒るだろうな」

リサが不安顔で呟いた。

「一瞬、むっとするだろうな。しかし、きみはおれに逆らえなかったわけだから、水に流してくれるさ」

「そうかしら？　支配人、割に執念深い性質《たち》なんですよ。わたし、危ないお客さんしか回してもらえなくなるような気がするな」

「彼女にも弱みがあるわけだから、おれの言う通りにするだろう」

「そうですかね」

「他人《ひと》の生き方を批判する気はないが、若いうちから楽に金を稼ぐ術《すべ》を身につけたら、何事にも我慢できなくなるんじゃないか。全《まっと》うに働いて得た金じゃないと、ありがたみがないだろう？」

「ええ、それはね。二時間ほど男に体を貸してやるだけで、五万円近いお金を稼げるんだから、労働単価が悪くないことは確かです。泊まりのパートナーを務めれば、九万円になりますからね」

「多分、きみは月に百万円前後は稼いでるんだろうな。特別な才能や技能がなければ、二十代前半の女性がそんなに稼げっこない」

「そうですね。自慢できる仕事じゃないけど、わたし、手っ取り早くまとまったお金が欲しかったんですよ」

「何かお店を持ちたいのかな？」

畔上は訊《き》いた。

「ええ、そうなんです。わたし、青山あたりにセレクトショップを持つことが夢なんですよ。お金を持ってる年配の男性をパトロンにすれば、お店のオーナーになれるかもしれません。だけど、わたし、そういうのは厭《いや》なんです。自分の実力でオーナーになって、独創的なデザインの服を自ら仕入れたいんですよ。経営者のセンスで勝負が決まるのがいいの。リスキーだけど、その分、やり甲斐《がい》はあるでしょ？」

「だろうな。夢を持つことは素晴らしいと思うよ。しかし……」

「その先は言われなくてもわかってるわ。まともな仕事でこつこつと貯めたお金で夢を実現させろでしょ？」

「そう」

「それが理想でしょうね。でも、特に才覚のない小娘がセレクトショップの開業資金を貯めようとしたら、二十年も三十年もかかる。それじゃ、遅いんですよ」

「そうかもしれないが……」

「体を売ることは法律で禁じられてるけど、別に誰かに迷惑をかけてるわけじゃないわ。だいたい売春には、被害者がいないのよね。お客さんたちはお金で束《つか》の間《ま》の快楽を味わいたいと思って、女の体を買ってるわけでしょ？　わたしたちも割り切って稼ぎたいと思ってるんだから、利害は一致してるわ」

「その通りだがね」

「どんな時代になっても、売春ビジネスはなくなりませんよ。人類が地球に存在するようになってから、最初の職業だと言われてる。廃《すた》れることはないと思うわ。いっそ昔のように、公娼制度を復活させればいいんですよ」

「売春ビジネスには搾取《さくしゅ》が付きものなんだよ。犠牲になるのは、立場の弱い娼婦たちなんだ」

「いっそ売春ガールを全員、国家公務員にしちゃえばいいんじゃないかしら？」

リサが真顔《まがお》で言った。畔上は苦笑するほかなかった。

部屋のチャイムが鳴った。

桜井由香が訪れたのだろう。やくざ者を連れてきたとも考えられる。

「きみは、ここにいてくれ」

畔上はリサに言って、ソファから立ち上がった。出入口に足を向ける。

「わたし、『チェリープロ』の者です」

ドアの向こうで、女の声が告げた。畔上は扉に耳を押し当てた。

来訪者は、ひとりだけのようだ。

畔上はノブを回し、ドアに体を半分ほど隠した。入ってきたのは桜井由香だった。

やはり、用心棒は伴《ともな》っていなかった。

「罠《わな》に引っかかってくれたな」

畔上はにっと笑い、由香の片腕を摑んだ。ドアを閉め、元公安刑事を奥に連れ込む。

「支配人、ごめんなさい。わたし、お客さんに命令されたんで、嘘の電話をしちゃったんです」

「そうだったの」

由香がリサに言い、畔上に顔を向けてきた。

「あなたは、一年ちょっと前まで人事一課監察で主任監察官をやってた畔上警部よね？」

「ああ、そうだ。そっちに確かめたいことがあったんで、ちょっと手の込んだことをしたんだよ」

「そうなの。変態男は、どんな顔をしてるんだろうって少し好奇心を膨《ふく》らませてたんだけど……」

「それはあいにくだったな」

「で、何を確かめたいんです？」

「その前に、この娘《こ》を先に事務所に戻らせてやってくれ。それから、いじめないようにな」

畔上はリサを見ながら、由香に言った。

「ええ、いいわ」

「深町さん、わたしのことを悪く思わないでくださいね。わたし、お客さんに協力しないと、手錠を掛けられると思ったんで、仕方なかったんですよ」

「リサちゃん、わたしはなんとも思ってないわ」

「本当に？」

「もちろんよ、あなたは先に事務所に戻ってなさい」

「はい」

「でも、ここでの一件は誰にも話さないでね」

「わかりました。あのう、わたし、まだ八万円をお客さんに返してないんですよ」

「そうなの。お金をいただくのはまずいわね」

由香が言って、リサに片手を差し出した。リサが自分のバッグを開ける。

「金は返さなくてもいいんだ。適当に分けてくれ」

畔上は、どちらにともなく言った。先に口を開いたのは由香だった。

「そうおっしゃってるんだから、貰っておきましょう。リサちゃん、もう戻っていいわ」

「はい」

リサが部屋から出ていった。逃げるような足取りだった。

畔上は由香をソファに坐らせた。自分は立ったままだった。

「あなたは警務部人事一課監察から特命捜査対策室に異動になったという噂だったけど、何か事件の捜査をしてるようね。捜一に戻ったの？」

「いや、いまも特命捜査対策室にいる。ただ、先月の十二日にかつての部下だった八木敏宗が殺害されたんで、個人的に弔《とむら》い合戦をする気になったんだよ」

「そうなの」

「第一期捜査でそっちを含めて三人の元警察官が捜査線上に浮かんだと聞いたんで、非公式にマークされた人間のことを調べてみる気になったわけさ」

「あら、わたしは早い時期に嫌疑が晴れたのよ。事件当夜、わたしは高校時代の同窓会に出席して、旧友たちと四次会まで盛り上がったの。明け方近くまで飲んでたのよ」

「そっちのアリバイが立証されたことはわかってる。実行犯じゃないことは確かなんだろう。しかし、第三者に八木を殺《や》らせた可能性はゼロじゃない」

「ええ、そうね。でも、わたしは警視庁《ホンチョウ》の刑事だったのよ。八木巡査部長とは所属セクションこそ違ってたけど、いわば身内でしょ？　そんな仲間を誰かに始末させるなんてことは、常識的に考えられないとは思わない？」

　由香が余裕たっぷりに言って、小ばかにしたような笑みを浮かべた。

「そっちには、犯行動機がある」

「何を言ってるの!?　わたしには、殺人動機なんかないわ」

「そうかな。そっちは外事二課にいたころ、毎朝タイムズの記者だった霧島賢吾と不倫してた。それだけなら、たいしたことじゃない。だが、そっちは中国や北朝鮮の公安情報を霧島に流してた。そのことを摘発したのは八木だった」

「ええ、そうだったわね」

「そっちは懲戒免職になった上に、東京国税局職員の旦那に離縁されてしまった。さらに不倫相手にも去られた。何もかも一遍《いっぺん》に失ってしまったわけだ。自分を内部告発した形の八木を逆恨みしたくなったとしても、おれは非難しないよ」

「このわたしが、誰かに八木巡査部長を消させたと疑ってるわけ⁉ 見当違いも甚《はなは》だしいわ。やくざになった新宿署の元生安《せいあん》課の刑事か、亀有署のなんとかって交通課員だった男のほうがずっと怪しいでしょうが。その二人が準重要参考人扱いになってることを代々木署に出張《でば》ってる本庁殺人犯捜査六係の主任警部補が教えてくれたわ」

「伏見昌平と戸塚友哉の二人は、シロだったよ。おれは個人的に洗い直してみて、そういう心証を得た」

「そうだからって、わたしを疑うのはどうしてなの？ その根拠は何なのっ？ それを聞かせてよ」

「以前、池袋署の留置管理課で巡査をやってた若林悠樹が口を割ったんだ。そっちに頼まれて、まだ捜査本部が伏見や戸塚を怪しんでるかどうか探《さぐ》ってたとな。そっちは殺し屋《プロ》か誰かに八木敏宗を片づけさせたんで、高飛《ジャンプ》びする時期を決めなきゃならなかった。おれはそう推測してみたんだが、どうだい？」

「わたし、若林なんて元巡査はまったく知らないわ」

「本当なのか？」

「ええ。一面識もないどころか、名前を聞いたのも初めてよ。誰かが自分の犯罪を糊《こ》塗《と》したくて、わたしを陥《おとしい》れようとしてるんでしょうね。本当に若林なんて男は知らないの」

「そうか」

畔上は改めて由香の顔を見た。嘘をついているようには見えない。

若林に謀《はか》られたのか。どうやらそうらしい。歯嚙みしたい気分だった。

「そいつの居所がわかるんだったら、徹底的に追及してみたら？　そうすれば、八木巡査部長殺しの真犯人《ホンボシ》にたどり着けるんじゃない？」

「後で、若林の自宅マンションに行ってみるよ。もう逃げられてしまったかもしれないがな」

「そうね。おそらく、すでに姿をくらましてるでしょう」

「あんたと不倫してた相手は、しがないゴーストライターでなんとか喰《く》ってるんだってな？」

「そうらしいわね」

「なんだか冷ややかな言い方だな。霧島賢吾にも背を向けられたんで、一遍に気持ちが冷めてしまったか？」

「ええ、そうよ。一緒に死んでもいいと思ったぐらい好きだったんだけど、スキャンダル騒ぎで見苦しく狼狽《ろうばい》する姿を見たら、急速に恋情が萎《しぼ》んじゃったの。ちょっと知的でイケメンだったけど、たいした男じゃなかったわね」

「霧島も失ったものは小さくない。元新聞記者が八木を逆恨みして、犯行に及んだとは考えられないだろうか」

「考えられるわね。彼は正義漢ぶってる人間を偽善者と極《き》めつけて、毛嫌いしてたから。それに事実、わたしたちの関係を暴いた監察係を口汚く罵《ののし》ってたわ」

「そうか。なら、霧島に探りを入れてみよう」

「ええ、そうしたら。それはそうと、うちのクラブを摘発するつもりなの？」

由香が訊いた。

「おれは生安課の刑事じゃない」

「見逃してくれるのね。礼を言うわ。うちのナンバーワンの娘《こ》をお礼に提供してもいいわよ」

「ノーサンキューだ。それにしても、思い切った転身だな。元公安刑事が高級売春クラブの支配人になったわけだからさ」

「わたし、新しいタイプの調査会社を興《おこ》そうと計画してるの。会社設立資金を工面《くめん》しなくちゃならないんで、お金になるダーティーな仕事を引き受けたのよ」

「女は逞《たくま》しいな。売春クラブのオーナーは、広域暴力団の幹部クラスなんだろ？」

「違うわ。オーナーは、小金《こがね》を持ってる専業主婦よ。詳しいことは言えないけど、低金利時代だから、非合法ビジネスに投資して資産を増やしたいみたいね」

「世の中、狂ってるな」

「そうね。いっそ誰もがクレージーになればいいんだわ」

「過激なことを言うんだな。もう事務所に戻ってもいいよ。おれは若林の塒《ねぐら》に行ってみる」

畔上は言った。

由香がソファから立ち上がり、部屋を出ていった。その背には寂しさがにじんでいた。

若林が姿を消していたら、霧島を揺さぶってみることにするか。

畔上は部屋のカードキーを掌《てのひら》で弾ませながら、ドアに足を向けた。

間に合った。

2

長崎町のワンルームマンションの横には、カローラが駐《と》められている。

若林は自分の部屋で、着替えの衣類を旅行鞄《かばん》に詰めているのではないか。

畔上はほくそ笑《え》んで、ジープ・チェロキーを暗がりに停めた。すぐにヘッドライトを消し、エンジンも切る。

赤坂のホテルを出て、およそ三十分後だった。午後十時を回っていた。

畔上は車を静かに降りた。ちょうどそのとき、ワンルームマンションから誰かが出てきた。

畔上は目を凝《こ》らした。

若林悠樹だった。大きく膨れ上がったトラベルバッグを提《さ》げている。慌《あわ》てている様子だ。一刻も早く自宅マンションから遠ざからないと、畔上に取っ捕まると思っているにちがいない。

若林が白っぽいレンタカーに歩み寄った。

畔上は突進《ダッシュ》した。足音で、若林が振り向いた。驚いた顔で突っ立っている。次の瞬間、若林は逃げる素振りを見せた。

畔上は突っ走り、若林を肩で弾《はじ》き飛ばした。

若林はトラベルバッグを路上に落とし、派手に転がった。畔上は踏み込んで、若林の脇腹に鋭い蹴りを入れた。

無言だった。なまじ怒声を張り上げるよりも、黙っていたほうが相手に恐怖心を与えられる。組対第四課時代に学んだことだった。

若林が唸《うな》りながら、四肢《しし》を縮めた。

畔上は、若林のこめかみを片方の靴で押さえた。

「おれが、おまえの塒に戻ってきた理由《わけ》はわかってるなっ」

「…………」

「桜井由香は、おまえのことなんか知らないと言ってた。むろん、そっちに何かを頼んだりもしてないと明言してたよ」

「嘘だ。あの女は、ばっくれてんだ。おれは桜井由香に頼まれたんで、捜査本部がまだ伏見か戸塚のどっちかを怪しんでるかどうか探《さぐ》りに行ったんだよ。三十万の報酬が欲しかったんでさ」

若林が言った。

「そっちが正直者かどうか、体に訊《き》いてみよう」

「それ、どういう意味なんだよ⁉」

「すぐにわかるさ」

畔上は言うなり、若林の側頭部を強く踏みつけた。若林が獣《けもの》じみた唸り声をあげはじめた。しかし、言葉は発しなかった。

畔上は靴の踵《かかと》を三十センチほど浮かせ、側頭部に落とした。踵落としをたてつづけに五回、見舞う。そのたびに、若林は短く呻いた。

「案外、しぶといな。どこまで粘れるか試《ため》してみるか。え？」

畔上は薄く笑って、またもや若林の脇腹を蹴り込んだ。爪先《つまさき》が深く筋肉の中に埋まった。

若林が唸り声を洩らしながら、怯《おび》えたアルマジロのように全身を丸めた。

「本当の雇い主は誰なんだ？　そいつの名を吐かないと、そのうち内臓が破裂するぞ」

「もう手荒なことはやめてくれ。いや、やめてください。お願いです！」

「やっと喋る気になったか。おまえを雇ったのは誰なんだ？」

「毎朝タイムズの記者だった……」

「霧島賢吾に頼まれたんだな？」

「そ、そうです。霧島さんは人事一課監察の八木監察係に桜井由香との関係だけじゃなく、不倫相手から公安情報を聞き出したことまで知られ、言い逃れできなくなったらしいんですよ」

「自業自得だな」

「そうなんですけど、霧島さんは新聞社を解雇された上に奥さんからも別居を要求されたんで、二重のショックを受けたみたいですよ」

「身から出た錆《さび》さ」

「その通りなんですが、かなり応《こた》えたんでしょう。それで霧島さんは、正義の使者気取りの八木巡査部長に憎しみを覚えて……」

「霧島は誰かに八木を始末させたと言ってたのか？」

　畔上は問いかけた。

「はっきりと殺《や》らせたと言ったわけじゃないんですが、そういったニュアンスのことを洩らしてましたね」

「そうか。霧島は、いまどこに住んでるんだ？」

「渋谷の桜丘町《さくらがおかちょう》にある『渋谷エクセレントコーポ』というリースマンションの八〇六号室で独り暮らしをしてますよ」

「おまえは前々から、霧島と知り合いだったのか?」

「池袋署の留置係になって間もなく、指名手配中の過激派の大物活動家が管内で検挙されたとき、間接取材に協力させられたんです」

若林が言って、ゆっくりと上体を起こした。

「霧島の代わりにおまえが被疑者に獄中インタビューしたわけか?」

「ええ、そうです。霧島さんに十万円を握らされたんで、断れなかったんですよ」

「そっちは小遣いくれる奴がいたら、すぐに尻尾《しっぽ》を振るんだな。やくざの幹部に自分の携帯を貸して、後で謝礼を貰ってた。その上、幹部の内縁の女房をホテルに連れ込んでる」

「その件ですけど、自分は女に嵌められたんです。相手が久しく男の肌に触れてないとか言って、向こうから腕を絡《から》めてきたんですよ。だから、おれは彼女をホテルに誘っただけです」

「結局、被疑者の内妻を抱いたんだろ?」

「ええ、それはね。でも、合意のセックスだったんですよ。相手を脅迫して、ホテルに連れ込んだわけじゃありません。自分が甘かったんです。彼女とナニしたら、被疑者にこっそり煙草を喫《す》わせてやってくれとか、彼女のヌード写真を渡してくれなんて次々に頼みごとをされて……」

「とろい野郎だ。若林、立て！　おれと一緒に霧島のリースマンションに行ってもらう」

「それだけは勘弁してくださいよ。後《あと》で霧島さんに仕返しされるに決まってますから」

「いいから、立つんだっ」

畔上は若林を摑み起こした。

そのとき、一台のワゴン車が近くに急停止した。車内から二人の若い男が降りてきた。片方は口髭《くちひげ》を生《は》やしていた。もうひとりは灰色のニット帽を被っている。どちらも二十代の半《なか》ばだろう。

「おたくら、何か揉めてるみたいだね。どうしたの？」

口髭の男が若林に声をかけた。

「た、救けてください。自分、因縁《いんねん》をつけられて、有り金を巻き揚げられたんです」

「本当に？」

「ええ。金を出し渋ったら、蹴りを入れられたんです」

若林がでまかせを口にして、トラベルバッグを抱え上げた。二人の若い男が目配せするなり、ほぼ同時に畔上に組みついてきた。

「おれは警察の者だ」

畔上は男たちの手を振り払った。すると、どちらもすぐに躍《おど》りかかってきた。

揉み合いがはじまったとたん、若林が勢いよく走りだした。大きな旅行鞄は胸に抱えていた。

「逃げた男は嘘をついたんだ」

「おい、もう観念しろ」

ニット帽を被った男が声を張って、片脚を絡めてきた。

畔上はダンスステップを踏むように軽やかに動き、二人の男を捻《ひね》り倒した。合気道とグレーシー柔術をミックスした技だった。自分で編《あ》み出した技である。

男たちが敏捷《びんしょう》に身を起こし、なおも挑《いど》みかかってくる気配を見せた。やむなく畔上はジャケットの内ポケットから、顔写真付きの警察手帳を取り出した。

街灯の光で、通りはうっすらと明るい。畔上は警察手帳を開いて、宙《ちゅう》に翳《かざ》した。

「あっ、本当だ。早とちりして、すみませんでした」

口髭をたくわえた男が謝った。連れも、ばつ悪げな表情で頭を垂れた。

「職務を妨害しないでくれ」

畔上は男たちに言い置き、若林を追った。

とうに若林の姿は闇に紛《まぎ》れていたが、逃走した方向はわかっている。畔上は全速力で疾駆《しっく》した。前髪が逆立《さかだ》った。風圧で、衣服が体にへばりつく。

数百メートル一気に走ったが、若林はどこにもいなかった。脇道に逃げ込んだのかもしれない。畔上は裏通りを巡ってみた。

しかし、徒労だった。若林を見つけることはできなかった。

忌々《いまいま》しかったが、諦《あきら》めるほかないだろう。

畔上は表通りに引き返し、ジープ・チェロキーを駐《と》めた場所まで戻った。

二人の男たちが乗っていたワゴン車は、いつの間にか消えていた。公務執行妨害罪で緊急逮捕されることを恐れ、焦《あせ》って車で走り去ったのだろう。

畔上は四輪駆動車に乗り込んだ。

渋谷に向かう。桜丘町のリースマンションは造作なく見つかった。九階建てで、ホテル風の造りだった。

畔上は特注の捜査車輌を路上に駐め、『渋谷エクセレントコーポ』のエントランスロビーに足を踏み入れた。

表玄関はオートロック・システムにはなっていなかった。常駐の管理人もいない。

エレベーターで、八階に上がる。八〇六号室のインターフォンを鳴らすと、当の霧島賢吾が応対に現われた。

「あなたは、確か本庁の捜一や組対四課にいた方ですよね。お名前は畔上さんだったかな」

「そうです。一年数カ月前まで警務部人事一課監察で主任監察官をやってました。その当時の部下だった八木敏宗が先月の十二日に殺害された事件《ヤマ》は、ご存じですよね？」

「知ってます」

「個人的に事件の真相を知りたくなって、非公式に動いてるんですよ。ちょっとお邪魔します」

畔上は強引に八〇六号室に入り、後ろ手に象牙色《ぞうげいろ》のドアを閉めた。

「原稿の締め切りが迫ってるんで、手短に願いたいな」

二つ年上の元新聞記者が玄関マットの上に立ち、くだけた口調で言った。幾分、迷惑顔だった。後ろめたい点があるのか。

「いまはフリーライターをやってるそうですね。社会派ノンフィクション作品を書きたくなったんですか？」

「厭味《いやみ》に聞こえるな。桜井由香との関係を八木監察係に嗅《か》ぎ当てられたんで、毎朝タイムズを辞めざるを得なくなったことは知ってるはずだ」

「そういえば、そうでしたね。そのことを忘れかけてました」

「そんなわけない。で、用件は？　タレントの代作原稿を急がされてるんだよ」

「売れっ子ライターなんですね」

「皮肉はよせよ。こっちはゴーストライターで細々と喰《く》ってるんだ」

「元公安刑事とは別れたのに、奥さんはまだ霧島さんと同居したがらないのか。浮気されたことで、女のプライドがずたずたになったんでしょうね」

「おい、喧嘩を売りにきたのかっ。早く用件を言ってくれ」

「わかりました。以前、池袋署の留置管理課巡査だった若林悠樹のことは知ってますよね？」

「ああ、知ってはいる。だけどね、別に親しくはないぞ。池袋署に留置されてた過激派の幹部の様子を若林君に教えてもらったことはあるけど、その後、会ってもいないんだ」

「会ってもいない？　若林は霧島さんに頼まれて、代々木署の捜査本部がもう伏見昌平や戸塚友哉を怪しんでいないかどうか探ってたと言ってるんですよ」

「なぜ、若林君がそんな嘘をついたんだ⁉」

「若林はそれだけじゃなく、あなたが誰かに八木敏宗を殺《や》らせたようなことを仄《ほの》めかしてたとも語ったんですよ」

「わたしが八木殺しに関与してるだって⁉　冗談じゃない。あの監察係の青臭さには少し腹を立ててたが、亡《な》き者にしたいなんて思ったことはないよ」

「あなたの言った通りなら、若林を動かしたのは別人なんだろうな。その人物に心当たりはありませんか？」

「八木に摘発されて懲戒免職になった元警察官の多くは、あの堅物の監察係を殺してやりたいと思ってたんじゃないの？」

「霧島さんも、そのひとりだったのかな」

「こっちは殺意までは覚えなかったが、半殺しにしてやりたいとは思ったことがあるよ。もっと正直に言えば、チンピラを雇って八木を痛めつけさせようと計画を練ったりもしたね。しかし、代作の仕事をこなしてるうちに面倒臭くなってきたんだ。八木に大怪我をさせても、毎朝タイムズに戻れるわけじゃない」

「思い留《とど》まって、よかったんじゃないかな。エース記者だった霧島さんがそこまで堕《お》ちたら、もう再起できないでしょうからね」

「はっきり言うんだな。それはそうと、警察ＯＢの親睦会『地虫の会』のことは知ってるよね？」

「そういう会があることは知ってます。会長は宮路重人《みやじしげと》という元所轄署刑事で、現在はビル清掃会社を経営してるんじゃなかったかな」

　畔上は呟《つぶや》いた。

「そう。宮路はビル、マンション、貸ホール、公共施設なんかのメンテナンスをしてる会社の代表取締役社長を務め、懲戒免職になった元悪徳警官ばかりを従業員にしてるんだ」

「そこまでは知りませんでした。その会社は『共栄産業』という社名で、社屋は西新橋にあるんでしょう？」

「そうだよ。社員数は五十人弱なんだが、すごく羽振りがいいらしいよ。宮路社長も豪邸に住んで、毎晩のように銀座で豪遊してるって話だったな」

「霧島さん、その情報源《ネタモト》は？」

「毎朝タイムズの社会部の遊軍記者から聞いた話だから、間違いないよ。もしかしたら、『地虫の会』のメンバーの誰かが恨みのある八木監察係を殺害したのかもしれないな。八木に内部告発されなきゃ、誰も人生設計が狂わなかったわけだからさ」

「くどいようですが、あなたは若林に何か頼んだことはありませんね？」

「ああ、ないよ」

霧島が言い切った。

畔上は、元新聞記者の顔を直視した。霧島の視線は揺らがなかった。伏し目になるどころか、畔上を睨《ね》めつけている。心外そうな表情だ。

言い繕《つくろ》った気配は感じ取れなかった。またもや若林に欺《あざむ》かれたようだ。

若林を操《あやつ》っているのは誰なのか。その謎の人物が八木殺しに深く関わっていることは間違いないだろう。

「もういいかな？　こっちは忙しいんだ」

「非常識な時刻に訪ねたりして、すみませんでした。失礼します」

畔上は辞去して、リースマンションを出た。

そのとき、脈絡《みゃくらく》もなく佐伯真梨奈の顔が脳裏に浮かんで消えた。飲み友達の原は、まだ『エトワール』で飲んでいるだろう。店は十一時五十分まで営業している。

酒を飲んだら、運転代行のドライバーをクラブに呼べばいい。畔上はジープ・チェロキーに乗り込み、宇田川町《うだがわちょう》に向かった。

『エトワール』は、井ノ頭通りに面した飲食店ビルの五階にある。宇田川町交番の近くだった。
六、七分で、目的地に着いた。畔上は四輪駆動車を有料立体駐車場に預け、『エトワール』の洒落《しゃれ》た黒い扉《とびら》を開けた。
真梨奈のピアノの弾き語りが耳に届いた。情感の込められた歌声が心地よい。顔馴《な》染《じ》みの黒服がにこやかに話しかけてきた。

「いらっしゃいませ。お待ちしておりました」

「原ちゃんは、まだ店にいるかい？」

畔上は訊いた。

「はい、いらっしゃいます。畔上さんは必ず現われる気がするとおっしゃって、今夜はラストまでいるとドンペリを三本もオーダーしてくださったんですよ」

「原ちゃんは億万長者だからな。どうせなら、ドンペリのゴールドを抜いてもらえよ。ピンクなんかじゃなくさ」

「そうしていただけたら、嬉しいんですがね。ですが、さすがにそこまで厚かましくはなれません」

「女の子たちの代わりに、おれが原ちゃんにせがんでやってもいいぜ」

「いいえ、結構です。どうぞ……」

黒服が室内に立った。

右手にカウンター席があり、フロアスペースに十二卓のテーブル席がある。客席は半分ほどしか埋まっていない。ホステスは二十数人で、いずれも容姿が整っている。

奥まった所に白いグランドピアノが置かれ、スポットライトの下で真梨奈が間奏を華麗に弾いていた。ナンバーは『ムーンリバー』だった。

どこか儚《はかな》げに映る真梨奈の横顔は、息を呑《の》むほど美しい。畔上の視線を感じたのか、真梨奈がほほえみかけてきた。畔上は目で真梨奈に笑いかけた。

「やっぱり、来てくれましたね」

ピアノの斜め前のボックスにいる原が片手を掲《かか》げた。三人のホステスが侍《はべ》っていた。

畔上は原と同じテーブルにつき、黒服に声をかけた。

「おれのボトルを運んでくれないか。それから、フルーツの盛り合わせも一緒にね」

「かしこまりました」

黒服が下がった。畔上は顔見知りのホステスと短い挨拶を交わし、ロングピースをくわえた。

すかさず隣のホステスが、赤漆塗《あかうるし》りのライターを鳴らす。デュポンだった。

少し待つと、ボーイがスコッチ・ウイスキーとグラスを運んできた。

ホステスが馴《な》れた手つきで、オールド・パーのロックを用意した。別のボーイがフルーツの盛り合わせを届けてくれた。

「さっさとフルーツを喰ったら、みんな、ちょっと席を外してくれ。今夜こそ畔上《アゼ》さんをおれの寝室に誘い込もうと思ってるんだからさ」

原がホステスたちに冗談を言った。

三人は嬌声《きょうせい》をあげると、競《きそ》い合うようにマンゴーやパッションフルーツを摘《つま》みはじめた。別に彼女たちは腹を空《す》かせているわけではない。

人払いのサインに少しでも早く応《こた》えようとしているのだ。ほどなく三人は、別のテーブルに移っていった。

「だいぶ待たせちゃったな」

畔上は、原とグラスを触《ふ》れ合わせた。

原はいつものようにカジュアルな恰好《かっこう》をしているが、ジャケットやスラックスは高級品だった。手縫《てぬ》いの靴は二十万円だったか。しかし、成金趣味ではない。デザインはシンプルで、スタイリッシュだ。

「真梨奈ちゃんのピアノも歌もいいな。魂に響いてきますもんね。畔上《アゼ》さんも、そう思うでしょ?」

「ああ、最高だね」

「ところで、捜査のほうはどうなんです?」

「まだ初日なんで、これといった手がかりは摑めなかったんだ」

「そうですか」

「原ちゃんとこの企業グループに調査会社があったよな?」

「ええ」

「手の空いているスタッフがいたら、『共栄産業』というビル掃除会社の業績を調べてもらってほしいんだ」

「お安いご用です。その会社のことをもう少し詳しく教えてください」

原が促《うなが》した。

畔上は真梨奈の歌を聴きながら、警察ＯＢが経営する会社について喋りはじめた。

3

遺影は笑っていた。

透明な笑顔だった。印画紙の中の八木は、いまにも大笑いしそうな感じだ。カメラを向けている者が何かおかしなことを言って、笑いを誘ったのだろう。

畔上は白布に包まれた骨壺をそっと撫《な》ぜ、静かに合掌した。立ったままだった。

群馬県前橋市《まえばしし》荒牧《あらまき》にある八木の実家だ。玄関ホールに接した居間だった。洋室である。部屋の一隅に祭壇がしつらえられていた。

果実や菓子類が供《そな》えられ、遺影は多くの生花に取り囲まれている。畔上が捧げた白百合《しらゆり》の匂いが室内に充《み》ちていた。

『エトワール』で原圭太と酒を酌《く》み交わした翌日の午後三時過ぎだ。畔上は、遺品の中に事件を解く手がかりがあるかもしれないと思い、四輪駆動車を飛ばして群馬にやってきたのである。

「十字を切るべきでしたね。息子さんは、クリスチャンだったんですから」

畔上は合掌を解き、斜め後ろに立っていた故人の母親に声をかけた。郁子《いくこ》という名で、ちょうど六十歳のはずだ。

「いいんですよ。それより、わざわざこんな田舎まで来てくださって、ありがとうございました」

「いいえ。こちらこそ、先月の葬儀に列席できなくて申し訳ありませんでした」

「どうかお気になさらないでください。どうぞお坐りになって」

郁子がリビングソファを手で示した。

畔上は軽く頭を下げ、ソファに腰かけた。故人の母親が向き合う位置に浅く坐る。コーヒーテーブルの上には、茶の用意がされていた。

「畔上さんが主任監察官をなさってるころは、敏宗、帰省《きせい》するたびに上司のあなたのことを話してくれたんですよ」

「そうだったんですか。こっちは不良刑事なんで、あまり悪徳警官の摘発に熱心じゃなかったんです。人間臭いスキャンダルや少々の悪さには目をつぶってやりたいほうですんでね。そんなふうだったから、八木君はいい加減な上司だと言ってたんだろうな」

「いいえ、反対ですよ。息子は畔上さんのことを誉《ほ》めちぎってました。オールラウンドの優秀な捜査官で、硬軟の両面を併《あわ》せ持った大人だと憧《あこが》れてたんです」

「それは意外だな。八木君は正義感がとても強かったんで、時には清濁を併《あわ》せ呑んでしまう当方を狡《ずる》い人間と内心、軽蔑してると思ってましたがね」

「本当に敏宗は、あなたのようになりたいと思ってたようですよ。でも、牧師だった夫は自分にも他人にも厳しかったから、いつも息子に清く正しく生きる努力を怠《おこた》るなと言い聞かせてました。それで、石部金吉《いしべきんきち》になってしまったんでしょう。母親がこんなことを言ってはいけないんでしょうけど、敏宗はあまりにも禁欲的《ストイック》に生きすぎましたね。生身の人間なんだから、もっと気楽に生きてもよかったんだと思います。わたし、夫に内緒で息子が高校生のときにガールフレンドのひとりや二人は作れとけしかけたことがあるんですよ。悪い母親かもしれませんけど、息子がどこか無理をしてるような気がしたんで、ついそんなことを言ってしまったんです」

「いいお母さんだと思うな。で、息子さんの反応はどうだったんです？」

「一瞬、救われたような表情を見せました。でも、すぐに顔をしかめて、『くだらないことを言うなよ』と声を荒《あら》げたの。父親の言う通りに生きなければ、人間失格と思ってたんでしょうね」

「そうなんだろうか」

「わたしたち夫婦は、子育てに失敗したのかもしれません」

郁子がうなだれた。

「そんなことはないでしょう。八木君は、いまどき珍しい真面目な男でしたよ」

「真面目はいいんですが、堅物すぎます。元上司の畔上さんですから、話してしまいますけど、息子は高校生のときに感電自殺を図ろうとしたことがあるんです」

「なんで、また……」

「どうしてもマスターベーションをやめられない自分は下劣《げれつ》な人間だと思い詰めて、発作的に自殺する気になったんですよ」

「それは、考えがストイックすぎるな。そこまで自分を厳しく律《りっ》しなければならないんだったら、おそらくこの世に成人男性はひとりも存在してないでしょう」

「本当にそうよね。多分、敏宗は童貞のままで神のおそばに……」

「そうなんだろうか」

畔上は、そうとしか言えなかった。健康な若い男なら、狂おしいほどの性衝動《リビドー》に駆られたことが幾度もあったにちがいない。

故人は懸命に性欲を抑《おさ》え込み、そのたびに罪悪感にさいなまれたのか。父親が厳格な牧師だからといって、それほどまでに本能や欲望を捩伏《ねじふ》せようとするのは異常ではないだろうか。どう考えても、度を超している。

高校生のころに初めて性体験をした自分には、にわかには信じられない話だった。しかし、八木の母親が作り話をしなければならない理由はない。事実なのだろう。

「いただきます」

畔上は緑茶を啜《すす》った。

「悪徳警官を内部告発することに、息子はそれなりに誇りを持ってたんでしょう。それから、意義もあると信じてたにちがいありません」

「でしょうね」

「でも、一方で正義という名の鎧《よろい》を脱ぎ捨てて、ごく平凡な生活をしたいと願ってたんじゃないのかしら？　性体験の有無《うむ》なんてたいしたことではないと思いつつも、なんだか息子がかわいそうな気もするんですよ」

「お母さんのお気持ちは、なんとなくわかります。ある雑誌に載《の》ってた戦時中の体験記なんですが、数日後に特攻隊員として出撃することになってた二十一歳の息子が童貞だと知ってた母親は同じ町に住む未亡人に何升かの白米を持っていって、なんとか倅《せがれ》の筆下ろしに協力してもらえないかと泣いて頼んだんだそうですよ。その若者は、赤線地帯にも行けないような真面目人間だったらしいんです」

「そんな息子が不憫《ふびん》に思えて、母親は我が子が戦死する前にせめて女性の体に触《ふ》れさせてあげたかったのね。その気持ち、よくわかります。で、どうなったのかな。後家《ごけ》さんは、その頼みを聞き入れてあげたのかしら？」

「ええ。未亡人は純情青年に惜《お》しみもなく裸身を晒《さら》し、自分の中に相手を導いたんだそうです。性体験をした若者はもっと生きたいと強く願ったはずですが、未亡人に涙を流して感謝し、翌日、鹿児島の特攻隊基地に向かったらしいんですよ」

「哀《かな》しいけど、いい話じゃありませんか」

「そうですね」

「わたしも、息子に誰かパートナーを宛《あて》がってやるべきだったのかもしれません」

「八木君の場合は、そんなことをしても喜ばなかったと思いますよ。妙なお膳立てをしたのが母親だと知ったら、本人は不快になったでしょうからね。そして、お母さんを軽蔑したかもしれないいな」

「ええ、そうでしょうね。いやだわ、話を脱線させてしまいました。畔上さんは人事一課監察から一年数カ月前に特命捜査対策室に異動になったと敏宗が言ってましたが、捜査一課に戻られたのね？」

　郁子が確かめる口調で言った。

「そうじゃないんですよ。個人的に八木君の事件をちょっと調べる気になっただけなんです。捜査本部の第一期捜査では懲戒免職になった三人の元警察官が捜査線上に浮かんだんですが、その連中にはアリバイがあったし、第三者に殺人を依頼した気配もうかがえなかった。で、一応、嫌疑は晴れたらしいんです」

「わたしも、そういう報告を本庁の方から受けてます」

「そうでしょうね。実はわたし、念のために容疑を持たれた伏見昌平、戸塚友哉、桜井由香の三人に揺さぶりをかけてみたんですよ。やはり、三人とも心証はシロでした。桜井由香との不倫関係を八木君に暴かれた霧島賢吾という元新聞記者も、捜査本部事件には関わってないようです」

「そうですか」

「待機寮の部屋にあった遺品は、そっくり実家で引き取ったんでしょ？」

「何点かは捜査本部にお貸ししたままですけど、残りはすべて実家《ここ》にあります。ただ、まだ梱包《こんぽう》を解く気になれないんで、段ボール箱に入れたままの状態で息子の部屋に積み上げてありますけど」

「差し支《つか》えなかったら、八木君の遺品をすべて見せていただけないでしょうか。何か手がかりが見つかるかもしれませんのでね」

「ええ、かまいませんよ」

「息子さんが使ってた部屋は二階にあるんですか?」

畔上は訊《たず》ねた。

「そうです。しばらく掃除をしてませんので、フローリングに埃《ほこり》が溜まってるんじゃないかな。少し待っていただければ、わたし、ざっと掃除をします」

「埃なんか気にしませんよ。できれば、少しでも早く息子さんの遺品を見せていただきたいな」

「そういうことなら、すぐに二階に上がりましょうか」

郁子がリビングソファから立ち上がった。

畔上も腰を浮かせ、居間を出た。玄関ホールの奥に階段があった。

郁子に従って、二階に上がる。故人が生前に使っていた八畳の洋室は、右手の角部屋だった。

八木の母親が先に部屋に入り、二カ所の窓のカーテンを左右に寄せた。

室内が明るくなった。仕切り壁側にシングルベッドと洋服箪笥《だんす》が並び、正面の窓辺には机が置かれている。机上にはパソコンが載っていた。

右手の窓側には書棚、CDミニコンポ、テレビが据えられている。その前に四つの段ボール箱が横一列に連《つら》なっていた。

「どうぞ封を切って、自由に中身をご覧になって」

「では、そうさせてもらいます」

畔上は奥の段ボール箱の前に坐り込み、手早く粘着テープを剝《は》がした。中身はハーフコート、パーカ、各種の靴だった。

取り出した物を箱の中に戻し、横にずれる。二番目の段ボール箱には、衣類、下着、靴下などが収められていた。

三番目の箱の中には、CD、本、DVD、雑貨品が詰まっていた。パソコンのUSBメモリーやICレコーダーのメモリーは見つからなかった。そうした物は、捜査本部がいち早く借り受けたのだろう。

最後の段ボール箱には腕時計、預金通帳、ビジネス手帳、デジタルカメラ、運転免許証、パスポートなどが入っていた。

畔上は預金通帳を見た。残高は二百五十万円弱だった。不審感を覚える預金額ではない。

ただ、振込人を目でなぞっていくうちに、思わず声をあげそうになった。なんと四カ月ほど前に『共栄産業』から五百万円が振り込まれていた。

警察OBの宮路重人が社長を務めているビルメンテナンス会社は、なぜ八木敏宗の口座に五百万円も振り込んだのか。その五百万円は翌日、現金で引き出されている。八木は現職警官の誰かが『共栄産業』と繋がっていて、何か悪事の片棒を担《かつ》いでいる事実を突き止めたのかもしれない。曲がったことの嫌いな故人が『共栄産業』を強請《ゆす》ったはずはないだろう。

問題の五百万円は振込人が〝お目こぼし料〟のつもりで、八木の銀行口座に勝手に振り込んだにちがいない。警察OBの宮路社長なら、伝手《つて》を使って八木の口座番号を聞き出すことは可能なのではないか。

八木は、引き出した五百万円を『共栄産業』に叩き返したのだろう。それで相手方は悪事を暴かれることを恐れ、八木を殺害する気になったのではないか。

畔上は、そう推測した。

しかし、まだ根拠を摑んだわけではない。故人の母親に迂闊《うかつ》なことは言えなかった。

畔上は黙って預金通帳を段ボール箱の中に戻し、デジタルカメラに保存されている画像を再生してみた。

と、同じ制服姿の三十歳前後の制服警官が三カットほど写っていた。いずれも盗み撮《ど》りしたものだろう。

怪しい制服警官は、人通りの少ない路上や公園内で四十代後半の短髪の男と立ち話をしていた。相手は軽装で、眼光が鋭い。元刑事かもしれない。

そうだとしたら、『共栄産業』の社員なのではないか。制服警官は捜査情報を四十七、八歳の男に教えているのだろうか。そのことに八木は気がついて、密《ひそ》かに制服警官をマークしていたのかもしれない。

畔上は、ディスプレイに映し出された制服警官の顔をよく見た。見覚えはなかった。都内の所轄署のどこかに属しているのだろう。巡査長だった。

正式には、巡査長という職階は存在しない。何年か巡査を務めた者に与えられる便宜《べんぎ》的《てき》な職名だ。

その狙いは士気高揚《しきこうよう》だった。なかなか巡査部長に昇進できないベテラン巡査を引き留める目的で、巡査長という階級を設けたわけだ。むろん、巡査とは階級章が異《こと》なる。しかし、巡査部長のような権限はない。

「お母さん、このデジタルカメラかＳＤカードをしばらくお借りしてもかまいませんか？」

畔上は郁子に話しかけた。

「デジカメごと、お貸しします」

「では、拝借しますね。いま、預かり証を書きます」

「そんなものは要りませんよ。あなたは、敏宗の元上司だったんです。デジタルカメラを持ち逃げするはずありませんからね。どうぞお持ちになって」

「それでは、お借りします」

「何かの役に立ってくれるといいんですけど」

郁子が低く呟いた。畔上は段ボール箱の蓋《ふた》を閉めて、すっくと立ち上がった。

「カーテン、閉めましょうか？」

「後《あと》で閉めますよ、わたしが」

「そうですか。では、これでお暇《いとま》します」

「遠方まで来ていただいて、本当にありがとうございました。故人も天国で感謝してると思うわ。それはそうと、あなたが個人的に事件のことを調べてるって話は捜査本部の方々には喋らないほうがいいんでしょ？」

郁子が確かめた。

「ええ、できれば。そういう話を聞いたら、正規捜査員たちはなんとなく面白くないでしょうからね」

「わかりました。わたし、余計なことは言いません」

「お願いします」

畔上は先に階下に降り、玄関の三和土《たたき》で靴を履《は》いた。八木の母に見送られ、かつての部下の実家を出る。路上に駐《と》めたジープ・チェロキーに歩み寄ろうとしたとき、目の前を薄茶のワゴン車が通過していった。

畔上は驚きの声を洩らした。

あろうことか、ワゴン車を運転していたのは若林悠樹だった。しかも、車体には『共栄産業』の社名が入っていた。

若林を操っていたのは、『地虫の会』の宮路会長だったのか。その疑いはあるにちがいない。

宮路重人が八木殺害事件に絡んでいると見てもよさそうだ。今度こそ若林に強い恐怖心を与えて、真の雇い主の名を吐かせてやるつもりだ。

畔上は大急ぎで四輪駆動車に乗り込み、すぐさま発進させた。

ワゴン車は、だいぶ遠のいていた。畔上はアクセルを深く踏み込んだ。

みるみる車間距離が縮まる。ワゴン車がスピードを上げた。畔上も加速した。

若林の車は民家と畑が点散する地域を抜けると、群馬大のキャンパスの手前を通り、利根川《とねがわ》沿いの道路に出た。渋川《しぶかわ》方面に直進しているが、時々、減速した。

逃げる気なら、ひたすら高速でワゴン車を走らせるだろう。妙だ。何かおかしい。

わざわざ畔上の目の前を通り抜けたことも不自然だった。

罠にちがいない。

畔上は確信を深めた。だが、少しも怯《ひる》まなかった。むしろ、一気に真相に迫るチャンスだ。

ワゴン車は二キロほど道なりに進むと、急に左手の雑木林の横で停まった。雑木林の背後には利根川が横たわっている。

若林がワゴン車を降り、雑木林の中に走り入った。どうやら林のどこかに荒っぽい男たちが待ち伏せしているようだ。

畔上は四輪駆動車を停めた。

グローブボックスからグロック32を掴み出し、車を飛び出す。弾倉《マガジン》には、九ミリ弾をフルに装塡《そうてん》してあった。当然、まだスライドは引いていない。

畔上は雑木林の中に躍《おど》り込んだ。

中腰になって、樹木の闇を透《す》かして見る。

若林の姿が見えた。右手の斜め前を進んでいる。

雑木林のどこに暴漢が身を潜めているのか。おそらく単独ではなく、複数だろう。

畔上は用心しながら、斜めに駆けた。足許に重なった病葉《わくらば》や枯れた小枝を蹴散らしながら、若林の背後に迫る。

刺客《しかく》らしい人影は、どこにも見当たらない。若林自身が人目のない場所で自分と一騎打ちをする気でいるのか。それほどの度胸があるとは思えない。罠を仕掛けられたことは間違いなさそうだが、どうも様子が変だ。

「若林、何を企《たくら》んでるんだっ」

畔上は追いながら大声で怒鳴《どな》った。

若林は何も答えなかった。雑木林を出ると、河原に飛び降りた。川に一隻のモーターボートが浮かんでいた。操縦席に坐った男は、濃いサングラスをかけている。体つきから察して、三十代だろう。体軀《たいく》が逞《たくま》しい。元悪徳警官か。

畔上も雑木林を出た。

もう走っても、若林には追いつけないだろう。畔上はオーストリア製の拳銃のスライドを手早く滑らせ、初弾を薬室に送り込んだ。

「若林、止まれ！」

畔上は大声で言ってから、グロック32の引き金を絞った。

銃声が轟《とどろ》いた。右手がわずかに浮いた。右腕全体に反動《キック》が伝わってくる。放った銃弾は河原に着弾した。

若林の数メートルほど後方だった。

石塊《いしくれ》が幾つか跳《は》ね上がった。威嚇《いかく》射撃だ。

若林が竦《すく》むと予想していたのだが、そうはならなかった。そのまま彼は川の中に入り、白とブルーに塗り分けられたモーターボートの助手席に這い上がった。

畔上は両手保持で、モーターボートの舷《ふなばた》に狙いを定めた。

しかし、トリガーは引けなかった。弾道が逸《そ》れて、銃弾が燃料タンクに命中するかもしれないからだ。そうなったら、モーターボートは爆発炎上する。

モーターボートのエンジンが唸《うな》りはじめた。

「くそったれ！」

畔上は毒づいて、銃口を下げた。

そのとき、モーターボートが翔《かけ》るように滑走しはじめた。白い航跡をくっきりと残しつつ、利根川を下《くだ》っていった。

畔上は体を反転させ、雑木林を突っ切った。ワゴン車に駆け寄って、グローブボックスから車検証を取り出す。間違いなく『共栄産業』の車だった。

車検証をグローブボックスに戻したとき、原圭太から電話がかかってきた。

「少し前にグループの調査会社のスタッフから調査の報告があったんですが、『共栄産業』は八年も前から赤字だということで、法人税をまったく納めてないですね」

「そう。年商にアップダウンは？」

「毎年、一億円弱ですね。そんな年商で五十人近い社員の給料を払えるわけありません。『共栄産業』は絶対にダーティー・ビジネスで荒稼ぎしてますよ」

「だろうな。だから、社長の宮路や従業員たちは羽振りがいいんだろう」

「そうなんだと思います」

「おれは群馬の前橋に来てるんだが、八木の事件に『共栄産業』の人間が関わってることを裏付ける出来事があったよ」

畔上はジープ・チェロキーに向かいながら、原に経過を伝えはじめた。

4

死角になる場所だった。

畔上は、警視庁本庁舎の十二階のエレベーターホールの近くにたたずんでいた。

時刻は午後五時半近い。前橋から東京に舞い戻ったのは少し前だった。

畔上は、警務部人事二課採用係の露久保《つゆくぼ》仁成《ひとなり》巡査部長を待っていた。三十二歳の露久保とは、主任監察官時代に幾度か酒を飲んだことがあった。

畔上は七、八分前に八木の実家から借りてきたデジタルカメラのSDカードを露久保に渡してあった。不審者の画像は、もう観《み》ただろう。人事二課は、警視庁警察官・職員約四万五千人の顔写真やプロフィールをデータベース化している。

八木に隠し撮《ど》りされた怪しい制服警官のことは、間もなく判明するだろう。畔上は前橋から戻る前に念のため、若林が乗り捨てたワゴン車のナンバー照会をしてみた。

ワゴン車は、間違いなく『共栄産業』が所有していた。ところが、五日前に愛宕《あたご》署に盗難届が出されていたのである。

若林が偶然、『共栄産業』のワゴン車を盗んだとは考えにくい。『地虫の会』の宮路会長は自分たち警察OBが捜査当局に疑われることを避けたくて、『共栄産業』の車が盗まれたと虚偽の被害届を出したのだろう。

畔上はそこまで思考を巡らせ、袋小路に入ってしまった。

宮路が自分の会社のワゴン車を若林に使わせたら、自分と彼の繋《つな》がりを知られてしまう。若林が宮路と何らかの関わりがあると見せかけたくて、『共栄産業』のワゴン車を盗んだのだろうか。

あるいは、宮路が利用価値のなくなった若林を斬り捨てる気になったのか。若林が

『共栄産業』のダーティー・ビジネスに加担していたと警察で供述したとしても、それを宮路は否認する気でいるのだろうか。そんなふうにも推測できる。

どちらだったのか。

畔上は判断がつかなかった。まだ判断材料が少ない。結論を急ぐ必要はないだろう。

靴音が近づいてきた。

壁に凭《もた》れていた畔上は、エレベーターホールの方を見た。露久保が足早に歩み寄ってくる。中肉中背で、これといった特徴はない。民間会社のサラリーマンと称しても、誰も疑わないだろう。

「余計な仕事を押しつけて悪かったな」

畔上は先に口を開いた。

「どうってことありませんよ。亡くなった八木さんが隠し撮りした男は大熊晃司《おおくまこうじ》巡査長、三十三歳です。現在は歌舞伎町のマンモス交番に勤務してますが、一年半前まで私服でした」

「元刑事だったって!?」

「ええ、そうです。上野署生活安全課にいたんですよ。おそらく職務で何かポカをやって、制服に逆戻りさせられたんでしょう。事実上の格下げですよね」

「上野署の生安課にいたんだったら、暴力団関係者や風俗店経営者なんかと親しくなりすぎたのかもしれない。そういった連中と飲み喰《く》いしながら、情報を集めるのは仕事のうちなんだが……」

「そうですね。しかし、やくざの身内の結婚式や告別式に列席したら、問題になります。それから、闇社会の人間から金を借りたりしたら、まずいですよね？」

「そうだな」

「大熊は懲戒免職になってないわけですから、それほど無法者たちと深くは繋がってなかったんでしょう」

　露久保が言った。

「いや、実際はヤー公どもとかなり癒着してたんだと思うよ。だから、八木が監察をつづけてたんだろう。おれは、そう睨《にら》んでる」

「そうか、そうなのかもしれませんね。八木さんもそういう感触を得たんで、大熊をマークしてたんだろうな」

「そうにちがいない。八木は動物的な勘で、悪さをしてる警察官《サツカン》を正確に嗅ぎ当ててたんだろう。あいつは、大熊が免職になるような不正をしてると直感して、告発の証拠を握ろうとしてたんじゃないかな」

「そうなんでしょうね。大熊が路上で接触してる相手の正体までは残念ながら、わかりませんでした。どこかで見たような顔も混じってたんですけどね」

「そいつらの素姓《すじょう》は、おれが突き止めるよ」

「捜査本部に出張《でば》ってる本庁《うち》の殺人犯捜査六係の連中、なんか頼りないですね。被害者は身内なんですから、スピード解決してほしかったな。二期目で片をつけられなかったら、桜田門もたいしたことないと所轄の人間にばかにされちゃいますよね」

「ま、そうだろうな」

「畔上さんは、非公式に八木さんの事件を洗い直してるんですね。元部下が殺害されたんだから、じっとしてられなくなったんでしょ？」

「そういう気持ちも少しはあるが、特命捜査対策室では特に職務を与えられてないんで、時間を持て余してるんだよ」

「上層部は、いったい何を考えてるんだろうな。畔上さんはあらゆる犯罪捜査ができるのに、特命捜査対策室なんかに異動させて」

「おれは、はみ出し者だからな。偉いさんたちは、こっちが腐って辞表を書くのを待ってるんだろう」

「そんなことはないと思いますよ。畔上さんは、敏腕刑事なんですから」

「生意気なんで、使いにくいんじゃないのかな」

会話が途切れた。一拍置いて、露久保が短い沈黙を破った。

「デジカメのSDカード、お返ししておきます」

「そうしてもらうか。そのうち何か奢《おご》るよ」

「いいえ、そんなお気遣いは無用です。畔上さんのお役に立てたとしたら、それだけで充分ですよ」

「八木の事件《ヤマ》が片づいたら、二人で飲もうや」

畔上はデジタルカメラのSDカードを受け取って、露久保の肩を軽く叩いた。露久保が一礼し、人事二課に戻っていく。

畔上は、その場を動かなかった。かつて属していた人事一課は、一つ下のフロアにある。

十二階のエレベーターホール付近で露久保と話し込んでいたら、怪しむ者も出てくるだろう。露久保に迷惑をかけるわけにはいかない。

畔上は五分ほど時間を遣《や》り過ごしてから、エレベーターホールに足を向けた。誰もいなかった。胸を撫《な》で下ろし、下降ボタンを押す。

その数秒後、聞き覚えのある男の声で呼び止められた。

首席監察官の難波航《なんばわたる》警視正の声だった。かつての上司だ。

三十六歳で、京大法学部出身のキャリアである。父親は京都育ちだが、本人は横浜生まれだ。たまに関西弁のアクセントが混じるが、標準語で話す。

警察官僚《キャリア》だが、少しも尊大さはない。年上の部下を呼び捨てにすることはなかった。

「どうもしばらく！」

畔上は体ごと振り向いた。

「十二階で、畔上さんと会うとは思いませんでした。このフロアには、なぜ？」

「ちょっと考えごとをしてて、うっかり十二階で降りちゃったんだ」

「そうだったんですか。ぼくは人事二課長とちょっとした打ち合わせがあったんですよ。八木巡査部長、残念なことになりました。畔上さんの部下の中では、最も有望だったんですがね」

「八木がもうこの世にいないなんて、まだ信じられないよ」

「ぼくも同じです。彼が懲戒免職に追い込んだ者がたくさんいるんで、その中の誰かに逆恨みされてたんでしょうか？」

「そうなのかもしれないな。八木の私生活には何も問題はなかったから、元悪徳警官に憎まれてたんだろうな。こっちが昔のように捜一にいたら、一課長か理事官に直《じか》に掛け合って、捜査本部に出張らせてもらうんだが……」

「元上司としては、そういう気持ちになるでしょうね。ぼくだって、現場捜査のキャリアがあったら、畔上さんと似たような思いに駆られたと思いますよ。まだ重要参考人の絞り込みに至ってないようだから、焦《じ》れったいですよね」

「犯人《ホシ》にまったく心当たりがないのかな」

「八木巡査部長に摘発された奴の中に加害者がいるような気がしてますが、具体的なことはわかりません」

首席監察官が口を結んだ。

そのすぐ後《あと》、エレベーターの扉が左右に割れた。畔上たち二人は函《ケージ》に乗り込んだ。

「たまには、監察《うち》に遊びに来てくださいよ」

難波が明るく言って、十一階で降りた。

畔上は地下二階の車庫まで下《くだ》り、ジープ・チェロキーの運転席に入った。イグニッションキーを捻《ひね》ったとき、原圭太から電話があった。

「畔上《アゼ》さん、調査会社のスタッフが『共栄産業』の契約先を調べたら、有名企業二百五十社にのぼったというんです。しかし、実際には契約先の本社ビル、支社、営業所、工場の掃除はしてなかったらしいんですよ」

「ということは、契約先は架空のメンテナンス料を毎月払わされてるんだろうな」

「そうなんでしょう」

「『共栄産業』は契約会社の役員たちのスキャンダル、脱税、粉飾決算、不正取引なんかの証拠を押さえて、半ば強引《なか》にメンテナンス契約をさせたんじゃないのかな」

「ええ、おそらく。そういう形を取れば、恐喝罪の適用は難しいでしょうからね。脅迫の録音音声でもない限り、まず立件はされないんじゃないですか？」

「ああ、そうだな。元警官なら、検挙されるような脅迫はしないだろう。殺された八木敏宗は企業恐喝を立証したくて、警察ＯＢに協力してる現職警官をマークしてたようだな」

「その現職警官のことはわかったんですか？」

「少し前にわかったんだ」

畔上は、大熊晃司のことを教えた。

「上野署の生活安全課にいた刑事が交番勤務に戻されたんじゃ、その大熊って巡査長はやる気を失ったんだろうな。で、警察ＯＢの宮路社長の企業恐喝を手伝って、悪銭を懐《ふところ》に入れてるんじゃないですかね？」

「原ちゃんの推測は外れてないだろうな。大熊の動きを探《さぐ》ってみるよ。何か捜査が進展しそうだからさ」

「そうですね。そうそう、宮路が六年前に四億二千万円で購入した目黒区青葉台の豪邸はまったく抵当権が設定されてなかったそうです」

「要するに、宮路は借金なしで自宅を買ったわけだ」

「そうなりますね。『共栄産業』の年商は一億円にも満たない。税金対策で意図的《いとてき》に赤字にしてるんでしょうが、社長ががっぽり儲けてなければ、それだけの高額物件は購入できるわけありませんよ」

「だろうな。『共栄産業』は、ビルメンテナンス会社を装った恐喝集団と見ていいんだろう」

「そう思います。それからね、宮路社長は二十七歳の愛人を囲ってるそうです。えーと、確か名前は西脇亜未《にしわきあみ》だったな。自宅は『広尾アビタシオン』の四〇一号だという話でした」

「その彼女は、銀座の高級クラブのホステスだったのかな?」

「元クラブホステスじゃなくて、宝石デザイナーをやってるそうです。いずれ自分のジュエリーショップを持ちたくて、宮路重人の愛人になったみたいですよ」

「そう」

「西脇亜未にうまく接近して、宮路の悪事を探り出す手もあるんじゃないかな。いろいろスケジュールが詰まってるけど、おれが亜未に近づいてみてもいいですよ」

「原ちゃんにそこまで無理はさせられない。タイミングを計《はか》って、こっちが宮路の愛人に探りを入れてみるよ」

「そうですか。畔上《アぜ》さん、仲間とモーターボートで逃げたという若林も、宮路たちの非合法ビジネスに一枚嚙んでるんでしょうね。若林は『共栄産業』のワゴン車に乗ってたということですから」

　原が言った。

「そのことなんだが、ワゴン車の盗難届が五日前に『共栄産業』から愛宕署に出されてたんだよ」

「えっ、そうなんですか。どういうことなのかな。若林は、警察ＯＢたちのダーティー・ビジネスに協力してるわけじゃないんですかね？」

「そのあたりがはっきりと読めないんだ。若林は八木殺しに宮路重人が関与してると見せかけ、『共栄産業』のワゴン車をかっぱらって被害者の実家周辺に姿を見せたのか。そうではなく、宮路が予《あらかじ》め盗難届の出ているワゴン車で若林を前橋に行かせたのか。どっちなのか、判断がつかないんだよ」

「後者だったとしたら、宮路は協力者だった若林に八木監察係殺しの濡衣《ぬれぎぬ》を着せる気でいるんじゃないのかな。そういう形で、若林を斬り捨てるつもりなんじゃありませんか？」

「おれも初めは、原ちゃんと同じように筋を読んだんだよ。しかしね、若林が捜査本部に身柄を確保されたら、宮路は危《ヤバ》い裏ビジネスのことをすべて喋られるかもしれないんだ」

「そのときは、宮路はとことんシラを切るつもりでいるんじゃないのかな」

「最初、おれもそう考えたりしたんだよ。だが、よく考えたら、シラを切り通すことなんてできるわけないんだ」

「そうか、そうでしょうね。となると、宮路は若林を陥《おとしい》れようと画策したわけじゃなさそうだな」

「そうなんだよ。だから、筋をどう読めばいいのか……」

「わからなくなっちゃいますよね」

「ああ。しかし、そのうち自然に判断がつくようになってくるだろう」

「ええ、多分ね」

「とにかく、ちょっと大熊の動きを探ってみるよ。原ちゃんの協力には感謝してる。

いろいろありがとう!」

畔上は通話を切り上げ、四輪駆動車を走らせはじめた。車庫のスロープを登って、本庁舎を出る。道路は渋滞気味だった。

花道通りに面した歌舞伎町二丁目のマンモス交番の近くにジープ・チェロキーを路上駐車したのは、およそ三十五分後だ。

畔上は車を降り、通行人を装ってマンモス交番の前を抜けた。歩《ほ》を運びながら、さりげなく派出所の中を覗《のぞ》く。制服に身を包んだ大熊巡査長は交番の奥で、同僚と何か話し込んでいた。すぐには巡回に出る様子はなさそうだ。

マンモス交番の斜め前に、飲食店ビルがあった。二階はパスタ料理の店だった。道路側は、嵌《は》め殺しのガラス窓だ。窓際のテーブル席からマンモス交番はよく見えるだろう。

畔上は飲食店ビルに入り、二階の小粋なイタリアン・レストランの扉を押した。窓際のテーブル席が一つだけ空いていた。畔上は、その席に落ち着いた。エスプレッソとペペロンチーノを注文し、ロングピースに火を点ける。

パスタを食べながらも、畔上はマンモス交番から目を離さなかった。エスプレッソを飲み終えても、大熊は派出所から出てこない。

畔上はイタリアン・レストランを出ると、四輪駆動車の中に戻った。車をマンモス交番を見通せる場所に移動させ、ライトを消した。

畔上はエンジンも切って、背凭《せもた》れに上体を預けた。

張り込みの開始だ。

第三章　怪しい警察ＯＢ

1

午後九時を過ぎた。

それから間もなく、大熊晃司がマンモス交番から現われた。私服だった。

交替要員にバトンタッチし、一日の職務を果たしたのだろう。交番のローテーションは通常、一日三交替制になっている。

畔上はごく自然にジープ・チェロキーを降り、ドアをロックした。

夜風が頬を嬲《なぶ》る。畔上はダークグリーンのパーカの襟《えり》を立て、大熊を尾行しはじめた。

大熊は花道通りを区役所通り方向に歩き、さくら通りに足を踏み入れた。通りの両側には飲食店が軒《のき》を連《つら》ねている。風俗店やネットカフェもあった。

　大熊は肩を揺すりながら、靖国通り方向に進んでいる。人相がよくないから、やくざと思われたのだろう。擦《す》れ違う男たちが次々に路《みち》の端に寄る。

　畔上は一定の距離を保《たも》ちながら、大熊を尾《つ》けつづけた。

　ほどなく大熊は、さくら通りの中ほどにある喫茶店に入った。昭和三十年代後半から営業している店だ。コーヒー一杯が千二百円と安くないが、暴力団組員や水商売関係者によく利用されている。不良外国人たちの姿も、しばしば見かける。

　畔上は変装用の黒縁眼鏡《くろぶちめがね》をかけてから、老舗《しにせ》喫茶店に足を踏み入れた。

　店内は割に広い。今夜も柄の悪そうな客が目立つ。

　大熊は奥の壁際のテーブル席にいた。四十五、六歳の男と向かい合っている。

　その男の顔には見覚えがあった。新宿署生活安全課の刑事だったのではないか。残念ながら、名前までは思い出せない。

　大熊たちのテーブル席の左隣のボックスシートが空いていた。

　畔上は、その席に坐った。大熊とは背中合わせだった。

　客寄せの美人ウェイトレスにブレンドコーヒーを注文し、煙草をくわえる。畔上はロングピースを喫《す》いながら、耳をそばだてた。

「大熊、何があっても、おれの名は伏せてくれよな」

四十代半ばの男が小声で言った。

「わかってますって。案外、和倉《わくら》さんも気が小さいんだな。もっと開き直ってると思ってましたよ」

「おまえと違って、おれは妻子持ちなんだ。それに、まだ新宿署《カイシャ》をクビになってもいいほど副収入を得てないからな」

「そんなことはないでしょ。だいぶマッチ・ポンプをやったから、もう億は稼いだんじゃないんですか？」

「おい、マッチ・ポンプなんて言葉は遣《つか》うなって。この店には筋者《すじもの》がよく来てるんだ。いまだって、ざっと見回しても五、六人はいる」

「そうですね。気をつけます。話を戻しますけど、バイトで七、八千万円は稼いだんでしょ？」

「ま、そのくらいはな」

「羨《うらや》ましいな。おれなんか代理人だから、まだ二千万も稼いでない」

「こっちは危ない橋を渡ってるんだ。もっと取り分が多くてもいいと思ってるよ。けど、あんまり欲をかいたら、コンクリート詰めにされて……」

「海の底に沈められちゃう？」

「ああ、おそらくな」

「いくら何でも、そこまではやらないでしょ？　先方だって、押収された品物《ブツ》を買い戻したいだろうからな」

「大熊、その話はするなっ」

「あっ、すみません」

　会話が中断した。そのすぐ後《あと》、大熊がオーダーしたホットココアが運ばれてきた。ウェイトレスが下がると、和倉が口を開いた。

「大人の男がココアを頼むとはな」

「別に甘党ってわけじゃないんですけど、たまに糖分をたっぷり摂《と》りたくなるんですよ。ストレスが溜まると、無性《むしょう》に甘い物が欲しくなっちゃうんです」

「私服から制服に逆戻りさせられたんだから、ストレスも溜まるよな？」

「ええ」

「それにしても、おまえはチンケな奴だ。故買屋《こばいや》から押収した貴金属の一点のロレックスの腕時計をくすねちまったんだからな」

「前々から欲しいと思ってたんですよ。だけど、高くて自分ではとても買えない。だから、つい出来心でね」

「しかし、危《ヤバ》いことになると思って、次の日に盗《ギ》った腕時計をこっそり押収品袋の中に戻したんだろ？」

「ええ。自分の指紋《モン》はきれいに拭《ぬぐ》い取ったつもりだったんですが、ほんの少しだけ残ってたんですよ」

「で、課長にロレックスを一日だけ嵌《は》めてたことがバレちゃったんだ？」

「そうなんです。課長の計らいで懲戒免職は避けられたんですが、ペナルティーとして次の人事異動では派出所勤務を命ぜられてしまったんですよ。そのときに尻《けつ》を捲《まく》って依願退職してたら、和倉さんと組んで率のいいバイトはできなくなってたな。あのときに辞表を書かなくてよかったですよ」

大熊が言って、ココアを啜《すす》った。下品な飲み方だった。耳障《ざわ》りな音をたてつづけた。

畔上のコーヒーが届けられた。

いつものように、ブラックで飲みはじめた。モカの割合が多いようだ。まずくはない。

大熊たち二人の遣《や》り取《と》りで、現職警官たちが犯罪に手を染めていることはわかった。

新宿署の和倉という刑事は管内の組事務所から押収した麻薬を後日、こっそりと持ち出し、それを手入れ先に買い戻させているようだ。薬物を組事務所に持ち込んでいるのは、代理人役の大熊だろう。

自分で火を点け、何喰《く》わぬ顔で炎を鎮《しず》める。その種のマッチ・ポンプ犯罪は、昔からあった。

家宅捜査で組事務所から押収した麻薬を偽物とすり替え、元の持ち主に担当係官が買い戻させて汚れた金を得る。古典的な犯罪だった。

押収した麻薬は、たいがい再検査されることなく焼却されている。偽物とすり替えても、発覚する恐れは少ない。その盲点を悪用した犯罪が露見した場合は当然、被疑者は免職になり、刑に服さなければならない。

リスキーだが、その気になれば、荒稼ぎできる。大熊は制服警官に戻されたときから、いずれ早期退職する気になっていたのだろう。そして、何か自分で商売をはじめる気でいるのではないか。それには開業資金が必要だ。そのため、悪事に加担しているにちがいない。

「おれも堕落しちまったよな」

和倉が自嘲《じちょう》気味に呟いた。

「急に何ですか？」

「大熊は、なんで警察官《サツカン》になったんだ？」

「普通の勤め人にはなりたくなかったんですよ、なんとなくね。出身大学が三流だったから、有名企業には就職できないと思ったんです」

「そうか。おれが育った名古屋の下町は、不良や組員が多かったんだ。ちょっとでも非行少年《ヤンキー》っぽい髪型や服装をしてると、すぐに悪ガキやチンピラにいちゃもんをつけられて、有り金を巻き揚げられるんだ」

「町の治安をよくしなければいけないと思ったわけですね？」

「ああ、本気でそう思ったよ。だから、大学を出ると、警視庁採用試験を受けたんだ。独身のころは、自分で言うのもなんだが、まさに熱血警官だったよ。でもな、結婚して子供ができたりすると、青臭い正義感を保《たも》ちつづけるのは難しくなった。上司が黒いものでも白だと言い張ったら、反論しにくくなるからな」

「そうですね」

「独身だったら、イエスマンにはならなかったと思うよ。でもさ、上司にカッコよく辞表を叩きつけても、再就職先がうまく見つかるとは限らない。偉いさんたちを怒らせて辞めたりしたら、就職活動の妨害《ぼうがい》もされる。そんなことになったら、女房や子供たちを路頭《ろとう》に迷わせることになるよな？」

「でしょうね」

「だから、おれはいつしか飼い主の顔色を絶えず窺《うかが》ってる犬みたいになっちまったんだ。このまま飼い殺しにされるなんて、惨《みじ》めすぎるだろうが？」

「ええ、そうですね」

「だからさ、おれはVIP専用のセキュリティーサービス会社を興《おこ》そうと思ったんだ。元SP、元SAT《サット》隊員、元プロ格闘家、元傭兵《ようへい》なんかを高給で雇って、各界の著名人の護衛を請け負《うお》う。それなりに儲かるだろうし、意義もあるはずだ。とにかく、早く一国一城の主《あるじ》になりたいんだよ」

「自分は運送会社を経営したいと思ってるんです」

「おれの夢を実現させるよりも、はるかに金がかかりそうだな」

「ええ、そうですね」

「だから、陰でこそこそ動いてるわけか」

「え？」

大熊が訊き返した。

「おまえ、抜け駆けをしてるよなっ」

「抜け駆けって？」

「とぼけやがって。おまえは『地虫の会』の宮路会長の側近たちに住川会《すみかわ》、稲森会《いなもり》、城西会《じょうさい》、関東桜仁会《おうじん》、義友会《ぎゆう》なんかの弱みをこっそり教えて、そのつど謝礼を貰ってるはずだ」

「そ、そんなことしてませんよ。誤解ですって」

「白々しいな。おれはな、フリーの調査員をやってる昔の部下におまえを一週間ほど尾行してもらったことがあるんだよ」

「えっ⁉」

「おまえは、『共栄産業』の専務と常務に会ってる。関東御三家と業界四位と五位の組織の裏ビジネスに関する情報を宮路重人のブレーンたちに教えてやったよな？」

「それは……」

「口ごもったな。情報料は、トータルでいくらになったんだ？」

「十万ずつ貰ったきりですよ」

「嘘つけ！　トータルで一千万円以上は貰ってるだろうが！」

「そんなには貰ってませんよ。あの方たちは警察ＯＢなんだから、その気になれば、自分たちで闇社会の情報を集められます。自分に高い情報料を払ってまで、各組織の弱みを押さえることはないでしょ？」

「いや、確実な証拠は怪しげな情報屋からは入手できない。情報網を大きく拡《ひろ》げてるにちがいないよ。大熊、自分だけ甘い汁を吸おうなんて狡《ずる》いぜ。おれたちは押収品の件では、タッグを組んできたんだ。急所を握り合ってる共犯者同士なんだから、抜け駆けなんかするなよ」

「え、ええ」

「で、情報提供料でどのくらい儲けたんだい？」

「一千四百万円です」

「そうか。半分おれに寄越《よこ》せなんてケチなことは言わないよ。その代わり、今後はおれと一緒に宮路さんのグループに情報《ネタ》を売ろうじゃないか。おれは、金になる弱みを知ってるんだ」

「本当ですか？」

「ああ。参考までに訊くんだが、大熊はどんな情報を売ったんだ？」

「城西会の新しい武器庫の場所を教えたり、共和会の若頭補佐が企業舎弟《フロント》の内部留保を使って個人的に先物取引をしてるなんて情報を流してやったんです」

「その程度の情報《ネタ》で千四百万も貰ったのか。『共栄産業』は恐喝ビジネスで、しこたま儲けてるんだな。おれは、もっと高く売れる情報をいろいろ持ってる」

「フカシじゃないんでしょうね？」

「真情報《マブネタ》ばかりだよ。細かいことまでは教えられないが、関東桜仁会の中核組織は〝快楽殺人クラブ〟を主宰してて、金持ち連中に人殺しをさせてるんだ」

「本当ですか⁉」

「大熊、声がでかいよ。もちろん、本当の話さ。殺人遊戯のゲーム代は、獲物《えもの》一匹につき一千万円なんだ。餌食《えじき》になってるのは、主に家出娘と不法滞在してる東南アジア系の女たちだよ」

「構成員たちがそういう女たちを都内のあちこちで引っさらって、殺人ゲームの獲物にしてるんですね？」

「そう」

和倉が短く応じた。

「客は相手の女をさんざん姦《や》ってから、さまざまな方法で殺してるんだろうな」

「その通りだよ。殺しの道具は手斧《ておの》、山刀、短刀《ドス》、段平《だんびら》、鋸《のこぎり》、ピッケル、インディアン・トマホークと各種用意されてるんだ。拳銃もあるんだが、飛び道具を使う客はめったにいないみたいだな」

「でしょうね。銃弾であっさり撃ち殺したんじゃ、人殺しの快感をじっくり味わうことはできないからな」

「ああ、そうなんだろう」

「そんなシュールな秘密クラブがあるのか。獲物たちの死体は、どうしてるんだろうか」

「大型ミートチョッパーでミンチにしたり、クロム硫酸《りゅうさん》の液槽に……」

「遺体を投げ込んで、骨だけにしてるんですね？」

「そうなんだ。二時間も骨を液槽に浸しておけば、触《さわ》っただけで粉々に崩れてしまうはずだ」

「そうでしょうね」

「景気がいっこうに回復しないが、世の中にはリッチマンがいるんだろうな。快楽殺人クラブは繁昌《はんじょう》してるようだぜ。殺しの快感は癖になるようで、すでに五人以上も殺《や》ってしまった客が何人かいるんだ」

「五千万のゲーム代を払っても惜《お》しくないわけか。それだけ、人殺しの酔いは深いんでしょうね？」

「だと思うよ。現代社会では、殺人はタブーもタブーだ。だけど、人間にはタブーに挑んでみたいという邪《よこし》まな気持ちも心の奥底に潜《ひそ》んでる。好奇心の旺盛《おうせい》な奴らが禁じられた遊戯をしちゃうんだろうな」

「社会的成功者の中にも、そういう異常者がいるんでしょうね。人間って、怖い動物だな」

「その通りなんだろう。しかし、大熊だって、絶対にバレないという保証があったら、人を殺してしまうかもしれないぜ。誰か殺《や》ってしまいたいと思った奴が過去にいたろうが？」

「ええ、いましたね」

「やっぱりな」

「和倉さんが大金持ちで、犯罪が露見しないとしたら、家出娘や東南アジア系の女たちを平気で嬲《なぶ》り殺しにできます？」

「なんの罪もない女たちを虫けらのように殺《や》ることはできないよ。しかし、おれを侮《ぶ》辱《じょく》した男なら、始末できそうだな」

「そういう相手なら、自分もできそうですね」

大熊が同調した。

和倉が口にした快楽殺人クラブが実在するなら、どこかに拉致《らち》された女性が監禁されているにちがいない。畔上はソファから立ち上がって、すぐにも和倉を締め上げたい衝動を覚えた。しかし、そんなことをしたら、八木殺害事件の真相に迫れなくなるかもしれない。

畔上は義憤《ぎふん》を抑え、またもやロングピースに火を点けた。

「いまの話は、金になりそうですね。和倉さん、ほかにいい情報《ネタ》はあります？」

「あるよ、まだ。首都圏では六番目に勢力を誇ってる誠和《せいわ》会は闇社会の顔役たちと密かに交友を重ねてる有力国会議員、大物財界人、文化人、芸能人、各種のプロスポーツ選手たちにボランティア活動をしてる非営利団体に最低一千五百万円の大口寄附をさせて、後で寄附金をそっくり吸い上げてる」

「そういう手を使えば、恐喝にはならないわけだ」

「そうだな。しかし、誠和会の狡猾《こうかつ》なたかりに腹を立てた被害者の誰かが関西の最大勢力の六代目会長に洩らしたら、誠和会は潰《つぶ》されるだろう。それからさ、誠和会がせしめた大口寄附金をそのまま、警察ＯＢたちが横奪《よこど》りすることも可能だと思うよ」

「和倉さんは悪知恵が回りますね。自分、感心しました」

「妙な誉《ほ》め方だな。ちっとも嬉しくないね。ま、いいや。おれは高く売れる情報を持ってるんだから、大熊、そっちの裏ビジネスでも手を組もうや」

「わかりました。これからは一緒に『共栄産業』の専務や常務に会って、各組織の弱点や犯罪の事実を教えてやりましょう」

「よし、話は決まった。近々、先方の誰かと会えるようお膳立てをしてくれないか」

「了解しました。うまく持ち出してくれた極上のパ、ウ、ダ、ーは三キロでしたね」

「ああ、ビニールの手提《てさ》げ袋に入ってる白い粉は正味三キロだ。寺内《てらうち》組には、八百万で買い戻させてくれ。取り分は折半で、四百ずつだ。それで、文句ないだろ？」

「ええ、それはね。でも、ちょっと値が高くないですか？　別に元手がかかってるわけじゃないんですから」

「おれ《オレ》はひやひやしながら、パウダーを押収品保管室から持ち出してきたんだぜ。それだけの価値はあるよ。寺内組は押収された品物《ブツ》をわずか八百万円で買い戻せるんだ。先方にとっては、ありがたい話だろうが？」

「そうなんですがね」

「とにかく、その額で交渉してくれ。品物《ブツ》の取引は現金《ゲンナマ》だぜ。おれは、いつもの店で待機してるよ。また、後で会おう」

　和倉が伝票を手にして、先に店を出ていった。畔上は、短くなった煙草の火を灰皿の底で揉み消した。

　大熊と和倉は無防備過ぎる。犯罪にまつわる密談を不用意に喫茶店内で交わしていた。誰かに聞き咎《とが》められても、悪ふざけをしていただけだと言い張る自信があるというわけか。確かに、二人とも現職の警察官だ。店の客が怪しんでも、言い逃れはできると考えているのだろう。

後ろで、大熊が立ち上がる気配がした。

畔上は小さく振り向いた。大熊は、灰色のビニール製の手提げ袋を手にしていた。かなり重そうだ。

畔上は、卓上の伝票を抓《つま》み上げた。

2

監視カメラは六台も設置されていた。

住川会寺内組の持ちビルだ。八階建ての細長いビルだった。

新宿東宝ビルの斜め裏手にある。少し前に出た老舗喫茶店から、わずか数百メートルしか離れていない。

畔上は暗がりに立ち、寺内ビルの出入口に視線を注いでいた。

大熊は数分前に寺内組の事務所に入った。新宿署の和倉が押収した麻薬を八百万円で買い戻させたら、じきに外に出てくるだろう。

畔上は刑事用携帯電話《ポリスモード》を使って、本庁人事二課に電話をかけた。採用係の露久保は、まだ職場にいた。

「今度は何を調べればいいんです？」

「察しがいいな。新宿署の生活安全課に和倉という刑事がいると思うんだが、そいつのことを教えてほしいんだ」

「すぐに調べてみます。このまま少しお待ちください」

「わかった。悪いな」

畔上はポリスモードを握り直した。二分ほど待つと、露久保巡査部長の声が耳に届いた。

「お待たせしました。和倉数馬《かずま》は現在、四十六歳ですね。職階は警部補で、生安課の主任です」

「ずっと所轄の生安課勤務をしてきたのかな？」

「八年前に万世橋署《まんせいばし》の刑事課で暴力犯係を二年ほど務めてますが、後はずっと所轄の生安を渡り歩いてます」

「そうか」

「その和倉という生安課の刑事が、八木さんの事件に関与してるんですか？」

「その疑いは薄いんだが、押収した薬物を無断で持ち出して、手入れした暴力団に買い戻させてるかもしれないんだ」

「そうなら、人事一課監察に情報を提供しませんとね」

「それは、もう少し待ってくれ。きちんと裏付《ウラ》けを取ってからじゃないと、問題になるかもしれないからな」

「ええ、そうですね。和倉警部補は、単独でそうした不正をしてるんですか？」

「いや、歌舞伎町のマンモス交番に配属されてる大熊とつるんで小遣いを稼いでるようだ。実は、いま大熊をマーク中なんだよ」

「そうなんですか。その二人が押収品の横流しをしてるとわかったら、難波首席監察官に情報を提供すべきでしょうね」

　露久保が言った。

「そうだな。それは、おれがやろう。大熊は、警察ＯＢたちの親睦会『地虫の会』の会長の側近たちに広域暴力団の致命的な弱みを教えてるようなんだ」

「もしかしたら、八木さんは交番勤務をしてる大熊に殺害されたんじゃありませんか？」

「その疑いがまるでないわけじゃないが、おれは大熊から情報を入手してる警察ＯＢたちが臭いと思ってる」

「ええ、そうとも考えられますね」

「とにかく、もう少し事件の背景を個人的に調べてみるよ」

畔上は通話終了キーを押した。

ポリスモードをパーカのポケットに戻したとき、厚化粧をした若い女が近づいてきた。服装もけばけばしい。

「やっぱり、大人の男性って素敵ね。あたし、あなたに一目惚《ひとめぼ》れしちゃったみたい」

「だから？」

「うわっ、シビれちゃう。そんなふうに男の人に突き放された言い方されると、なんだか燃えちゃうのよね。あたしに関心ない相手を絶対に振り向かせてやれって気持ちになるの」

「早く用件を言ってくれ」

「その素っ気《そけ》ない言い方、感じちゃう。あたし、マゾなのかしら？」

「おれから離れてくれ」

「あたしが一軒目は奢《おご》るから、二人で飲みに行きません？」

「キャッチの娘《こ》か。店はどこなんだ?」

畔上は、相手の片腕を摑んだ。

「違うわ。あたし、キャッチバーとはなんの関係もありませんよ。あなたと楽しく飲みたいと思っただけ。その後《あと》、ホテルに行ってもいいわよ」

「キャッチガールには向かないな」

「まだ、そんなことを言ってるんですか。あたしは、ひとりで歌舞伎町に遊びに来ただけよ」

「おれをカモにできると思ったんだろうが、ちょいと甘いな。こっちは地方から出てきた出張サラリーマンじゃない。おれの実家は神楽坂《かぐらざか》にある。東京で生まれ育ったんだ。だから、暴力バーの手口はよく知ってるんだよ」

「おたく、もしかしたら……」

厚化粧の女が顔を強張《こわば》らせ、暗がりに声をかけた。すると、三十一、二歳の厳《いか》つい顔つきの細身の男が現われた。

「おっさん、おれの女をナンパするとはいい度胸してんじゃねえの!」

「キャッチバーの用心棒《ケツモチ》か」

「そんなんじゃねえよ。おれの女を口説《くど》こうとしたんだからさ、詫《わ》び料を出しな。十万で勘弁してやらあ」

「目障《めざわ》りだ。失《う》せろ！」

畔上は言いざま、相手の横っ面《つら》をバックハンドで殴りつけた。肉と骨が鳴った。凄んだ男は路上に転がった。

「ね、逃《フ》げ《ケ》ようよ」

女が細身の男に言った。

男は何か喚《わめ》きながら、勢いよく立ち上がった。その右手には、コマンドナイフが握られていた。刃渡りは十五、六センチだ。

「刃物《ヤッパ》を振り回したら、手錠《ワッパ》打つぞ」

畔上は忠告した。

「あんた、刑事《デコスケ》なのか⁉」

「そうだ」

「嘘っぽいな。警察手帳《チョウメン》見せろや」

「チンピラに呈示《ていじ》する気はない」

「なんだと⁉」

男がいきり立って、コマンドナイフを水平に泳がせた。

刃風《はかぜ》は重かったが、切っ先は畔上から五十センチも離れていた。単なる威嚇《いかく》だったことは明白だ。

「人を殺すには、それなりの覚悟がいるもんだ。おまえには、その覚悟があるようには見えないな」

「なめんじゃねえ！　おっさん、粋がってると、土手っ腹《ぱら》を刺すぜ」

「やれるものなら、やってみな」

畔上は口の端を歪《ゆが》めた。

相手が挑発に乗って、ナイフを斜め上段に振り被った。

畔上は一歩踏み出し、素早く後退した。フェイントだった。

コマンドナイフが勢いよく振り下ろされた。

だが、空《くう》を切っただけだった。細身の男が前屈みになった。

畔上は急《せ》かなかった。相手が体勢を整えたとき、前に跳《と》んだ。

二本貫手《ぬきて》で、男の両眼を突く。眼球の感触がもろに指先に伝わってきた。

相手が刃物を足許に落とし、大きくよろけた。両手で顔面を覆って、唸り声をあげている。畔上は、コマンドナイフを道端に蹴り込んだ。

「あたしたち、逮捕《パク》られちゃうの？」

キャッチガールと思われる女が、不安顔で問いかけてきた。

「店の名は？」

「『アラビアンナイト』よ。歌舞伎町一番街のＳＫビルの二階にあるの」

「管理してる組の名は？」

「星野《ほしの》組よ、義友会の系列《スジ》の」

「今月中に店を畳まないと、新宿署の手入れを受けることになるぞ」

「あたしたちのこと、見逃してくれるのね？」

「今回はな。雑魚《ざこ》を相手にしてる暇はないんだよ。弱っちい用心棒を連れて、早く消えてくれ」

　畔上は言った。

けばけばしい女が幼児のようなうなずき方をして、仲間の男に何か言った。二人はそそくさと立ち去った。

とんだ邪魔が入ったものだ。畔上は苦く笑った。そのすぐ後、私用の携帯電話が振動した。張り込む直前にマナーモードに切り替えておいたのである。

　電話をかけてきたのは、原圭太だった。

「いま、若林悠樹が借りてるワンルームマンションの近くにいるんですよ」

「張り込んでくれてるのか⁉」

「ええ、まあ。単独捜査では手が回らないと思ったんで、勝手に若林の自宅の様子を見に来たんですよ。もしかしたら、必要な物を取りに自分の部屋に戻るかもしれないと思ったんですが、その読みは外れたようです」

「原ちゃんの気持ちは嬉しいが、そんなことまでしてくれなくてもいいんだ。そっちは企業グループの総帥《そうすい》なんだから、忙しいはずじゃないか」

「ブレーンたちがうまくやってくれてるから、おれが遊んでても、どの会社も順調に回ってるんですよ。ありがたいことです。優秀な社員は、まさに会社の財産ですね」

「そう思うよ、おれも。しかし、総大将が探偵みたいなことをしてたら、何かとまずいだろうが？」

「おれが畔上《アゼ》さんの助手を買って出たら、迷惑ですか？」

「そんなことはないよ。大いに助かるさ。でもな、こっちは気が引けちゃうんだ。捜査費はふんだんに遣《つか》えるから、原ちゃんに謝礼を払うことはできる。しかし、そっちは大変な資産家だからな。数十万円の謝礼を払っても、笑われそうだしな」

「おれ、金なんか受け取れませんよ。自分で面白がって、畔上《アゼ》さんのアシスタントめいたことをしてるんですから」

「いいのか？」

「無理はしませんから、ご心配なく。おれ、捜査に関しては素人だけど、若林悠樹が事件の鍵《かぎ》を握ってるような気がしてるんです。姿をくらましてる男を雇った人間が捜査本部事件に深く関与してるんでしょう。畔上《アゼ》さんも、そう筋を読んでるんですよね？」

「ま、そうだな」

「だったら、若林をなんとしてでも見つけないとね。おれ、ずっとワンルームマンションを張り込むことはできませんけど、時々、若林の塒《ねぐら》の様子をうかがいに来ますよ。畔上《アゼ》さんは別の手がかりを見つけることに専念してください」

「この際《さい》、しばらく原ちゃんに甘えるか」

「ええ、そうしてください。そちらに何か進展はあったんですか？」

「あったと言えば、あったのかな。しかし、大きな手がかりじゃないんだ」

畔上は、きょうの経過をかいつまんで話した。

「マンモス交番勤務の大熊晃司が『共栄産業』の専務や常務に広域暴力団の弱みや犯罪情報を流してるんなら、宮路は企業恐喝だけじゃなく、闇社会からも金を吸い上げてるにちがいありませんよ」

「おそらく、そうなんだろうな。八木殺しに警察ＯＢの宮路重人が何らかの形で関わってると思われる」

「ええ、そうでしょうね。ちょっと言いにくいんですが、悪徳警官が多いんで、おれ、びっくりしてるんですよ。大熊とつるんでる新宿署生活安全課の和倉数馬は、主任警部補だという話でしたよね？」

「そう」

「そんな中間管理職に就《つ》いてる者が押収品の薬物をこっそり署内から持ち出してるとは、なんか赦《ゆる》せないな」

原が憤《いきどお》ろしげに言った。

「職員まで含めると、全国に警察関係者が二十九万人近くいるんだから、いろんな奴がいるさ。あくまでも推定なんだが、腐ったリンゴは数百個、いや、数千個は混じってるだろうな」

「そんなに悪徳警官がいるんですか⁉」

「身内の恥を晒《さら》すようだが、五千人以上いるかもしれない。警察官も一般市民と何ら変わらないから、さまざまな欲と無縁じゃないんだ」

「そうでしょうね、それは。金銭欲、名誉欲、色欲に惑《まど》わされて、人の道を外してしまうこともあるわけだ。その結果、犯罪者に成り下がっちゃうんでしょうね」

「そうなんだ。特に若い世代は、生まれたときから物質的に恵まれた暮らしをしてきた。物欲を棄《す》てきれなくて身の丈《たけ》以上の快適な生活を望んだら、悪さをして臨時収入を得るほかない。女好きなら、高級クラブに通いたくなるだろう。高い外車を乗り回して、自分を大きく見せたい奴もいるにちがいない」

「ええ、そうでしょうね。しかし、それほど高い俸給を貰ってるわけじゃない。となれば、何か危《ヤバ》い方法で金を得るほかないからな」

「そうなんだよ。個人の生き方に問題があるんだが、警察の腐敗し切った体質は昔も今もたいして変わってない」

「そうなんですかね。十年以上前に警察の裏金のことがマスコミで叩かれたんで、少しは改革が進んでると思ってましたが……」

「いや、改まってはないだろう。もっともらしい名目で捜査協力費を計上して、浮いた金をしっかりプールしてる警察署はいまも少なくないと思うよ。署長や副署長クラスが異動になるときは、現在も裏金の中から餞別《せんべつ》が支払われてるはずだ。それも十万や二十万じゃなく、最低でも百万円だろうね。停年退官した署長の中には、七、八百万の餞別《せんべつ》を貰った者もいると聞いてる」

「そういう裏金は、もともと国民の税金ですよね？」

「ああ、それこそ血税だよ。組織ぐるみで税金を横領してるんだから、ひどい話さ。もっとも警察だけがそういうことをしてるわけじゃない。ほとんどの官公庁が似たようなことをやってると思われる。要するに、多くの公務員たちが平気で卑《いや》しいことをやってるんだよ」

「悪いのは公務員だけじゃないでしょ？　民間会社の社員たちだって、接待費や出張経費を水増しし、差額分を懐に入れてます」

「そうだろうな。しかし、その程度のことは大目に見ることができる。だがね、役所では何億、何十億円の血税が巧《たく》みに裏金にされてるんだ。やはり、問題だよ」

「そうですね」

「話が横道に逸《そ》れてしまったが、原ちゃん、決して無理しないでくれよな」

畔上は先に電話を切った。

大熊が寺内組の持ちビルから出てきたのは、それから間もなくだった。青いビニール製の手提げ袋を持っていた。中身は札束だろう。

大熊は裏通りを抜けて、花道通りを右に曲がった。百数十メートル進み、飲食店ビルの一階にあるスタンド割烹《かっぽう》店《てん》に入っていった。

数分経《た》ってから、畔上は店内を覗いた。

大熊は奥のテーブル席で、新宿署の和倉刑事と酒を飲んでいた。和倉は終始、にこやかだった。自分の取り分の四百万円を受け取ったのだろう。

二人がすぐに店を出る様子はうかがえない。

夜風を直《じか》に受けながら、張り込むのは楽ではなかった。畔上は、ジープ・チェロキーを駐《と》めてある場所まで駆け戻った。

車に乗り込む。外よりは、ずっと暖かい。畔上は四輪駆動車を発進させ、スタンド割烹店の斜め前でブレーキを踏んだ。ライトを消し、またもや張り込みはじめる。

張り込みは自分との闘いだ。

捜査対象者が行動を起こすまで、辛抱《しんぼう》強く待ちつづける。焦《じ》れて下手に動いたら、張り込みに気づかれることが多い。愚直《ぐちょく》なまでにひたすら待つ。それが鉄則だった。

畔上はカーラジオを聴きながら、スタンド割烹店の出入口を注視しつづけた。

大熊が表に出てきたのは、午後十一時二十分ごろだった。

和倉とは一緒ではなかった。黄色いマニラ封筒を大事そうに抱えている。膨らんだ封筒の中には、多分、四百万円が収《おさ》まっているのだろう。

大熊は嬉しそうな表情だった。歩きながら、思い出し笑いをしている。臨時収入を得たんで、美人ホステスのいるクラブで飲む気になったのだろうか。ついでに、お気に入りのホステスをホテルに誘うつもりでいるのかもしれない。

畔上は急いで、ジープ・チェロキーを降りた。

大熊は風林会館のある方向に歩いていた。

通りの向こう側だ。畔上は手前側を進む。

大熊は区役所通りを突っ切り、さらに明治《めいじ》通り方面に向かった。七、八十メートル先にある純白の飲食店ビルの中に入っていった。

畔上は飲食店ビルに足を踏み入れ、抜き足でエレベーターホールに近づいた。

ホールには、大熊しかいない。ほどなく彼が函《ケージ》に乗り込んだ。畔上は扉が閉まる直前にケージの中に飛び込んだ。

「すみません」

「いや、気にしないでください。何階で降ります？」

「八階です。申し訳ありませんが、八階のボタンを押してもらえますか」

「いいですよ」

大熊が八階のボタンを押した。すでに三階のボタンが灯《とも》っている。

エレベーターが上昇しはじめた。じきに三階に達した。大熊がホールに降り、斜め前にあるウクライナ・パブ『エスカリーナ』の前で足を止めた。白人ホステスを揃えた店なのだろう。

　畔上は閉じかけた扉を左右に払い、ケージから飛び出した。気配で、大熊が振り向いた。

「おたくは八階まで行くんだったんじゃないの？　どうして三階で降りちゃったのかな」

「そっちに確かめたいことがあるからさ。大熊晃司、マニラ封筒には四百万の現金《ゲンナマ》が入ってるんだなっ。新宿署の生安課が寺内組から押収した三キロの極上覚醒剤《マブネタ》を和倉数馬が無断で持ち出して、おまえが八百万円で買い戻させたんだよな。残りの四百万は、まだ花道通りのスタンド割烹にいる和倉が持ってるんだろう。どこか間違ってるか？」

「あんたは……」

「本庁の者だよ。十月十二日に殺害された八木敏宗は、おれの昔の部下だったんだ。そっちは、警察ＯＢの宮路重人の会社の役員たちに広域暴力団の違法行為の証拠を売ってるんだろ？」

「なんの話なんだか、よくわからないな」

「おまえが懲戒免職にされたくなくて、八木監察係を殺《や》っちまったのか。それとも、『共栄産業』の宮路社長がダーティー・ビジネスのことを暴《あば》かれることを恐れ、元警官の社員にでも八木を始末させたのかい？」

「ダーティー・ビジネスって、いったい何のことなんだ？　大先輩の宮路さんはビルのメンテナンス会社を地道に経営してるだけだよ」

「笑わせるな。宮路が社員たちと共謀して企業恐喝じみたことをしてることはわかってるんだっ。それだけじゃない。裏社会の連中からも、汚れた金を吸い上げてるはずだよ」

「そんなことをしてるわけない。宮路さんは人格者なんだぞ。カンボジアに幾《いく》つも小学校を造ってあげてるんだ」

「悪いことばかりしてるんで、罪滅《ほろ》ぼしのつもりなんだろうな。とりあえず、マニラ封筒の中身を見せてくれ」

「なんの根拠もないのに、おれを被疑者《マルヒ》扱いしやがって！　頭にきたぜ」

大熊が躍《おど》りかかってくる素振りを見せた。

畔上は身構えた。そのとき、不意に大熊が身を翻《ひるがえ》した。マニラ封筒を両腕で抱え、エレベーターホールの横にある階段の降り口に向かって走りだした。

畔上はすぐさま追った。

大熊は逃げ足が速《はや》かった。階段室に達したときは、すでに大熊は階段を駆け降りはじめていた。

畔上は腰から特殊警棒を引き抜いた。三段式の伸縮型だ。それを大熊の後頭部をめがけて投げつけようとしたときだった。

大熊が口の中で小さな声をあげ、ステップを踏み外した。前のめりになりながら、頭から踊り場に転げ落ちた。

一瞬の出来事だった。くの字に倒れた大熊は身じろぎ一つしない。首の骨が折れたらしく、奇妙な形に捩《ねじ》れている。マニラ封筒は踊り場の隅まで滑走していた。

畔上は踊り場まで下《くだ》り、大熊の頸動脈《けいどうみゃく》に触れてみた。

脈動は熄《や》んでいた。

畔上は布手袋《ぬのてぶくろ》を嵌め、マニラ封筒の中身を検《しら》べた。やはり、帯封の掛かった札束が三つ収まっていた。総額で四百万円だった。

誰かが一一〇番通報するだろう。

畔上は札束の入ったマニラ封筒を元の場所に置き、下の階に下《くだ》った。

3

ドア・ロックが解《と》かれた。

『沼袋《ぬまぶくろ》ダイヤモンドハイツ』の七〇一号室である。昨夜、転落死した大熊晃司の自宅だ。

独身の警察官は原則として、単身者宿舎に入らなければならない。だが、門限などがあって、暮らしやすいとは言えなかった。そんなことで、何らかの口実を使って民間のマンションやアパートに転居する者が少なくない。

「それでは、ちょっと故人の部屋を検《しら》べさせてもらいますね」

畔上はマンション管理会社の男性社員に断って、死んだ大熊の部屋に入った。

故人は行政解剖もされなかった。所轄の新宿署が転落死と判読し、亡骸《なきがら》は福井県の実家に午前中に搬送《はんそう》されたそうだ。

畔上は、故人の母方の従兄《いとこ》になりすましていた。午後二時過ぎだ。

部屋の間取りは、1LDKだった。リビングにソファセットが置かれ、ダイニングには二人掛けの食堂テーブルが据えてあった。居間の右手は、八畳の寝室だった。

「わたし、部屋の外にいますんで、ご用が済んだら、お声をかけてください」

石戸《いしど》という姓の立会人が歩廊で言った。

「ちょっと待ってください。この部屋を借りてた晃司は、単身で住んでたんですよね？」

「そのはずです。たまに女性を泊まらせてたかもしれませんが、そこまではわからないんですよ。会社はこのマンションの管理を任されてるんですが、別に常駐の管理人がいたわけじゃありませんのでね」

「それでは、来訪者のこともわからないわけだな」

「ええ、そういうプライベートなことは何もわかりませんね」

「そう。なるべく早くチェックを済ませます」

畔上は言った。石戸がうなずき、七〇一号室から離れた。

まず畔上は、居間を検べた。しかし、捜査本部事件に関わりのありそうな物品はなかった。寝室に移る。

ベッドサイドテーブルの最下段の引き出しの中に名刺アルバムが入っていた。『共栄産業』の宮路社長のほかに、芝康太郎《しばこうたろう》専務と柳沢雅史《やなぎさわまさふみ》常務の名刺も収められている。

畔上は、専務と常務のフルネームを手帳に書き留《と》めた。引き出しの中には、ほかに手がかりになりそうな物はなかった。

ベッドマットを浮かせ、クローゼットの中も検《しら》べてみた。だが、結果は虚《むな》しかった。

畔上は寝室を出て、キッチンの冷蔵庫や流し台の下も覗いた。

しかし、無駄骨を折っただけだった。

トイレの横にある物入れの扉を開ける。掃除機の後ろに、大きなスポーツバッグが見えた。

畔上は、スポーツバッグを持ち上げた。

ずしりと重い。足許にスポーツバッグを置き、ファスナーを引く。『共栄産業』の社名入りの書類袋が六つ詰まっていた。

いずれも、中身は札束だった。百万円から三百万円だった。首都圏を縄張りにしている広域暴力団の非合法ビジネスや犯罪の証拠を『共栄産業』に提供し、その見返りとして貰った謝礼だろう。

故人は八木にマークされていたことに気づいていなかったのか。覚《さと》っていたとしたら、八木の口を封じる気になるのではないか。大熊が誰かに八木を始末させた疑いは、まだ消えていない。

畔上は、なおも仔細《しさい》に室内を検べ回った。

だが、大熊が殺人を誰かに依頼したことを裏付ける物は何も見つからなかった。大熊が本部事件に関与していないとすれば、『共栄産業』の宮路社長が怪しい。

相当な狸《たぬき》と思われる宮路重人を直《じか》に揺さぶっても、あっさり口を割るとは思えなかった。側近の芝専務や柳沢常務を追い込むべきだろう。あるいは、宮路の愛人の西脇亜未を追及してみる手もある。

畔上はそう思いながらも、先に新宿署生活安全課の和倉刑事を揺さぶってみることにした。和倉は新宿署が押収した麻薬をこっそりと盗み出し、それを大熊を使って手入れ先に買い戻させている。前夜、三キロの上質な覚醒剤を寺内組に八百万円で引き取らせたことは、ほぼ間違いない。同じ方法で和倉たち二人が荒稼ぎした証拠を押さえているわけではないが、震え上がらせる材料はすでに手に入れている。

畔上は靴を履《は》いて、七〇一号室を出た。

マンション管理会社の社員はエレベーターホール近くの歩廊にたたずみ、遠くを眺めていた。

「もう終わりました。ありがとうございました」

畔上は石戸に声をかけた。石戸が小走りに駆け寄ってきた。

「従弟《いとこ》の大熊さんが転落死に見せかけて殺されたかもしれないという疑惑は消えまし

た？」

「ええ。晃司は少し性格がきついんで、暴力団関係者に逆恨みされてたんではないかと思ってたんですが、どうやら思い過ごしだったようです」

「そうですか。亡くなられたのはお気の毒ですが、単なる事故死だったんなら、少し救われますよね。これが他殺だったとなれば、縁者の方たちはなかなか諦《あきら》めがつかないでしょうから」

「ええ。わたしも、これですっきりしました。福井の叔母に晃司は誰かに階段から突き落とされて死んだのかもしれないと電話で言ってしまったんで、こちらの思い過ごしだったと伝えておきます」

「そのほうがいいでしょうね」

「石戸さん、部屋の戸締まりをよろしくお願いします。従弟の初七日が過ぎたら、叔母夫婦が上京して、部屋を引き払うと思いますよ。失礼します」

畔上は一礼し、エレベーター乗り場に足を向けた。

賃貸マンションを出て、路上に駐《と》めてあるジープ・チェロキーに乗り込む。車を新宿に向け、区役所通りの裏手にあるレンタルルームの一室に入った。

畔上は一服してから、私物の携帯電話を使って新宿署に連絡した。和倉数馬の知人と称し、電話を生活安全課に回してもらう。

電話口に出たのは、当の和倉だった。

「久富《ひさとみ》って、中二のときの同級生だった……」

「そいつは偽名だよ」

「あんた、何者なんだ？」

「ジャーナリストだよ。ちょいとブラックがかってるがね」

「強請屋《ゆすりや》だなっ」

「好きに受け取ってくれ。きのうは甘い汁を吸ったな、大熊晃司と共謀してさ」

「共謀だって？　おれは現職の刑事なんだ。法に触れるようなことなんか何もしてないぞ。第一に大熊晃司なんて奴は知らない」

「そこまで空とぼけるか。けどな、おれは見てたんだよ」

「見てたって、何をだ？」

「きのう、おたくと歌舞伎町のマンモス交番で働いてた大熊はさくら通りの老舗喫茶店で落ち合った。おたくは新宿署が寺内組から押収した極上の覚醒剤《シャブ》を押収品保管室から盗み出し、それを大熊に持たせた。大熊は寺内組の事務所に行き、三キロの品物《ブツ》を八百万円で買い戻させた」

「そんな事実はない」

「黙って聞け！」

畔上は一喝《いっかつ》した。和倉は何か言いかけて、すぐに口を噤《つぐ》んだ。

「おたくたちは花道通り近くにあるスタンド割烹店で落ち合って、三百万円ずつ分けた。先に店を出た大熊はウクライナ・パブ『エスカリーナ』に行った。店の前で何かトラブルがあって、大熊は逃げる途中で階段から転げ落ちて死んじまった」

「おれが大熊を突き落としたと疑ってるのか⁉」

「おたくは、大熊なんて知らないと言ってたはずだがな」

「あっ、くそ！　大熊のことは知ってるよ。でもな、奴とつるんで何か悪さなんかしてないぞ」

「旦那、もう観念しろって。おたくが持ち出した薬物を偽の粉にすり替えてることまでわかってるんだ。しらばっくれる気なら、新宿署の署長におたくが押収品の麻薬《クスリ》をくすねて、手入れ先に買い取らせてることを密告《チク》ってやろうか。保管されてる覚醒剤の試薬検査をすりゃ、偽物はすぐにわかるからな」

「…………」

「どうした？　急に日本語を忘れちまったかい？」

「あんたの目的は銭《ぜに》なんだろ？」

「口止め料を貰う気はない」

「嘘だろ⁉」

「おたくにいろいろ訊きたいことがあるんだ。二十分以内に、おれがいる貸会議室に来てもらう」

「貸会議室？」

「いわゆるレンタルルームのことだよ」

畔上は場所と部屋番号を教えた。

「あんた、何を知りたいんだ？」

「いいから、言われた通りにするんだ。いいなっ」

「わかったよ」

「来なかったら、おたくの人生は暗転するぜ。懲戒免職になって、刑務所にぶち込まれる。ＶＩＰ専用のセキュリティーサービス会社を興《おこ》すという夢も潰《つい》えてしまうわけだ」

「そんなことまで知ってるのか⁉　そうか、わかったぞ。あんたはさくら通りの喫茶店の近くの席で、おれたち二人の話を盗み聴きしてたんだな？」

「当たりだ。関東桜仁会の中核組織が快楽殺人クラブを仕切ってて、リッチマンたちに人殺しを愉《たの》しませてるんだってな。殺人遊戯の遊び代は一千万円らしいね」

「………」

「また黙ったな。拉致《らち》された家出娘や東南アジア系の女たちは、どこに監禁されてるんだ？」

「御殿場《ごてんば》にある根岸《ねぎし》組の組長の宏大な別荘の別棟に閉じ込められてる。十人前後の女が足首に四キロの鉄球を括《くく》りつけられて、閉じ込められてるよ」

「ひどいことをしやがる。誠和会は裏社会の顔役たちと交友のある各界の著名人なんかに一億五千万円もの金を非営利団体に寄附させて、後でそっくり吸い上げてるんだってな。それも事実なのか？」

「ああ」

「おたくは死んだ大熊と手を組んで、そういう情報を『地虫の会』の会長を務めてる宮路重人に高く売る気でいたんだな？」

「うん、まあ」

　和倉は否定しなかった。もう観念したのだろう。

「急いでレンタルルームに来い！」

畔上は命じて、電話を切った。ロングピースに火を点け、レンタルルームを見回す。

室内には防犯カメラは設置されていなかった。和倉を手荒に締め上げても、厄介《やっかい》なことにはならないだろう。

出入口には、確か防犯カメラが設けられていた。畔上はレンタルルームに入る前に色の濃いサングラスをかけた。自分の姿は録画されたはずだが、顔かたちは判然としないだろう。

原は、きょうも若林悠樹の自宅マンションの近くで張り込んでいるのだろうか。

畔上は私物の携帯電話で飲み友達に連絡を取った。スリーコールの途中で、電話が繋がった。

「原ちゃん、きょうも若林の自宅マンションを張り込んでくれてるのか？」

「ええ、正午過ぎからね。午前中は役員会議があったんで、会社から出られなかったんですよ」

「そう。原ちゃん、本当に無理しないでくれよ。若林はずっと警戒してて、自分の塒《ねぐら》には寄りつかないのかもしれないからな」

「そう思ったんで、調査会社のスタッフを板橋区内にある若林の実家近くに張り込ませたんです。ひょっとしたら、親の家には立ち寄るかもしれないと思ったんでね」

「そこまでやってくれたのか」

「差し出がましかったかな？　そうだったんなら、すぐにスタッフを引き揚げさせます」

「いや、ありがたい話だよ。しかし、そこまで原ちゃんに甘えてもいいんだろうか」

「畔上《アゼ》さんの力になりたいんですよ。あれこれ面倒なことを考えないで、おれに協力させてください」

「それじゃ、そっちに甘えることにしよう」

「そうこなくっちゃ。スタッフの報告によると、若林は実家には立ち寄ってないそうです。だいぶ警戒してるにちがいありませんよ」

「そうみたいだな」

「畔上《アゼ》さん、きのうの夜、『エトワール』の律子《りつこ》チーママから電話があってね、びっくりするようなことを聞かされたんですよ」

「どんなことを聞かされたんだい？」

「真梨奈ちゃんが弾き語り中に不意に涙ぐんで、控え室に引っ込んじゃったらしいんですよ。チーママの打ち明け話によると、真梨奈ちゃんは仁友会《じんゆう》の金庫番をやってる四十二歳の瀬戸《せと》弘也《ひろや》というインテリやくざと親密な関係らしいんです」

「そうなのか。仁友会は首都圏で七番目の組織だが、大卒の組員が多いんだ」

「瀬戸という男も名門私大の商学部を出てて、やくざマネーを投資で増やしてるそうですよ。一見、遣《や》り手の商社マン風らしいんです」

「そう」

「だけど、やくざはやくざですよね。真梨奈ちゃんは相手の男とは腐れ縁なのかもしれないけど、引き離したほうがいいんじゃないのかな。畔上《アゼ》さんは現職刑事なんだから、瀬戸って男に会って、それとなく真梨奈ちゃんから遠ざかれと言い含めてやってくださいよ」

「その前に、真梨奈ちゃんが彼氏のことをどう想ってるのか探ってみないとな」

「ええ、そうすべきでしょうね」

「一度、真梨奈ちゃんの気持ちを聞かせてもらうよ」

「そうしてくれますか。お願いします」

原が通話を切り上げた。

灰皿に置いた煙草は、フィルターの近くまで灰になっていた。畔上はフィルターを抓《つま》んで、手早く火を消した。

美しく聡明な真梨奈に恋人がいるという噂は聞いていたが、彼氏がインテリやくざとは思ってもみなかった。アウトローのすべてが、ろくでなしとは限らない。中には、堅気よりも人徳のある者もいる。

しかし、筋者はいつ抗争に巻き込まれて命を落とすかもしれない。そうしたことを考えると、真梨奈を瀬戸から引き離してやるべきだろう。

そんなことを考えているうちに、ドアがノックされた。

「和倉だが、入ってもいいかな？」

「早かったじゃないか」

畔上はソファから立ち上がり、素早くドアの横にへばりついた。しかし、ノブには手を掛けなかった。

「入るぞ」

和倉が言うなり、ドアを乱暴に開けた。右手にチーフズ・スペシャルを握っている。まだ撃鉄《ハンマー》は起こされていない。

畔上は、小型リボルバーを奪い取った。ドアを閉めて、親指の腹で撃鉄を掻《か》き起こす。輪胴型弾倉《シリンダー》がわずかに回った。

「こいつで、おれを撃ち殺すつもりだったのかい？」

「違う。あんたをビビらせたかっただけだよ」

「ま、いいさ。とりあえず、好きな場所に坐れや」

「わかった」

和倉が近くのソファに腰かけた。畔上は、銃口を和倉の側頭部に押し当てた。

「おれの質問にまともに答えなかったら、引き金を絞る。威《おど》しなんかじゃない。おれは本気だぜ」

「あんた、ひょっとしたら、わたしと同業なんじゃないのか？」

「本庁の特命刑事だ。詳しいことは話せないが、特別に過剰防衛も認められてる。おたくを射殺しても、別働班が正当防衛にしてくれるんだよ」

「本当なのか⁉」

「ああ。だから、訊かれたことには正直に答えないと、ここで死ぬことになるぞ」

「わかったよ」

「きのう、転落死した大熊晃司は誰かに本庁人事一課《ヒトイチ》の八木監察係を殺《や》らせたんじゃないのか？」

「大熊は、そんな大それたことなんかやってないと思うよ。だいたい奴がなんで監察係を始末しなきゃならないんだ？」

「大熊は暴力団の弱みを警察ＯＢの宮路の側近の芝康太郎や柳沢雅史に教えて、謝礼を貰ってた。そのことを八木に知られ、マークされてたんだよ」

「そうなのか。でも、あいつは、大熊は監察係を誰かに殺《や》らせてはないと思う。奴には、そんな度胸ないさ」

「なら、八木を葬《ほうむ》らせたのは『共栄産業』の宮路社長なんだろう。大熊がそれを匂わせるようなことを言わなかったか？」

「そういう話はまったく聞いたことないね」

和倉が早口で答えた。

「本当だな？」

「嘘じゃない。宮路さんは警察ＯＢなんだ。いくらなんでも、誰かに八木という監察係を殺害させたなんて考えられないよ」

「いや、そうとは言い切れない。宮路は元悪徳警官の社員たちを使って恐喝じみたことをさせ、さらに弱みのある暴力団から口止め料をせしめてるようなんだ。八木は、その悪事を嗅《か》ぎ当てたみたいなんだよ。だから、宮路重人には殺人動機があるわけだ」

「大熊からは何も聞いてないよ。本当なんだ」

「そうか。なら、自分で調べてみよう。ところで、これまでに押収品保管室から盗《ギ》った麻薬《クスリ》はどのくらいになるんだ？」

「覚醒剤が約二十キロ、コカインが十五キロだね。それから大麻樹脂《チヨコ》を四、五キロはくすねたよ」

「無断で持ち出した麻薬はすべて大熊を代理人にして、手入れ先に買い戻させたんだな？」

「そうだよ」

「総額でいくらになった？」

「およそ五千万円だね。しかし、大熊と山分けしたから、こっちの取り分は二千五百万円程度だよ」

「おたくは刑事失格だな。服役して、なんとか更生しろ」

「有り金をそっくり吐き出すから、なんとか目をつぶってくれないか。頼むよ。一生のお願いだ」

「そうはいかない。新宿署の署長か直属の課長に電話をして、押収品を横流ししたことを洗いざらい話すんだな。それから関東桜仁会根岸組の快楽殺人クラブや誠和会の巧みな強請のことも喋るんだ」

「そんなことをしたら……」

「ここで射殺されたくなかったら、刑務所《ムショ》に行くんだな。おれは、どっちでもいいんだぜ。好きなほうを選べ」

「まだ死にたくないよ」

和倉が弱々しく言い、上着のポケットから刑事用携帯電話を取り出した。電話をかけたのは、生活安全課の課長だった。上司は驚いているにちがいない。

やがて、和倉は電話を切った。

畔上は和倉の腰から手錠を引き抜いた。片方の輪を和倉の右手首に嵌め、もう一方をドア・ノブに掛けた。両方の手錠の指紋をハンカチで消す。

「せめて逃亡させてもらえないか」

和倉が涙声で訴えた。畔上は冷笑し、ハンカチでチーフズ・スペシャルに付着した自分の指掌紋を入念に拭《ぬぐ》った。

回転式拳銃をテーブルの上に置いたとき、和倉が泣きはじめた。笑い声に似た嗚咽《おえつ》だった。

「あばよ」

畔上はレンタルルームを出た。

4

六階建てのビルだった。

『共栄産業』の社屋は、港区西新橋二丁目にあった。

原の情報によると、自社ビルだった。会社設立の翌年に、土地付きの中古物件を購入している。それでも、買い値は八億円以上だったらしい。

宮路社長は『共栄産業』を立ち上げたときから、おそらく恐喝を重ねてきたのだろう。ビルやマンションのメンテナンス業務は、カモフラージュ臭い。

畔上はそう思いながら、ジープ・チェロキーを路肩に寄せた。『共栄産業』のオフィスの数十メートル先だった。

エンジンを切ったとき、折方副総監から電話があった。

「少し前に新宿署の署長から、本庁《うち》に和倉数馬の取り調べを開始したという報告があったよ。署長はきみの正体を知りたがってたようだが、新沼理事官がうまく言い繕《つくろ》ってくれたそうだ」

「それは助かります」

「それからね、関東桜仁会根岸組の快楽殺人クラブの件は、本庁《うち》の組対四課に担当させることになった。御殿場署に協力してもらうことになってるから、根岸組長の別荘に監禁されてる家出娘や不法滞在の東南アジア系女性たちは間もなく保護できるだろう」

「よかった。一千万円のゲーム代を払って人殺しを愉《たの》しんだリッチな異常者たちも、ひとり残らず殺人容疑で逮捕してもらいたいですね」

「もちろん、全員、検挙するさ。誠和会の巧妙な強請《ゆすり》は、新宿署刑事課暴力犯係が捜査を進めることになった」

「そうですか」

「畔上君、昨夜《ゆうべ》、階段から転げ落ちて死んだ大熊晃司は捜査本部事件に関与してた疑いはあるのかね？」

「八木殺しの件では、大熊はシロだと思われます。暴力団の弱みを『共栄産業』に教えて、謝礼を受け取ってたことは間違いありませんけどね。それだけではなく、和倉がくすねた薬物を大熊が摘発先に買い取らせてたことも確かです」

「身内に犯罪者が何人もいたなんて、由々《ゆゆ》しき問題だ」

「ええ」

「それはそうと、若林の行方《ゆくえ》は依然として……」

「残念ながら、まだ潜伏先は摑めてません」

「そうか。畔上君、わたしは宮路重人が若林悠樹に八木殺しの実行犯を探させたのではないかと推測してるんだが、乗り回してた『共栄産業』のワゴン車は盗難届が出されてたという話だったね？」

「そうです」

「本当にワゴン車は盗まれたんだろうか。それとも、宮路はミスリード工作を講じて捜査当局の目を若林に向けさせようとしたのかな？」

「どちらだったのか、まだ判断がつかないんですよ。すみません」

畔上は詫《わ》びた。

「何も謝ることはないさ。きみは単独で捜査してるんだ。チームで動いてるわけじゃないんだから、わずか数日で事件の真相に迫るなんてことはできない。焦《あせ》らないで、じっくりと捜査をつづけてくれ」

「はい」

「ところで、これから宮路たちのグループの動きを探ってみるのかな？」

「そうするつもりだったんですが、作戦を変更します。週刊誌の特約記者に化けて、宮路重人を直《じか》に揺さぶってみることにしますよ。八木の事件にタッチしてたら、こっちに何か仕掛けてくるでしょう」

「だろうね。しかし、罠だと知られたら、きみは危険な目に遭《あ》うな」

「それは予想できますが、なんとか切り抜けます」

「あまり無茶なことはするなよ。きみに殉職されたら、警視総監とわたしは重い十字架を死ぬまで背負っていかなければならない。畔上君、身に危険が迫ったら、すぐに支援要請をしてくれ。ただちに捜一の特殊犯係を非公式に動かす。くれぐれも気をつけてくれ」

折方が通話を切り上げた。

畔上はポリスモードをパーカのポケットに戻し、名刺入れを摑み出した。各種の偽名刺で膨らんでいる。

偽名刺の束《たば》から一枚を引き抜く。『週刊トピックス』の特約記者という肩書の横に、的場航《まとばわたる》と角ゴシック体で印刷されている。

畔上は、その偽名刺を名刺の束の上に重ねた。名刺入れをパーカの右ポケットに突っ込み、変装用の黒縁眼鏡をかける。

畔上は前髪を額に垂らし、四輪駆動車の運転席を出た。逆戻りして、『共栄産業』

の表玄関を潜《くぐ》る。

　エントランスロビーの右手に受付があった。受付嬢は若かった。二十二、三歳で、愛嬌《あいきょう》のある顔立ちだった。色白だ。

　畔上は週刊誌の特約記者を装い、来意を告げた。

「アポなしで、いきなり取材の申し込みですか⁉」

　受付嬢は半ば呆《あき》れ顔だった。

「宮路社長は驚かれるでしょうが、ぜひインタビューさせてほしいんです。『人生二毛作』という新企画シリーズが来月からスタートするんですよ。元大学教授が役者に転身したり、元やくざが画家になったりしてます。前歴とがらりと違う生き方をされてる方々を紹介させてもらってるんです」

「そうですか。それだから、『人生二毛作』と銘打たれてるんですね？」

「ええ、そうです。宮路社長は元警察官ですが、事業家として成功されてる。それだけじゃなく、篤志家《とくしか》としても知られてます。人生観が何かで変わったんでしょうが、なかなかユニークです。ですんで、ぜひ取材させていただきたいんですよ」

「わかりました。社長に取り次《つ》いでみます」

「お願いします」

畔上は受付カウンターから少し離れた。

受付嬢が内線電話をかけた。遣《や》り取《と》りは短かった。

「お目にかかるそうです。社長室は最上階にありますので、どうぞエレベーターをご利用ください」

「ありがとう」

畔上は受付嬢に礼を述べ、エレベーター乗り場に足を向けた。すぐに六階に上がる。

社長室は、エレベーターホールの左手にあった。畔上はパーカを脱ぎ、ドアをノックした。

「どうぞ！」

ドア越しに男の野太《のぶと》い声がした。畔上は社長室に入った。

宮路重人は応接セットの横で、パターの練習をしていた。五十一歳のはずだが、だいぶ貫禄《かんろく》があった。

下脹《しもぶく》れの顔で、脂《あぶら》ぎった感じだ。腹が迫《せ》り出している。ワイシャツ姿だった。

「『週刊トピックス』の特約記者だとか？」

「はい、そうなんです。初めまして！　的場航といいます」

畔上は偽名を騙《かた》って、偽名刺を宮路に渡した。宮路は姓を名乗っただけで、自分の名刺は出そうとしなかった。

「受付の方に取材の趣旨は……」

「ああ、聞いたよ。『人生二毛作』というシリーズ名、なんだか面白いじゃないか」

「ありがとうございます。わたしが企画案を編集部に出して、通ったシリーズなんですよ。ですんで、なんとか成功させたいんです。ご協力いただければ、ありがたいと思います」

「特約記者ということは、講文社《こうぶんしゃ》の社員ではないわけだね？」

「はい、契約記者なんです。わたしたちは担当した記事の原稿料を貰ってるんですが、たいした収入にはなりません」

畔上は、わざと卑屈《ひくつ》に笑ってみせた。相手の同情を誘ったのである。

「それは大変だね。ま、掛けなさいよ」

宮路がゴルフクラブをバッグの中に戻し、総革張りの黒いソファを手で示した。畔上は軽く頭を下げ、先にソファに坐った。

「コーヒーでも持ってこさせようか」

「いいえ、どうかお構いなく」

「そう」

宮路が、畔上の真ん前に腰を落とした。

「インタビューをさせてもらってもいいですね？」

「わたしは警察官を辞めて事業をはじめたわけだが、別に珍しくもない転身じゃないか。元警官がビジネスで成功したケースはいくらでもある」

「そうなんですが、宮路さんは親分肌の事業家でしょ？　社員の方は誰も何か問題を起こして、懲戒免職になってる。そうした人々を雇えるのは俠気《おとこぎ》があるからですよ。並の人間にはできることではありません」

「そんなことまで調べたのか」

「わたしたちの仕事は調べることです。取材の前に予備知識を頭に入れておきませんとね」

「ま、そうなんだろうが。うちの社員たちが問題を起こして警察にいられなくなったことを記事にするんだったら、取材は断る！」

「ご安心ください。その件に触《ふ》れるつもりはありません」

「そういうことなら、取材に応じよう」

「よろしくお願いします。宮路さんがビルのメンテナンスの仕事を選ばれた理由は？」

「初期投資にそれほど金がかからないからだよ。何台かの車、五、六台のポリッシャー、ワックス類さえあれば、ビルやマンションの掃除はできるからね」

「ああ、なるほど。それにしても、急成長ぶりがめざましいですね。起業して業績を飛躍的に伸ばして、いまや有名企業約二百五十社とメンテナンス契約を結ばれてるんですから」

「営業の連中が熱意で得意先を増やしてくれたんだよ」

「そうなんでしょうね。しかし、ありきたりの営業活動では業績をそんなに伸ばせないでしょ？」

「なんだか含みのある言い方だな。はっきり言ったら、どうなんだっ」

「間違ってたら、謝ります。社員の方たちは元警察官なわけだから、その気になれば、どんな会社の弱点も調べ上げることは可能でしょう。どんな企業にも、外部の者には知られたくないような秘密がありますからね。たとえば、悪質な脱税をしているとか、官僚に袖の下を使ってるとか」

　畔上は揺さぶりをかけはじめた。

「そういうことはあるだろうな。しかし、わたしの会社は汚い手を使って、顧客を獲得したことなんか一度もないぞ」

「そうなんでしょうが、わたし、妙なことに気づいたんですよ」

「妙なこと?」

「ええ。『共栄産業』さんの得意先は多いのに、年商は何年も一億円にも満たないんですよね」

「良心的な値段でメンテナンスを請け負ってるからだよ」

「しかし、それでは五十人近い社員の給料は払えないはずです」

「社員たちには安い給料で働いてもらってるんだ。わたしの取り分も少ないんだよ」

「その話を鵜呑《うの》みにはできないな。社長は六年前に四億二千万円で、青葉台のご自宅を一括払いで購入してますよね。社員たちも、みんな、羽振りがいいようです」

「あんた、週刊誌の特約記者なんかじゃないな。そうなんだろっ。え?」

宮路が射《い》るような眼差《まなざ》しを向けてきた。

「わたしは『週刊トピックス』の特約記者ですよ。ただ、ちょっと好奇心が旺盛《おうせい》なんです。こちらの会社とメンテナンス契約してる企業、マンション、公共施設なんかをいくつか回ってみました。ほとんどの契約先は、実際には床掃除はされてませんでした。つまり、顧客はメンテナンス料をただ払ってるだけということになります」

「それは事実無根だ。契約先のメンテナンスはきちんとやってる。だから、料金を払っていただけるんだよ」

「そうなんだろうか。客観的には、契約先は何か弱みを押さえられたんで、仕方なくメンテナンス料を払わされてるとしか解釈できないでしょ？」

「『共栄産業』が会社ぐるみで企業恐喝めいたことをして、メンテナンス契約を取ってるとでも言うのかっ」

「メンテナンス契約を隠れ蓑《みの》にして、口止め料を定期的に振り込ませてると疑えないこともないな」

「無礼な奴だっ。とっとと帰れ！」

「わたしの親しい新聞記者が警察《サツ》回りをやってるんですよ。そいつから聞いたんですが、きのうの夜に転落死した歌舞伎町のマンモス交番に勤務してた大熊晃司は広域暴力団の犯罪の証拠を押さえて、この会社の芝専務と柳沢常務に情報を売ってたと同僚たちに洩らしてたらしいんです。あなた方は有名企業を強請《ゆす》ってただけじゃなく、闇社会の連中からも巨額の口止め料をせしめてたんでしょ？」

「きさまを名誉毀損《きそん》で訴えるぞ」

「ええ、結構ですよ。わたしは、まだ知ってる」

「何を知ってると言うんだっ」

「十月十二日に警視庁の八木という監察係が何者かに殺された。その彼は、大熊晃司が芝専務や柳沢常務と接触した瞬間をデジタルカメラで隠し撮りしてたんですよ」

「だから、何なんだ？　わたしが、誰かに八木とかいう監察係を殺《や》らせたと疑ってるのかっ。臆測《おくそく》だけで、そんなことを言ってもいいのか！」

「ただの臆測じゃない。八木の預金口座には、『共栄産業』から五百万円が振り込まれてた。その五百万は、口止め料だったと考えれば……」

「わたしを疑える？」

「ええ」

「冗談じゃない。わたしは、八木という男の口座に金を振り込んだりしてないぞ。誰かがわたしを陥れようと小細工を弄《ろう》したんだろう」

「誰かって？」

畔上は問いかけた。

「そんなこと知るかっ」

「話題を変えます。あなたは、若林悠樹をご存じですね？」

「そんな名の男は知らない」

「おかしいな。若林は、この会社の名の入ったワゴン車を乗り回してたんですよ。しかも、殺害された八木の前橋の実家の前で目撃されてる。『共栄産業』と若林には何らかの繋がりがあると考えたくなっても、仕方ないでしょ？」

「うちの会社のワゴン車は盗難に遭《あ》ったんだよ。所轄署に盗難届も出してある」

「そのことは知ってます。あなたが自分と若林の繋がりを警察に知られることを恐れて、事前にワゴン車の盗難届を出したとも疑えますよね？」

「不愉快だ。すぐに引き取ってくれ！」

宮路が大声を張り上げ、ドアを指さした。

畔上はパーカを摑み、社長室を出た。大胆に宮路を揺さぶってみた。宮路が捜査本部事件に関与していれば、何らかのリアクションを起こすだろう。

畔上は表に出ても、自分の車には近づかなかった。

これ見よがしに『共栄産業』の前を行ったり来たりしつづけた。そのうち、元悪徳警官の社員が血相を変えて何人か飛び出してくるのではないか。

畔上は、そう予想していた。

だが、夕闇が漂いはじめても、誰も社屋から現われない。どうやら強《したた》かな宮路はすぐに反応を示したら、さらに疑われると考えたようだ。

いくら待っても、意味はないだろう。愛人の西脇亜未に探《さぐ》りを入れてみたほうがよさそうだ。

畔上はジープ・チェロキーに駆け寄った

第四章　予想外の展開

1

集合インターフォンの前で足を止める。

『広尾アビタシオン』だ。四〇一号室には、宮路の愛人の西脇亜未が住んでいる。

高級賃貸マンションの玄関は当然、オートロック・システムになっていた。部屋の暗証番号を知らなければ、勝手に建物の中には入れない。

畔上はテンキーを三度、押した。

ややあって、女性の声で応答があった。呂律《ろれつ》が回っていない。酔っているようだ。

「西脇亜未さんですね？」

畔上は確かめた。

「そうよ。あなたはどなた？」

「『東都《とうと》リサーチ』という信用調査会社の者です。依頼人は、宮路重人氏の奥さまです」

「えっ、パパの奥さんが素行調査を依頼したのね？」

「はい。それで、あなたと宮路さんのご関係がわかったんですよ」

「最悪だわ」

「まだ依頼人には、報告書を見せていません。たとえ不倫の仲であっても、やたら男女を引き離すことに最近、少し罪悪感を覚《おぼ》えはじめてるんですよ」

「つまり、場合によっては素行調査報告書に虚偽を綴《つづ》ってくれるということなのね？」

「ええ、まあ」

「わかったわ。いま出入口のロックを解除するから、わたしの部屋に上がってきて」

亜未の声が明るくなった。

畔上は、ほくそ笑《え》んだ。亜未は来訪者の言葉を真《ま》に受けている。畔上はエントランスロビーに入り、エレベーターに乗り込んだ。

じきに四階に着いた。

四〇一号室のチャイムを鳴らすと、ほどなくドアが開けられた。

二十七歳の亜未は、頽廃的《たいはいてき》な色気を漂《ただよ》わせた美女だった。黒目がちの瞳には、妖《あや》しい光が宿《やど》っていた。

黒いカシミヤの薄手のセーターを着ている。V襟《えり》だった。白い豊満な乳房の裾野《すその》が眩《まば》ゆい。亜未の頬は桜色に染まっていた。酒気《しゅき》を帯びていることは間違いない。

「佐藤《さとう》です」

畔上はありふれた姓を騙《かた》り、偽名刺を亜未に手渡した。

「入って」

亜未が言って、玄関マットの上に立った。

畔上は入室し、スリッパを履《は》いた。

「なんだか気分がむしゃくしゃするんで、午後四時過ぎからワインを飲んでたの。もう一本空けちゃったから、ほろ酔い状態ね。だけど、ちゃんと話はできるわよ」

「なんか厭《いや》なことがあったようですね？」

「うん、ちょっとね。こちらにどうぞ」

亜未が中廊下《なかろうか》をたどって、リビングに入った。

十五畳ほどの広さだ。ソファセットは外国製らしく、デザインが斬新《ざんしん》だった。

コーヒーテーブルの上には、赤ワインのボトルが載《の》っている。

グラスは、ほぼ空だった。オードブル皿には、生ハムとチーズが少しずつ残っていた。間取りは２ＬＤＫのようだ。

「お好きな場所に坐って」

「はい」

畔上はベランダ側のソファに腰かけた。

亜未が長椅子の中央に腰を沈めた。オフホワイトのミニスカートから、むっちりとした太腿《ふともも》が零《こぼ》れている。目のやり場に困った。

「一緒にワインを飲みません？」

「酒は嫌いじゃないんだが、遠慮しておこう」

畔上は、くだけた口調で言った。言葉遣いを意図的に崩したのは、亜未の警戒心を解くためだ。

「わたし、もうパパとは別れてもいいと思ってるの。だけどね、いま別れたくないのよ。それだから、わたしがパパの世話になってることを奥さんにまだ知られたくないの。お願いだから、佐藤さん、報告書にはわたしたちは男女の関係ではなかったと書いといて！」

「いま別れたくないというのは、なぜなんだい？」

「あなた、ちゃんとパパを尾行してた？　宮路には、新しい彼女ができたの」

「それは知らなかったな。調査員失格だね」

「手を抜いてるんじゃない？　パパは、銀座の高級クラブでヘルプをやってた女子大生に入れ揚げてるのよ。高輪《たかなわ》の高級マンションに住まわせて、週に三度もその娘《こ》のとこに通ってるわ」

「新しい愛人ができたこと、どうしてわかったのかな」

「半年ぐらい前からパパがわたしの部屋に来る回数が少なくなったんで、おかしいと思ったのよ」

「それで、どこかの信用調査会社にパトロンの素行調査を頼んだわけか」

「ううん、そうじゃないの。わたし自身が変装して、パパを尾《つ》けたのよ。それで、パパが羽場《はば》なつみという二十二歳の整形美人を囲ってることを突き止めたの」

「整形美人？」

「ええ、絶対にそうよ。なつみって娘《こ》、目鼻立ちが整い過ぎてて、見るからに不自然だもの。豊胸《ほうきょう》手術も受けてるわね。彼女の体型で、あんなにおっぱいがでかいはずないわ。なつみは有名女子大を留年中なんだけど、相当なあばずれなんだと思う。これまでに何人もパパがいたんじゃないかな」

　亜未はグラスに赤ワインを注《つ》ぐと、一気に半分ほど呷《あお》った。

「羽場なつみの自宅は、高輪のどのへんにあるんだい？」

「二丁目よ。『高輪タワーレジデンス』の一三〇八号室に住んでる。部屋からの眺望はいいはずだから、この部屋より家賃はずっと高いにちがいないわ」

「そうだろうな」

「パパが若い整形美人に夢中になっても、別段、ジェラシーなんか感じてないわ。もともとお金目当てで、宮路の愛人になったわけだから。だけど、このままお払い箱にされたんじゃ、たまらないわ。冗談じゃないわよっ。好きでもないおっさんに何年も体を弄《もてあそ》ばれたんだから、ちゃんと手切れ金を払ってもらわないとね」

「なるほど、そういうことだったのか。手切れ金を貰うまではパトロンの女房に、きみが宮路重人の愛人だって知られたくないんだ？」

「そうなのよ。わたし、自分のジュエリーショップを持ちたいの。もともと宝石デザイナーだったのよ。店の開業資金は最低一億五千万円は必要なの」

「それだけの手切れ金を払ってくれれば、すぐにパトロンと切れてもいいと考えてるんだね？」

「ええ。でも、宮路は根がケチだから、せいぜい一千万円程度の手切れ金しかくれないでしょうね。何かいい手はないかしら？」

「元警察官の宮路重人は『共栄産業』でビルやマンションのメンテナンスを請け負ってるが、年商は一億円にも達してないんだよ。それなのに、五十人近い社員を雇ってる。裏で何か危《ヤバ》いことをやって、荒稼ぎしてるんだろうな。そのあたりの弱みを摑めば、一億五千万の手切れ金は出すにちがいない」

　畔上は誘い水を撒《ま》いた。

「パパの仕事のことはよくわからないの。働いてる人たちは、懲戒免職になった元警官ばかりよね。おそらくパパは社員たちを使って、非合法ビジネスで大儲けしてるんだろうな。ええ、そうなんだと思うわ」

「多分、間違いないだろう」

「あなた、パパの弱みを摑んでくれない？　そうすれば、わたしはジュエリーショップの開業資金を調達できる。むろん、佐藤さんにはお礼をするわよ。成功報酬として、一千万円を差し上げます」

「一千万円の臨時収入はありがたいな。しかし……」

「しばらくの間、佐藤さんのセックスペットになってもいいわ」

亜未が流し目をくれ、脚《あし》を大胆に組んだ。わざとパンティーをちらつかせたことは明らかだった。畔上は色仕掛けに引っかかった振りをすることにした。

「そういう条件なら、きみに協力してもいいよ。宮路重人から一億五千万円の手切れ金を出させてやろう。額が中途半端だな。いっそ二億円を要求するか」

「二億円の手切れ金をパパから引き出してくれたら、あなたに二千万、ううん、三千万円あげるわ。それから、いつでも好きなときにわたしを抱いて。ね？」

亜未がなまめかしく言って、科《しな》を作った。

「わかった。きみの力になろう」

「嬉しいわ」

「『共栄産業』の社員の中で抱き込めそうな奴はいない？」

畔上は訊いた。

「ひとりいるわ。日吉修介《ひよししゅうすけ》という名で、三十六だったかな。昔、杉並署《すぎなみ》にいて、管内の飲食店で酒や食事をたかりつづけてたんで、懲戒免職になったみたいよ」

「チンケな野郎だな。そんなに金に困ってたんだろうか」

「日吉はギャンブルに狂ってて、いつもお金に不自由してたようね。いまでも、しょっちゅう給料の前借りをしてるらしいわ」

「そうか」

「実はね、わたしにも馬券を買うお金を五、六万貸してくれって、パパに内緒でここに訪ねてきたことがあるの」

「それで、どうしたんだい？」

「日吉って奴は、わたしがお金を貸し渋ったら、パパとの関係を宮路夫人に告げ口してもいいのかと脅迫したの。だから、仕方なく十万円を渡してしまったのよ」

「卑劣な男だな」

「それからね、日吉はわたしを不意に強く抱き締めて、強引にキスしてきたの。前々から好きだったんだとか言って、わたしと寝たがったのよ。もちろん、はっきりと拒《こば》んだわ。力ずくでわたしを犯そうとしたら、パパに言いつけてやると言ったら、すごすごと退散した。それっきり二度と近づいてこなくなったわね」

「そいつをハニートラップに嵌《は》めよう。日吉なら、必ず罠に引っかかるだろう」

「わたしに日吉と寝ろって言うの⁉　そんなことをしたら、パパから一円も手切れ金を貰えなくなっちゃうわ」

「実際に日吉に体を与えることはないんだ。言葉巧《たく》みに日吉という男を自宅に誘い込んで、寝室に連れ込んでくれればいいんだよ。おれは寝室のクローゼットの中にでも身を潜めてて、日吉がきみにのしかかったら……」

「すぐに現われて、日吉をとっちめるという段取りなのね？」

「そう。社長の愛人に手を出そうとしたと告げ口するぞと威《おど》せば、おそらく日吉は震え上がるだろう。そして、『共栄産業』が裏でやってるダーティー・ビジネスのことも喋るにちがいない」

「ええ、多分ね。パパの致命的な弱みを押さえれば、二億円ぐらいの手切れ金はすんなり出すかな」

「と思うよ。なんだったら、おれがきみの代理人になってやろう」

「そうしてもらえると、ありがたいわ。わたし自身がパパを脅迫しても、あまり凄みがないもんね。逆に開き直られそうだわ」

「わかった。こっちが交渉してやるよ。日吉の携帯のナンバーは知ってるかい？」

「それは知らないけど、まだ会社にいるんじゃない？」

「そうかもしれないな。作り声で『共栄産業』に電話をして、日吉をこの部屋に誘い込んでくれないか」

「わかったわ」

亜未はサイドテーブルの上から真珠色のスマートフォンを掴み上げ、パトロンの会社に電話をかけた。

偽名を使って、日吉が職場にいるか確かめている。日吉は、まだ社内にいたようだ。

「日吉さんね？　偽名なんか使って、ごめんなさい。わたし、西脇亜未よ」

「…………」

当然のことながら、相手の声は畔上の耳には届かない。

「日吉さんはもう勘づいてるだろうけど、パパは半年前から別の彼女に夢中なの。女子大生で、羽場なつみという名前なのよ」

「…………」

「やっぱり、知ってたか。ええ、綺麗《きれい》は綺麗よね。だけど、整形美人だと思うわ。巨乳の中身は大量のシリコンなんじゃない？」

「…………」

「わたし、パパと別れようと思ってるの。それで、あなたの力を借りたいのよ。パパの弱点を教えてほしいの」

「…………」

「ええ、その通りよ。手切れ金をたっぷり貰いたいわけ。わたしに協力してくれたら、日吉さんとつき合ってもいいわ。ギャンブル資金も回してあげる」

「…………」

「考え込んじゃってるみたいだけど、パパを裏切る度胸はないみたいね。わたしって、あまり魅力のない女なんだ？　抱く価値もないと思ってるのかな。あなたなら、必ず力になってくれると思ってたのに。だけど、うぬぼれだったみたいね。何も聞かなかったことにして」

「…………」

「もちろん、嘘じゃないわ。あなたが力になってくれるんだったら、彼女になってもいいわよ。本当だってば」

「…………」

「なら、すぐにわたしのマンションに来て。待ってるわ」

亜未が電話を切って、桃色の舌を出した。

「男を誑《たぶら》かす術《すべ》を心得てるようだな」

「うふふ。日吉は三十分以内に、こっちに来るって」

「そうか」

「まだ時間があるわね。わたしたち、共犯関係になるわけだから、秘密を共有しない？　ベッドでフルコースを娯《たの》しむ時間はないけど、シャワーを浴びながら、睦《むつ》み合うことはできるわ」

「きみとセックスはできないな」

「女が嫌いなの？」

「好きだよ、女は。しかし、情感の伴《ともな》わないセックスは虚《むな》しいからね。でも、きみと秘密を共有できる方法はあるな」

　畔上はソファから立ち上がって、長椅子に歩み寄った。

「何を考えてるの？」

「体を合わせなくても、淫《みだ》らな間柄にはなれる。つまり、秘密は共有できるわけさ」

「わかったわ。口唇愛撫《あいぶ》を施《ほどこ》し合おうってわけね？」

「いや、オーラル・セックスをするわけじゃない。クッションを枕にして、長椅子に仰向けになってくれないか」

「言われた通りにすればいいのね」

　亜未が頭の下にクッションを宛《あて》がい、素直に寝そべった。伸ばした両脚は、すんなりと長い。

　畔上は長椅子に浅く腰掛け、亜未の口の中に左手の中指を優しく沈めた。亜未が瞼《まぶた》を閉じ、中指に舌を絡めた。

畔上は、黒いカシミヤセーターの中に右手を潜《くぐ》らせた。

亜未はノーブラだった。グレープフルーツ大《だい》の二つの隆起《りゅうき》を優しく揉《も》み、指の間に挟みつけた乳首を刺激する。胸の蕾《つぼみ》は、たちまち痼《しこ》った。

亜未の息が弾みはじめた。

切なげに喘《あえ》ぎながら、目まぐるしく舌を乱舞させる。畔上は頃合を見計《はか》らって、別の指を舐《な》めさせた。

そうしながら、ひとしきり乳房を愛撫する。畔上は指先でウエストのくびれをなぞり、なだらかな下腹も撫でた。肌理《きめ》は濃《こま》やかだ。

「わたし、感じてきちゃったわ。ね、なんとかしてちょうだい」

亜未が甘やかな声で囁《ささや》き、含んだ人差し指に軽く歯を立てた。いわゆる甘咬《あまが》みだ。痛くはなかった。

「あなたに触《ふ》れたいわ」

亜未がもどかしげな手つきで、畔上の股間をまさぐった。

畔上は握り込まれた。リズミカルに揉み立てられているうちに、欲情が雄々《おお》しく息《い》吹《ぶ》いた。

「直《じか》に触《さわ》らせて」

「それには応じられないな」

「意地悪しないで。ね、お願いよ」

亜未が焦《じ》れた。畔上は腰の位置をずらし、亜未の手を外した。すぐにミニスカートの中に右腕を差し入れる。

亜未が待っていたように、素早く両膝を立てた。畔上は、ほどよく肉の付いた両腿に指を這《は》わせた。内腿《うちもも》は幾分、湿《しめ》っていた。火照《ほて》りも伝わってくる。男の官能をそそられた。

畔上は、情熱的に指を滑《すべ》らせつづけた。

「焦らさないで」

亜未がヒップをもぞもぞさせた。

畔上は、パンティーの上から秘めやかな部分に手を進めた。立てた爪の先で敏感な突起をソフトに掻《か》くと、亜未が体を小さく震わせた。

指先で、亀裂《きれつ》を慈《いつく》しむ。

十数秒後、彼女は身をくねらせた。布地の上からでも、二枚のフリルが肥厚《ひこう》しているのがわかった。

「は、早く脱がせて！」

亜未がせがんだ。

畔上は、亜未の尻《しり》の後ろからパンティーを剝《は》ぎ取った。だが、秘部にはわざと触れない。飾り毛を五指で掻き起こし、恥丘に撫でつける。それを五、六度繰り返し、次に内腿に指をさまよわせはじめた。

畔上はさんざん焦らしてから、包皮から零《こぼ》れた肉の芽を抓《つま》んだ。

そのとたん、亜未が淫猥《いんわい》な声を洩らした。陰核《クリトリス》の芯《しん》は真珠のような手触りだった。ころころとよく動く。

畔上は感じやすい芽と綻《ほころ》びかけている花弁を交互に愛撫し、内奥《ないおう》に指を埋めた。しとどに潤《うる》んでいた。襞《ひだ》の群れが小さな収縮を繰り返している。構造は悪くない。

畔上は左手の指を亜未の口の中から引き抜き、乳房に移した。右手の指で性感帯を煽《あお》りまくると、亜未は呆気《あっけ》なく極《きわ》みに達した。

ジャズのスキャットのような声を発しながら、幾度も全身を硬直させた。その反応は、きわめて煽情的《せんじょうてき》だった。

「これで、秘密を共有したことになるだろう。きみとおれは、もう味方同士だ」

「ね、しよう？　これじゃ、すっきりしないわ。抱いてよ。しゃぶれば、すぐに大きくなるでしょ？」

「もう時間がない。洗面所、使わせてもらうぞ」

畔上は長椅子から立ち上がった。とうに昂《たか》ぶりは萎《しぼ》んでいた。

亜未が大きな溜息をついた。

畔上はダイニングキッチンの奥にある洗面所で入念に手を洗った。居間に戻ると、亜未の姿はなかった。寝室で着替えをしているらしい。

畔上はソファに腰かけ、煙草に火を点けた。

一服し終えたとき、亜未が寝室から現われた。花柄のワンピースに着替えていた。

「あなたって、少し変わってるわね。普通の男たちとは違うわ。でも、素敵よ。いつかベッドで愛し合いましょうね」

「そっちに心を奪われたら、強引にでものしかかるよ」

「そのうちに、わたしを好きにさせてみせるわ」

「自信家だね」

畔上は口の端を歪《ゆが》めた。

そのすぐ後、部屋のインターフォンが鳴った。

「日吉が来たみたい。寝室にウォークイン・クローゼットがあるの。あなたは、そこに隠れてて。わたしは、うまく日吉をベッドルームに誘い込むわ」

亜未が言って、インターフォンの壁掛け式受話器のある場所に足を向けた。畔上はソファから立ち上がり、寝室に走り入った。

十二畳ほどの広さだった。出窓側にダブルベッドが置かれている。室内には電灯が点いていた。ウォークイン・クローゼットは右側にあった。

畔上は中折れ扉を押し開け、洋服や帽子が収納された場所に身を隠した。中折れ扉を閉めると、クローゼットの中は暗くなった。

居間の会話が洩れてきたのは、四、五分後だった。

「日吉さん、本当にわたしの力になってくれる？」

「そういう気になったから、このマンションに来たんじゃないか」

「ええ、そうよね。わたし、まず感謝の気持ちを表さないと……」

「すぐにナニさせてくれるのか？」

「もう少しロマンチックな言い方をしてほしいな。パパを裏切って、日吉さんの彼女になる気でいるんだから」

「おれ、気取った言い回しは苦手なんだ」

「ううん、いいの。ベッドルームはこっちよ」

亜未が日吉を導く気配が伝わってきた。

畔上は息を殺した。逸《はや》る気持ちを抑《おさ》える。

「社長と亜未さんがナニしてたベッドで、アレするわけか。ちょっとした下剋上《げこくじょう》の歓びを味わえそうだな。きみをワイルドに抱くことになるかもしれないぜ」

「少しぐらい乱暴に抱かれるほうが、わたし、好きよ。まさに姦《や》られてるって感じだから」

「それじゃ、突いて突いて突きまくるか。股も大きく開かせてやろう。ぐふっふ」

日吉が下卑《げび》た笑い方をした。

ほどなく二人が寝室に入った。亜未がベッドに仰向けに横たわったようだ。日吉が亜未に覆《おお》い被さって、唇を貪《むさぼ》りはじめる様子が生々しく伝わってくる。断続的にベッドが軋《きし》んだ。

畔上は中折れ扉をそっと押し開けた。

日吉は唇を重ねながら、早くも右手をワンピースの裾から潜《もぐ》り込ませていた。畔上はパーカのポケットから私物の携帯電話を取り出し、ベッドの上の二人を動画撮影しはじめた。

気配で、日吉が振り返った。厳《いか》つい顔をしている。眉《まゆ》が太くて濃い。

「あんた、誰なんだ⁉」

込んだ。

「自己紹介は省《はぶ》かせてもらう」

畔上は携帯電話をパーカのポケットに戻し、ＩＣレコーダーの録音スイッチを押し込んだ。

「この男は何者なんだよ？」

日吉がダブルベッドから降り、上体を起こした亜未に訊いた。

「空き巣みたいね」

「ふざけんな。おまえら、グルなんだな。おれを罠に嵌めたんだろうが！」

「そうじゃないわよ」

「冗談じゃねえ！」

日吉が吼《ほ》えて、畔上に組みつく体勢を見せた。畔上は横に跳《と》んだ。横蹴りを放つ。日吉が床に転がった。

畔上は日吉の半身を摑み起こし、背後から首に右腕を回した。裸締《はだかじ》めで喉を圧迫し、昏絶《こんぜつ》させる。チョーク・スリーパーは得意技だ。

「きみはシャワーでも浴びててくれ。この男から、宮路たちがやってる悪事を必ず喋らせるよ」

畔上は亜未に言った。

亜未がうなずいて、ベッドルームから出ていった。

畔上は数分経《た》ってから、日吉の上体を摑み起こした。

膝頭で背中に活を入れると、日吉が息を吹き返した。畔上は、日吉の利き腕を力まかせに捩《ねじ》上げた。

「痛《い》てて！」

「『共栄産業』は二百五十社あまりの弱みを押さえて、メンテナンス契約を取ったんだな？」

「そんなことしてない。社長はもちろん、男の社員はすべて元警官なんだ」

「ああ、そうだな。しかし、おまえらは悪さをして、揃って懲戒免職になった。そんな連中なんだから、非合法ビジネスで荒稼ぎしてたとしても不思議じゃない」

「…………」

「社長の愛人《レコ》を寝盗《ねと》ろうとしたことを宮路に喋ってもいいのか？　新しい彼女にのめり込んでるようだが、社員に西脇亜未を横奪《よこど》りされそうになったら、宮路重人も黙っちゃいないだろう」

「おれは、亜未の色仕掛けに引っかかっただけだっ」

「さっき撮《と》った動画を宮路に観《み》せたら、そんな言い訳は通らないぜ。おまえは社長の愛人を組み敷いて、スカートの中に手を突っ込んでたんだからな。社長の虫の居所が悪かったら、そっちは殺されるだろう」

「さっきの動画を消去してくれ。百万払うよ」

「そういう裏取引には応じられない。おまえらが会社ぐるみでやってることを教えてくれたら、危《ヤバ》い動画は目の前で削除してやってもいい」

「それ、本当なんだな?」

「ああ」

「ちょっと考えさせてくれ」

日吉が何分か迷ってから、ついに口を割った。やはり二百五十社にのぼる有名企業の脱税、粉飾決算、会長や社長の醜聞《スキャンダル》、贈賄《ぞうわい》の事実などを恐喝材料にし、月々百万円の口止め料を各社から『共栄産業』の銀行口座に振り込ませていた。

また、会社は首都圏の広域暴力団からも数千万円から一億円の金を強請《ゆす》ったという。

大熊から情報を提供してもらうだけではなく、全社員が各暴力団の犯罪の証拠集めをしていたらしい。元公安刑事は過激派セクトを唆《そそのか》し、軍事産業に爆弾テロの予告をさせ、交渉人役を買って出て多額の謝礼を受け取っていたという。

堅気になって真面目に生きている元組員に前科歴を表沙汰《おもてざた》にしてほしくなかったら、

口止め料を出せと脅迫していた社員もいたようだ。

「おまえらは、どいつも屑《くず》だな。ヤー公以下だよ。本庁の監察係をやってた八木敏宗巡査部長は、芝専務や柳沢常務と接触してた大熊を内偵してたはずだ。社長の宮路は、そのことを知ってたんじゃないのか？」

「ああ、知ってただろうな。社長は、おれたち社員に八木って奴に尾行されてたら、すぐに報告しろと何度も言ってたからね」

「それなら、宮路重人が誰かに八木を始末させたのかもしれないな」

「えっ、そうなのか⁉　そこまではやらないと思うがな。だって、相手は警察の後輩じゃないか」

「それでも、生かしておいてはまずいと思えば……」

「そうなのかな」

「『共栄産業』に若林悠樹という元警官が出入りしてたんじゃないのか？　そいつは池袋署の留置管理係をやってたんだが、問題を起こして、懲戒免職になったんだ」

　畔上は言った。

「そういう男が会社に来たことはないな。もっとも宮路社長はいろんな人間から情報を買ってるから、社外のどこかでこっそり会ってたのかもしれない。あるいは、専務か常務がその若林という奴に会ってるとも考えられるね」

「そうだな。八木の銀行口座に『共栄産業』から五百万円が振り込まれてたんだが、その件については何か知らないか？　宮路は身に覚えがないと言い張ってるが、八木に口止め料を払ったとも考えられるんだよ」

「その件については、何も知らない。何もかも喋ったんだから、さっきの動画は消去してくれないか。そういう約束だったよな？」

「そんな約束をした覚えはない」

「汚いぞ」

日吉が全身で暴《あば》れた。

「おまえが西脇亜未に仕返しできないよう保険をかけておきたいのさ」

「彼女には何もしないよ。社長の愛人《レコ》を寝盗ろうとしたことをバラされたら、おれは危《ヤバ》いことになるからな」

「悪党の言葉を信じるほど甘くない」

「てめーっ、ぶっ殺すぞ！」

「開き直ったか。面白い。殺《や》れるものなら、殺ってみろっ」

「ああ、殺《や》ってやるよ。いったん手を放してくれ」

「おまえ、ばかか」

畔上は嘲《あざけ》って、日吉の肩の関節を外した。

日吉が呻きながら、のたうち回りはじめた。まるで芋虫《いもむし》だ。

「少し経《た》ったら、元通りにしてやるよ」

畔上はダブルベッドに腰を落とし、ＩＣレコーダーの停止ボタンを押した。

2

コーヒーを飲み干した。

畔上はマグカップを卓上に置いた。コーヒーテーブルの向こうには、亜未が坐っている。日吉が亜未の部屋から消えたのは、およそ二十分前だった。

「あなたに痛めつけられたんで、日吉は何か仕返しをする気になるんじゃないかしら？」

亜未が不安げに呟いた。

「奴は何もできないさ。きみにのしかかったとこをカメラに撮られてるし、『共栄産業』のダーティー・ビジネスのことを喋ってしまったわけだからな」

「ええ、そうね。でも、パパはすんなりとわたしに手切れ金を払う気になるかな。負けず嫌いな性格だから……」

「そうだとしても、日吉とおれの遣り取りは録音してあるんだ。ＩＣレコーダーのメモリーを売ってくれと言うかもしれないが、もちろん売る気はない。切札を棄《す》てるようなことをしたら、それこそ宮路はおれを消そうとするだろう。録音音声を警察関係者におれが渡したら、宮路だけではなく、『共栄産業』の社員たちも犯罪者として裁《さば》かれることになるんだ」

「そうよね。何もびくつくことはないか」

「ああ。そろそろ宮路の携帯を鳴らしてくれないか。きみはパトロンと別れる気になったとだけ言って、電話を替わってくれないか。そういう段取りで、頼むぜ」

畔上は促《うなが》した。

亜未が深呼吸してから、スマートフォンを手に取った。短縮番号を押し、多機能携帯電話を左耳に当てる。

畔上は耳を澄ませた。

電話が繋がった。

「パパ、新しい彼女の部屋にいるんじゃない？」

「…………」

「わたし、わかってるの。新しい愛人は羽場なつみという名前で、二十二よね。自宅は、『高輪タワーレジデンス』の一二〇八号室でしょ？　ずいぶん高いマンションに住まわせてやってるのね、整形美人を」

「…………」

「整形手術なんか受けてないはずだって？　案外、パパもウブいのね。女のわたしが見れば、すぐに顔をいじってることはわかるわ。それから、バストもね」

「…………」

「別に小娘に嫉妬《しっと》なんかしてないわよ。パパとはきれいに別れてあげる。ただし、こちらの条件を呑んでもらわなきゃね」

「…………」

「いま代理人と電話を替わるから」

亜未がパトロンに冷ややかに告げ、スマートフォンを差し出した。畔上はスマートフォンを受け取って、宮路重人に告げた。

「西脇亜未の代理人だ」

「おっ、その声には聞き覚えがあるな。誰だったかな。わかったぞ。『週刊トピックス』の特約記者と称してた奴だなっ。名前は、確か的場航だった。怪しい奴だと思ってたんだが、おまえがわたしに隠れて亜未とつき合ってたのか。くそっ！」

「くそは、あんただ」

「な、なんだと⁉」

「亜未さんとは、おかしな関係じゃない。おれは単なる代理人だよ。依頼人に二億円の手切れ金を払ってやれ」

「二億円だって⁉　亜未は頭が変になったんじゃないのか。月々の手当はたっぷり与えてたし、ブランド物の服、バッグ、装身具なんかもたくさん買ってやったんだ。手切れ金なんか出す気はない。亜未に今月末までに広尾のマンションを引き払えと言っといてくれ。電話、切るぞ」

「ちょっと待て。二億円の手切れ金を払ってやらなきゃ、あんたは破滅するぞ。そっちだけじゃない。会社の社員たちも明日はなくなる」

「どういう意味なんだ？」

宮路が問いかけた。

「おれは、『共栄産業』のダーティー・ビジネスのことを知ってるんだよ」

「妙なあやつけるな！」

「この録音音声を聴いてもらおう」

畔上は卓上に置いたICレコーダーの再生ボタンを押し、スマートフォンを耳から離した。スマートフォンをICレコーダーの横に置く。

ほとんど同時に、音声が流れはじめた。亜未が緊張した顔で、ICレコーダーを見つめている。畔上はロングピースをくわえた。

煙草を喫《す》い終えたとき、録音音声が熄《や》んだ。

畔上はICレコーダーの停止ボタンを押し、ふたたびスマートフォンを手に取った。

「おれと会話してる相手が日吉修介だってことはわかるな」

「ああ。録音場所は、亜未のマンションなのか？」

「そうだ。寝室だよ」

「なんだって⁉　どうして日吉が亜未の寝室なんかにいるんだっ。なぜなんだよ？

日吉と亜未はデキてたのか？」

「そうじゃない。日吉が亜未さんに横恋慕《よこれんぼ》して、ベッドルームで彼女にのしかかってたんだ。おれは亜未さんの悲鳴を聞いて、寝室に駆け込んだんだよ」

「なんでおまえが亜未の部屋にいるんだ？　おかしいじゃないか。そうか、読めたぞ。おまえと亜未は共謀して、日吉を罠に嵌めたんだなっ」

「そう思いたきゃ、そう思ってもいいさ。日吉は、会社ぐるみの恐喝の数々を明かした。録音音声を警察関係者に聴かせれば、『共栄産業』は捜査対象になる。社員の日吉の証言なわけだから、中傷やデマとは思わないだろう」

「日吉が喋ってることは、でたらめだよ。わたし自身はもちろん、社員の誰も罪なんか犯してないっ」

「おれは、大熊晃司が広域暴力団の悪事を会社の芝専務や柳沢常務に教えてた事実も握ってるんだよ。先月の十二日に殺害された八木監察係は大熊をマークしてた。あんたは会社ぐるみの恐喝が立件されると身の破滅になるんで、誰かに八木を始末させた。そうだなっ」

「まだ、そんなことを言ってるのか！　いい加減にしてくれ」

「しぶとく粘ろうとしても、無駄だぜ。八木が『共栄産業』を怪しんでたことは間違いないし、彼の銀行口座にあんたの会社から五百万円が振り込まれてた。それは口止め料だったと認めたら、どうなんだっ」

「くどいぞ。そんな金なんか振り込んでないと言っただろうが！　それから、若林悠樹なんて元警官は知らない。ワゴン車は本当にかっぱらわれたんだよ。同じことを何度も言わせるなっ」

「とことんシラを切るなら、録音音声を捜査関係者に渡す。それでもいいんだな？」

「そ、それは困る。警察に妙な疑いを持たれただけで、会社のイメージダウンになるからな。わたしには、社員とその家族を食べさせていかなければならない責任があるんだ」

「綺麗事を言うな」

「そうじゃない。会社ぐるみで悪さなんてしてないが、会社のイメージに傷がついたら、ビジネスに支障を来《きた》す。それを恐れてるだけだ。だから、録音音声を譲ってくれないか」

「売る気はない」

「金は、いくらでも出す。だから、なんとか売ってくれないか。五千万ほど用意すれば、譲ってもらえるのか？　その額では不満なら、一億円まで出そう」

宮路が駆け引きしはじめた。すぐさま突っ撥《ぱ》ねたら、宮路を直《じか》に追い詰めることは難しくなるだろう。迷っている振りをすべきか。

「条件次第では、ICレコーダーのメモリーを売ってやってもいいな。ただ、その前に亜未さんに二億円の手切れ金を払ってやれ」

「亜未は欲が深すぎるな。その半分なら、くれてやってもいい」

「一億円じゃ、話にならない。手切れ金は払わなくてもいいよ。その代わり……」

「録音音声のメモリーを警察に渡すってことだな」

「そうだ。どうする？」

「癪《しゃく》だが、そっちの要求を呑《の》むよ」

「そうか。線引小切手で二億円を払ってもらう。額面が二億だと都合《つごう》が悪いというなら、五千万円の預手《よて》四枚でもかまわない」

「そうさせてもらう。で、小切手の受け渡し方法は？」

「新しい彼女に線引小切手を持たせて、午後十一時きっかりに歌舞伎町一番街の入口に立たせろ」

「なつみを巻き込まないでくれ。わたしが指定された場所に行くよ」

「駄目だ。あんたは何か企《たくら》みそうだからな」

「深夜になっても人通りの絶えない場所なんだぞ。小切手を取りに来たおたくを誰かに拉致させようと考えたとしても、そんなことはできっこない。預手は、ちゃんと渡すよ。録音音声のメモリーを手に入れるまでは、こっちは下手なことはできないんだ。わたしを信用してくれ」

「あんたじゃ、駄目だ。羽場なつみという愛人に預手を持たせろ。いいな！」

「なつみの顔を知ってるのか？」

「ああ」

畔上は平然と嘘をついた。預金小切手の受け渡し場所の近くまで亜未を連れていって、羽場なつみ本人が来たかどうか確認させるつもりだった。

「なつみを人質に取って、このわたしをどこかに誘《おび》き出そうと計画し、高輪のマンションに行ったことがあるんだな。違うか？」

「ノーコメントだ」

「なつみを巻き込まないでくれ。自分の子供のような年齢だが、大切な女なんだよ。頼むから、なつみを不安がらせないでくれ」

「やくざ以上の悪党でも、惚《ほ》れた娘《こ》は大事にしてるんだな」

「なつみは、それだけチャーミングなんだ。小悪魔っぽいとこがあるが、そこがまたかわいいんだよ」

「のろけ話をいつまでも聞く気はない。指定した場所と時刻を忘れるな」

「ああ、わかってる」

宮路が先に電話を切った。畔上は通話終了キーを押し、スマートフォンを亜未に返した。

「いい手を思いついたわね。小切手の運び役が整形美人なら、あなたに急に襲いかかったりしないでしょう。相手は女だし、人目があるもんね」

亜未が言った。

「そうだな。しかし、宮路は抜け目がなさそうだから、預手の受け渡し場所の近くに何人か手下の者を配し、おれを拉致させる気でいるにちがいない」

「それ、考えられるわね。そいつらに小切手を取り戻させて、さらにＩＣレコーダーのメモリーも奪わせる気なんじゃない？」

「だろうな。怪しい奴らが迫ってきたら、羽場なつみを人質に取るさ」

「そうすれば、あなたは変な男たちに取っ捕まらずに済みそうね」

「ああ。そっちは預金小切手を受け取ったら、その足で東京を離れたほうがいい。預手を取り返されるかもしれないからな」

「ええ」

「出身はどこなんだ？」

「静岡県の伊東《いとう》市よ。でも、パパはわたしの実家の住所を知ってるだろうから、親許に戻るのは危険ね」

「そうだな。どこか地方に住んでる友人がいたら、その人に潜伏先を用意してもらったほうがいいね」

「札幌に短大時代の友人がいるの。今夜は都内のホテルに泊まって、明日、北海道に飛ぶことにするわ」

「そうか。すぐに旅支度をしたほうがいいな」

畔上は急《せ》かした。

亜未が長椅子から立ち上がり、寝室に走り入った。畔上は煙草に火を点けた。

警察手帳、特殊警棒、手錠、拳銃はジープ・チェロキーの車内に隠してある。四輪駆動車の助手席に亜未を乗せて新宿に向かったら、彼女に刑事であることを見抜かれる恐れがあった。畔上はタクシーを使うことにした。

煙草の火を灰皿の底で揉み消していると、原圭太から電話がかかってきた。

「こっちからコールバックするよ」

畔上は電話を切り、四〇一号室を出た。エレベーターホールの隅に立ち、原のスマートフォンを鳴らす。

「悪い！　ちょっと電話で喋りにくい場所にいたんだ」

電話が通じると、畔上はのっけに言った。そして、経過を手短に伝えた。

「日吉って社員が色仕掛けに引っかかって会社ぐるみの犯罪を認めたんなら、いよいよ宮路の尻に火が点きましたね。一気に追い込めば、『地虫の会』の会長は観念して、八木監察係を第三者に片づけさせたことを白状するんじゃないのかな」

「それがさ、宮路は捜査本部事件にはまったく関わってないと犯行を否認しつづけてるんだ。会社ぐるみの恐喝についても認めてはいないんだが、ＩＣレコーダーのメモリーを一億円で譲ってもらいたいと言ってるから、そっちのほうは半《なか》ば認めたと解釈してもいいんだろう」

「そうでしょうね。しかし、八木敏宗の銀行口座に金を振り込んだ覚えはないし、若林悠樹なんか知らないと言い張ってるんでしょ？」

「そうなんだよ。宮路が言った通りなら、八木殺しの件ではシロってことになる。おれの筋の読み方は間違ってたんだろうか。なんだか確信してたことが揺らいできたな」

「畔上《アゼ》さん、まだわかりませんよ。海千山千と思われる宮路重人がシラを切り通そうとして、迫真の演技をしてるとも考えられますからね」

「ああ、そうだな。こっちの話ばかりしてしまったが、何か動きがあったようだね？」

「そうなんですよ。若林の母親が息子が借りてるワンルームマンションの部屋に入って、手提げ袋で二つ分の荷物を運び出したんです」

「母親はどこかで倅《せがれ》と待ち合わせをして、荷物を渡したのかな？」

「そう予想してたんですよ、おれもね。でも、おふくろさんはまっすぐ自分の家に戻りました。予想が外れてしまいました」

「そうか。そういうことなら、いつか若林は荷物を引き取る気でいるんだろう」

「ええ、そうなんだと思います。板橋の実家と潜伏先の中間地点で、若林は母親から手荷物を受け取る気でいるんじゃないのかな。実家を訪れることは避けてね」

　原が言った。

「いい読みをするようになったな、原ちゃんも。多分、そうなんだろう。若林のおふくろさんをマークしてれば、そのうち息子と接触しそうだな」

「そうですね。調査会社のスタッフと交代しながら、若林の母親の動きを追っかけてみます」

「原ちゃんまで駆り出す形になって、なんか申し訳ない。この借りは、いつかちゃんと返すよ」

「畔上《アゼ》さん、水臭いことを言わないでください。おれのほうが面白がって助っ人を買って出たんだから、そんな気遣いは無用ですって」

「そう言ってもらえると、ほんの少しだけ気持ちが楽になるよ。それはそうと、『エトワール』の例の彼女の様子はどうなんだろう?」

「二時間ぐらい前に律子チーママに電話をして、真梨奈ちゃんの様子はどうだって訊いたんですよ。ピアノの弾き語り中にもう涙ぐんだりするようなことはなくなったそうですが、相変わらず沈んだように見えるらしいんです」

「そう」

「今夜、ちょっと独《ひと》りで『エトワール』に行ってみますよ。畔上《アゼ》さんは無理する必要ありませんからね。職務を優先させてください」

「真梨奈ちゃんのことは気がかりなんだが、今夜は店に行けそうもないな。原ちゃん、よろしくな」

畔上は通話を切り上げ、亜未の部屋に戻った。部屋の主は玄関ホールで、サムソナイト製のキャリーケースのロックを掛けていた。

「当分の間、ここには戻れないだろうと思って、あれこれ詰め込んだの」

「そうか」

「電話、彼女からだったんでしょ?」

「おれには、つき合ってる女なんかいないよ。電話の相手は、男の飲み友達さ」

「そうなの。もったいない話ね。あなたはまさに大人の男って感じで、とっても素敵なのに。わたしでよければ、すぐに彼女になってあげるんだけど、負い目があるから……」

亜未がうなだれた。

「負い目？」

「そう。ほら、わたし、長い間、愛人生活をしてたでしょ？　体が汚れてるもんね。だから、あなたはわたしをちゃんと抱く気にならなかったんじゃない？」

「おれは、そんな子供じゃないよ。きみとは知り合ったばかりで、メンタルな触れ合いを感じ取れるようなつき合いじゃない。それだから、セックスをしなかっただけさ」

「そうだったの。女をただの性欲の捌《は》け口と見てる男たちが多いけど、あなたは違うのね」

「そんなことよりも、十時になったら、ここを出るぞ。忘れ物はないか、もう一度チェックしとくんだな」

畔上は言って、居間に移った。

ソファにゆったりと腰かけ、時間を遣《や》り過ごす。畔上たち二人は、十時きっかりに四〇一号室を出た。

「ここで、ちょっと待っててくれ」

畔上はアプローチの中ほどで亜未を立ち止まらせ、『広尾アビタシオン』の前に走り出た。

左右に視線を向ける。暴漢と思われる人影はどこにも見当たらない。

畔上は亜未を手招きした。亜未がキャリーケースを引きながら、足早に歩み寄ってくる。

「このマンションの周《まわ》りには、宮路の配下の者はいないようだ」

「よかった」

「表通りに出れば、タクシーを拾えるね?」

畔上は路上に駐《と》めたジープ・チェロキーに目を当てながら、かたわらの亜未に声をかけた。亜未が黙ってうなずく。

二人は五十メートルほど歩き、表通りの端にたたずんだ。少し待つと、首尾よくタクシーの空車が通りかかった。

畔上はキャリーケースをタクシーのトランクルームに入れ、亜未と後部座席に並んで坐った。五十七、八歳のタクシー運転手は無口だった。ありがたい。

目的地には三十分弱で着いた。

畔上たちは、歌舞伎町一番街の七、八十メートル手前でタクシーを降りた。

「羽場なつみをおれに教えてくれたら、そっちはそこにある終夜営業の喫茶店で待っててくれ。預金小切手を受け取ったら、それをそっちに渡して、ホテルにチェックインするまで見届けてやる」

「わかったわ。落ち合う場所の近くに変な男がいないかどうかチェックするんでしょ？」

「そのつもりだよ」

「キャリーケースを引っ張ってると、早く歩けないの。先に終夜営業の喫茶店に入って、キャリーケースを預かってもらったほうがいいと思うわ」

「そうだな、そうしよう」

二人は二十四時間営業の喫茶店に入り、レジの近くの席に落ち着いた。どちらもコーヒーをオーダーしたが、一口《ひとくち》啜っただけで腰を上げた。

「すぐに店に戻ってくるんで、ちょっとの間、キャリーケースを置かせてくださいね」

亜未が店の従業員に頼んだ。相手は快諾《かいだく》した。

畔上たちは喫茶店を出て、歌舞伎町一番街の入口に急いだ。

まだ羽場なつみは来ていなかった。

二人はカップルを装って、雑沓《ざっとう》の中を進んだ。新宿東宝ビルの横まで歩いたが、不審者の姿は目に留《と》まらなかった。

二人はUターンし、一番街の入口に戻った。

「あそこに立ってる女が羽場なつみよ。チャコールグレイのウールスーツを着て、シャネルのバッグを持ってるわ」

亜未が小声で言った。畔上は視線を延ばした。彫《ほ》りの深い美人が人待ち顔で立っている。並の女優よりも美しい。

しかし、造作の一つひとつが完璧《かんぺき》に整いすぎている。亜未が言っていたように、羽場なつみは美容整形手術を受けたようだ。

「そっちは、さっきの喫茶店に戻っててくれ」

「わかったわ。充分に気をつけてね」

「こんなに人が大勢いるんだから、襲ってくるような奴はいないさ」

畔上は余裕を見せた。

亜未が靖国通りに沿って急ぎ足で歩きだした。畔上は用心しながら、美しい女に近づいた。

「羽場なつみさんだね？」

「は、はい」

「宮路重人から預かった物を渡してくれないか」

「はい、いま……」

なつみがシャネルのバッグから、白い角封筒を取り出した。畔上は角封筒を受け取り、その場で中身を検《あらた》めた。

額面五千万円の線引小切手が四通入っていた。振出人は、いずれも『共栄産業』の代表取締役社長だった。社印がくっきりと捺《お》されている。

「ご苦労さんだったな。もう帰ってもいいよ」

「はい」

なつみは目礼すると、体を反転させた。すぐに横断歩道に踏み出し、やがて人波に紛《まぎ》れた。

畔上は終夜営業の喫茶店に戻った。店の中に亜未はいなかった。テーブルの横にあったキャリーケースも消えている。預金小切手を受け取らずに自《みずか》ら亜未が姿をくらますわけがない。宮路の手下に連れ出されたにちがいない。

畔上は、レジにいる女性従業員に亜未のことを訊いた。彼女は体格のいい二人の男に外に連れ出されたという。

畔上は急いで喫茶店を出た。

舗道の前後を交互に見ていると、ピエロに扮《ふん》したサンドイッチマンがプラカードを高く掲げて大股で近づいてきた。

「VIPルームのあるカラオケはいかがでしょう？」

「邪魔だ。どいてくれ」

畔上は相手を払い除《の》けようとした。

そのとき、腹部に固い物を押し当てられた。消音型拳銃マカロフPbの先端だった。ロシア軍の将校用サイレンサー・ピストルだ。すでにスライドは引かれている。

反撃の素振りを見せたら、間違いなく撃たれるだろう。下手に逆《さか》らわないほうがよさそうだ。

「亜未を喫茶店から連れ去ったのは、おまえの仲間なんだなっ」

「そういうことだ。まず預手入りの角封筒を返してくれ」

「ちくしょう！」

畔上は悪態をついて、パーカのポケットから白い角封筒を引っ張り出した。相手が角封筒を引ったくったとき、真横に茶色いワンボックスカーが急停止した。

スライドドアが開けられた。

「乗りな」

サンドイッチマンが顎《あご》をしゃくった。銃口は、いつの間にか背中に密着していた。

畔上は歯噛《が》みして、車内に乗り込んだ。

3

何も見えない。

両手の自由も利《き》かなかった。

畔上は安眠マスクで両目を塞《ふさ》がれ、後ろ手に縛《しば》られてワンボックスカーの後部座席に転がされていた。

そうされたのは、車が常磐《じょうばん》自動車道の柏ＩＣ《かしわインターチェンジ》を通過して間もなくだった。

両手首に深く喰《く》い込んだ結束バンドが痛い。樹脂製の紐《ひも》で、本来は電線や工具を束《たば》ねるときに用《もち》いられている。

だが、犯罪者たちは結束バンドを手錠代わりに使っていた。強度が高く、結び目はまず緩《ゆる》まない。

中間の座席には、サンドイッチマンに化けた男が腰を沈めているはずだ。都内を抜ける前に車の中で派手な衣裳を脱ぎ、メイクアップも落としていた。四十歳前後だろうか。体軀《たいく》から察して、元機動隊員と思われる。

ワンボックスカーを運転している男には、見覚えがあった。何年か前まで本庁捜査三課でスリ係を務めていた。その後、彼は鉄道警察隊に異動になったのではなかったか。ありふれた姓ではなかった気がする。遠い記憶が不意に蘇《よみがえ》った。

ハンドルを操《あやつ》っている三十七、八歳の男は、確か堂珍《どうちん》という苗字だった。どちらも『共栄産業』の社員であることは間違いないだろう。

「拉致された西脇亜未は、どこに監禁されることになってるんだ?」

畔上は、ピエロに扮していた男に問いかけた。

「会いたいか?」

「彼女はどこにいるんだ?」

「じきに会えるよ」

「おまえら二人は元警察官で、『共栄産業』の社員だなっ。ステアリングを捌《さば》いてるのは、かつて本庁でスリ係をやってた堂珍だろ?」

「ほう、堂珍のことを知ってたか」

「そっちは機動隊にいたんじゃないのか？」

「ああ、六機《ろっき》にいたんだ。しかし、生意気な部下をリンチしたんで、懲戒免職になっちまったんだ」

「『地虫の会』の宮路会長に拾われて、『共栄産業』に入ったわけだな。それで、有名企業、広域暴力団、過激派セクトなんかの弱みを摑んで、恐喝を重ねてきたんだろ？」

「おれたちは、まともにビルやマンションのメンテナンスをしてるだけだよ」

「よく言うぜ」

「あんたは田中《たなか》って名だったかな？」

「ありふれた姓を言えば、当たるかもしれないと思ったようだな。けど、外れだ。おれは池端《いけはた》って名だよ」

「そうか」

「おれたちは、おまえのことも知ってるぜ。畔上拳、四十一歳。現在は本庁特命捜査対策室に籍を置いてるが、捜一、捜二、組対四課、人事一課監察にいた。そうだろうが？」

ことができる」
「おれたちはＯＢだから、その気になれば、現職の奴らのことは造作なく調べ上げる
「ああ、その通りだ」

池端と名乗った男が自慢げに言った。すると、運転席の堂珍が口を開いた。

「池端さん、おれたちのことはあまり話さないほうがいいでしょ？」

「何をびくついてるんだ？　どうせ畔上は……」

池端が言葉を濁した。

「宮路は、このおれを殺す気でいるんだなっ」

「どうかね。口を滑らせると、また堂珍がぶつぶつ言いそうだから、余計なことは言わないでおくよ。それにしても、おまえは恐いもの知らずだな。それに分《ぶん》を弁《わきま》えていない」

「分を弁えていない？」

畔上は訊き返した。

「そうだよ。宮路社長は大先輩の警察ＯＢだろうが！　それなのに、おまえは社長を犯罪者呼ばわりして、西脇亜未を焚《た》きつけ、二億円を脅し獲《と》ろうとしたんだからな」

「宮路が恐喝集団のボスであることは間違いないし、亜未さんが手切れ金を要求する

のも当然だろう。彼女は何年も、おっさんのセックスペットを務めてたんだからな。それなりにパトロンに尽くしてきたんだろうが、宮路はあっさり若い愛人に乗り換えようとしてる」

「社長のことを呼び捨てにするなっ。先輩には敬意を払え！」

「真っ当に生きてる警察ＯＢなら、もちろん敬意を払うさ。しかし、宮路は強欲な屑野郎だ。唾棄《だき》すべき悪人だろうが」

「黙れ！」

池端が上体を捻《ひね》って、マカロフＰｂの先端を畔上の脇腹にめり込ませた。

「高速に入る前にそっちはおれのポケットを探《さぐ》って、ＩＣレコーダーを奪った。それで安心したんだろうが、甘いな」

「どういうことだ？」

「日吉修介とおれの会話の録音音声は、すでにパソコンに取り込んである。メモリーを手に入れても安心はできないぜ」

畔上は、はったり《ブラフ》をかました。

「本当なのか!?　そのパソコンは職場にあるのか、それとも自宅にあるのか。おい、どっちなんだっ。答えなきゃ、車の中で撃ち殺すぞ」

「撃てよ。おれが死んでも、日吉の証言音声は生きてる。おまえら一味が恐喝容疑で逮捕《パク》られることは間違いない。宮路重人には、殺人教唆《きょうさ》容疑も加わるな」

「殺人教唆容疑だって⁉」

「そうだ。宮路は、先月十二日の夜に殺された本庁の八木監察係の事件《ヤマ》にも深く関わってるようだからな。おそらく宮路が、社員か殺し屋《プロ》に八木を始末させたんだろう。八木は、かつての部下だったんだよ」

「それで、おまえは捜査本部事件のことを個人的に調べてたわけか」

「そうだよ。八木は、転落死した大熊晃司が『共栄産業』の芝専務と柳沢常務に各暴力団の違法行為に関する情報を売ってたことを調べ上げてた。そのことが表沙汰になったら、宮路はもう破滅だ。宮路が保身のため、誰かに八木を葬らせたことはほぼ間違いないだろう」

「うちの社長は、八木って監察係の死にはタッチしてないよ。そいつがいろいろ嗅ぎ回ってるんで、裏から手を回して目障《めざわ》りな奴をどこか所轄署に飛ばしてもらわなきゃとは洩らしてたが、本部事件には絡んでない」

「池端さん、そこまで話すのはまずいでしょ？」

堂珍が諌《いさ》めた。

「ま、そうだな。とにかく、社長はこれまではどんな殺人《コロシ》にも関与してない。そこまでやっちまうと、有力者に庇《かば》ってもらえなくなるからな」

「宮路は警視庁か警察庁の偉いさんに鼻薬を嗅がせて、数々の恐喝に目をつぶってもらってるんだな？」

「その質問には答えられない」

「否定しないわけか。その答えで、充分だよ」

畔上は言った。

宮路自身だけではなく、社員の池端も殺人教唆については強く否認している。『共栄産業』の社長は、八木殺しには関与していないのだろうか。畔上は、またしても自信を失いそうになった。

状況証拠で宮路を怪しんできたが、誰かが彼に罪を被せようと細工を弄《ろう》したのだろうか。そのミスリード工作に自分はまんまと引っかかってしまったのか。

畔上は車の震動を全身に感じながら、これまでに摑んだ手がかりを頭の中で整理してみた。やはり、状況証拠や証言では宮路重人が疑わしい。

しかし、『共栄産業』のワゴン車を乗り回していた若林悠樹と宮路が黒い関係にあるという裏付けは取れていない。それどころか、二人に接点があったことさえ未確認だ。

若林は別の人間に雇われ、宮路重人を八木殺しの首謀者に見せかけようとしていたのだろうか。そうだったとしたら、自分は見当外れな極秘捜査をしてきたことになる。

殺人犯捜査に関しては、素人ではない。捜査一課時代に数々の事件を解決に導いてきた。そんなことで、つい過信して誤認捜査をしてしまったのか。

「おまえ、西脇亜未にベッドに誘われたんじゃないのか。彼女を抱いたんで、言いなりになって、社長に二億円の手切れ金を出してやれって脅迫したんだろ？　それだけじゃない。亜未を唆《そそのか》して、日吉を色仕掛けに嵌《は》めた」

「彼女とは寝てない」

「隠すなって。社長の愛人じゃなかったら、おれも抱いてみたくなるような女だからな。日吉がハニートラップに嵌まっても責められないよ。けど、あいつは事実じゃないことをべらべらと喋った」

「日吉が吐いたことは事実だったから、宮路は焦《あせ》って録音音声をおまえらに回収させる気になったんだろうがっ」

「それは……」

「恐喝のことまで否認したって、意味ないぜ。さっき言ったように、日吉とおれの遣り取りはパソコンに取り込んであるんだからな」

「くそったれめ！」

「日吉も、どこかに閉じ込められてるんだろ？　あの男は、社長の宮路を裏切ったわけだからな。いや、社長だけじゃないな。会社のみんなを売ったわけだ」

「そういうことになるな」

「そっちがロシア製のサイレンサー・ピストルでもう日吉を射殺しちまったのか？」

「日吉は、まだ生きてるよ」

「まだ？　そのうち始末しろと宮路に言われてるようだな」

「社長を呼び捨てにするなと言ったはずだ。きさま、おれをなめてんのかっ」

池端がマカロフPbの銃把《グリップ》の底で、畔上の腰を強打した。思わず畔上は声を洩らしてしまった。痛みは筋肉だけではなく、腰骨にも響いた。

「おとなしくしてろ！」

池端が前に向き直った。畔上は、気配で察したのである。

「いま、どのあたりを走ってるんだ？」

「常陸太田《ひたちおおた》市を通過中だよ。あと数キロで、日立中央《ひたちちゅうおう》ICに達する」

「茨城県内のどこかに宮路の別荘でもあるのか。あるいは、福島か宮城の山の中まで連れてって、おれを撃ち殺せと宮路に命じられたのかい?」

「目的地は、いまにわかるよ」

「目隠しをしたんだから、宮路と繋がりのある建物の中におれを連れ込む気だな」

「うるせえな。もう黙ってろ!」

「おれは、おまえともっとお喋りがしたいんだよ」

畔上は茶化して、口を閉じた。

とうに日付は変わり、午前一時を回っているのではないか。ワンボックスカーは高速でハイウェイを疾走しつづけた。

どれだけ経過したのか、車が左のレーンに移った。ICから一般道に下《お》りるようだ。

少し経《た》つと、ワンボックスカーが一時停止した。料金所だろう。

日立北《ひたちきた》ICではなさそうだ。その先の高萩《たかはぎ》ICか、北茨城ICだろうか。いわき市には達していないのではないか。多分、行き先は高萩市か北茨城市のどこかだろう。

ワンボックスカーが一般道をたどりはじめた。どうやら海側に向かっているようだ。

「池端さん、国道六号線に出たら、道なりに北上すればいいんでしたね?」

堂珍が確かめた。

「ああ、そうだ。平潟港《ひらかたこう》に通じてる脇道に入ってくれ。国道の右側だよ」

「わかりました」

「専務の母方の伯父《おじ》さんが経営してた水産加工会社の名は、『大高水産《おおたかすいさん》』だ。一年前に廃業したそうだが、看板は外してないらしい」

「池端さん、無防備すぎますよ。畔上に逃げられたりしたら、まずいことになるでしょ！」

「逃げられっこないさ。後ろ手に縛ってあるんだし、おれはサイレンサー・ピストルを持ってるんだ」

「だけど、万が一ってこともあるじゃないですか」

「堂珍、ビビるなって。おまえは、ちゃんと運転してくれればいいんだよ」

池端がうっとうしそうに言った。

堂珍は返事もしなかった。むっとしたにちがいない。

ワンボックスカーは国道六号線にぶつかると、左に折れた。車は、ほとんど走っていないのだろう。堂珍が加速した。

数十分後、ワンボックスカーは脇道に入った。それから間もなく、車は停まった。

「さあ、着いたぞ」

池端が言って、スライドドアを勢いよく横に滑らせた。

潮臭い風が車内に吹き込んできた。元水産加工会社は、平潟港の近くにあるようだ。

先に車を降りた池端が、畔上のベルトを荒っぽく摑んだ。

畔上は後部座席から引きずり出され、ワンボックスカーの横に立たされた。

「逃げようとしたら、九ミリ弾を見舞うからな」

「わかってるよ。廃業した水産加工会社の作業場に西脇亜未が監禁されてるんだな?」

「そうだよ。事務室の中で、椅子に結束バンドで括《くく》りつけられてるはずだ。素っ裸でな。日吉は、鉄骨の梁《はり》から吊《つ》り下げられてるんじゃないか。奴は裏切り者だからな」

池端がマカロフPbの銃口を畔上の背に密着させた。緊張はしたが、身は竦《すく》まなかった。

堂珍が運転席から出て、元水産加工会社の建物に駆け寄る気配が伝わってきた。シャッターの潜《くぐ》り戸が開けられた。

「まっすぐ歩け!」

池端が命じて、畔上の片腕を捉《とら》えた。

畔上は足を踏みだした。池端に頭を押さえつけられたまま、中腰で潜り戸を抜ける。

すでに堂珍は建物の中に入っていた。後ろから池端が入ってきて、畔上の安眠マスクを剝《は》ぎ取った。

電灯の光が瞳孔《どうこう》を射《い》る。反射的に畔上は目を細めた。

作業場の中央の梁から、両手をロープで縛られた日吉が垂れ下がっていた。青っぽいトランクスだけしか身につけていない。
五、六カ所、鋲《びょう》が体に埋まっている。血の条《すじ》が鮮やかだ。日吉はうなだれ、弱々しく呻いている。口は、布製の粘着テープで封じられていた。
「誰かが鋲打ち銃《リベットガン》を使ったんだろう。日吉の奴は仲間を売ったんだから、仕方がないよな。てめえが悪いんだ」

池端がうそぶいて、作業場の隅にある事務室に視線を投げた。ガラス張りだ。事務室の中は丸見えだった。

亜末は回転椅子に括りつけられ、日吉と同じようにガムテープで口を塞《ふさ》がれていた。彼女のそばには、屈強《くっきょう》そうな二人の男がいた。

どちらも三十代の半《なか》ばではないか。男たちは好色そうな笑みを浮かべながら、亜末の乳房を片方ずつ揉んでいた。

「あの二人は、人質を犯したのか？」

畔上は、前に回り込んできた池端に問いかけた。

「そんな時間はなかったはずだよ。あの二人は、十数分前に人質をここに連れ込んだんだからな。亜未を裸にして椅子に縛ってから、日吉にリベットを見舞ってたんだろう」

「日吉を殺せと宮路に言われてるんだなっ」

「そうだ。亜未も始末しろって命じられたんだが、女を殺すのは後味《あとあじ》がよくない。だから、誰も亜未を始末したがらないんだよ。といって、社長に背《そむ》くわけにもいかないしな」

「彼女は逃がしてやってくれ。そっちに線引小切手を回収されたんで、結局、二億円の手切れ金は手に入れられなかったわけだからな」

「けど、社長の命令は無視できない。きさまに彼女を殺《や》ってもらう」

「そんなことはできない。どうせおれも殺す気なんだろうから、すぐに引き金《トリガー》を絞れ！」

「こっちの言う通りにしなかったら、おれたち四人で人質を輪姦《マワ》すことになるぞ。その後《あと》、撃ち殺す。きさまにレイプシーンをたっぷり拝ませてやってから、リベットガンで全身に鋲を沈め、止《とど》めに九ミリ弾で頭《ペテン》を撃ち砕《くだ》いてやらあ」

「わかった。西脇亜未は、おれが始末しよう。四人の男に彼女が辱《はずかし》められてるとこを眺めていられるほど冷血じゃないんでな」

「話は決まりだ」

池端が体を反転させるなり、マカロフPbで日吉の顔面と心臓部を撃った。

ロープが捩《よじ》れ、日吉の体が半回転する。

日吉は声をたてることもなく、呆気《あっけ》なく息絶えた。サイレンサー・ピストルの発射音は小さかった。圧縮空気が洩れるような音がしたきりだ。

事務室から男たちが飛び出してきた。池端がたなびく硝煙《しょうえん》を手で払いながら、どちらにともなく言った。

「おまえら、なんか残念そうな面《つら》してるな」

「池端さん、日吉を片づけるのが早過ぎますよ。おれたち、あと五発ずつ日吉にリベットを浴びせようと決めてたんです。な、坂入《さかいり》？」

小鼻の横に大きな黒子《ほくろ》のある男が、かたわらの仲間に相槌を求めた。坂入と呼ばれた男が大きくうなずいた。

「菊地《きくち》、ブーたれるなって。畔上が亜未を殺《や》ってくれるってさ」

「本当ですか⁉」

「ああ。これで、おれたち四人は女を殺《や》らずに済むわけだ」

「そうですね。どんな方法で人質を始末させるんです？」

菊地が池端に訊いた。畔上は、池端が口を開く前に言葉を発した。

「両手で彼女の首を絞める」

「扼殺《やくさつ》か。リベットを亜未の全身に打ち込んだほうがサディスティックな快感を味わえると思うがな」

「おれには、そんな趣味はない。扼殺が駄目だというんなら、おれは彼女を始末しないぞ」

「わかったよ。それでもいい」

池端が応じ、堂珍に目配せした。

堂珍が近づいてきて、ペンチで畔上の縛《いまし》めを断ち切った。

畔上は両手首を撫でさすりながら、四人の男たちの立っている位置を確認した。ついでに、作業場を素早く見回す。残念ながら、得物《えもの》になりそうな棒やスコップの類《たぐい》は目に留《と》まらなかった。

「すぐ女を殺《や》ってくれ」

池端が急《せ》き立てた。

畔上は事務室に走り入った。亜未が目を丸くした。

「こんなことになって、済まない。そっちの首を絞める真似をするから、死んだ振りをしてくれないか。隙《すき》を衝《つ》いて反撃するつもりなんだ」

畔上は亜未に耳打ちして、彼女のほっそりとした首に両手を掛けた。一気に絞めたと見せかけ、事務室の中を見渡す。近くのスチールデスクの上に目をやると、リベットガンが載《の》っていた。

「女は尿道が短いから、絶対に失禁するな。美人が小便を垂れ流すとこを見物させてもらうか」

池端が言いながら、事務室に歩み寄ってきた。マカロフＰｂの銃口は、コンクリートの床に向けられている。隙だらけだった。

畔上は回転椅子ごと亜未を事務室のロッカーの陰に押しやり、リベットガンを手に取った。

「き、きさま！」

池端がサイレンサー・ピストルを慌《あわ》てて中段に構えた。

畔上は、先にリベットガンを発射させた。

放った鋲は、池端の腹部に命中した。池端が短く呻いて、尻《しり》から落ちる。マカロフＰｂが弾《はず》みで暴発した。

堂珍、坂入、菊地の三人が、池端に駆け寄りかけた。畔上はリベットガンで威嚇連射し、先に池端に走り寄った。

サイレンサー・ピストルを池端の手から奪い取り、二発連射した。際《きわ》どい威嚇射撃だった。一発は池端の耳すれすれに撃ち込み、もう一発は堂珍たち三人の足許に着弾させた。

「四人とも床に腹這《はらば》いになるんだっ」

畔上は声を張った。

池端たち四人は命令に従った。畔上は踏み込んで、四人の側頭部に鋭い蹴りを入れた。敵の男たちが床を転げ回りはじめた。

畔上は池端のそばに屈《かが》み込み、上着のポケットから自分のＩＣレコーダーと預金小切手入りの白い角封筒を抜き取った。立ち上がり、事務室に駆け戻る。亜未の表情がわずかに明るんだ。

「もう大丈夫だよ」

畔上は亜未のガムテープを剝《は》がし、急いで縛《いまし》めを解《と》く。結び目が固く、少し苦労した。

「ありがとう。怖かったわ」

「脱がされた服やランジェリーは？」

「菊地って奴が、まとめてロッカーに突っ込んだの」

「そうか。早く身繕《みづくろ》いをしたら、これを持って先に逃げるんだ。角封筒には、総額二億円の線引小切手が入ってる。きみの手切れ金だよ」

「わたしだけ逃げるなんて、できないわ。だって、あなたは命の恩人なんだから」

「おれのことは心配するな。詳しいことは教えられないが、おれは捜査機関の人間なんだ」

「えっ、そうだったの⁉　でも、パパをビビらせて、わたしの手切れ金を出させてくれたでしょ？　警察関係者がそんなことはできるわけないわ」

「おれは極秘捜査官なんだ。それ以上のことは明かせないが、嘘じゃない」

「そうなの」

「キャリーケースは？」

「ここに来る途中、坂入って男が車から林道の下に投げ捨てたの」

「なら、諦めるんだな。車の運転はできるかい？」

「ええ」

「外にワンボックスカーがある。鍵《キー》は抜かれなかったはずだから、その車でどこかの駅まで行くといい。ただ、車を乗り捨てる前にハンドルやキーの指紋は拭《ぬぐ》ってくれ。後日、警察の事情聴取を受けることになるかもしれないが、そのときは拉致されて監禁されたことはないと言い通すんだ。いいね？　そうすれば、そっちは手切れ金で自分のジュエリーショップを開くことができるよ」

「だけど、パパや拉致犯グループがわたしのことを喋ったら……」

亜未は、まだ不安が消えないようだ。

「宮路と手下どもは、罪が増えるようなことは決して喋らないよ。だから、手切れ金は貰っとけばいいさ」

「大丈夫なのかな？」

「とにかく急いで服を着て、先に消えてくれ」

畔上は事務室から出て、マカロフＰｂの銃把《グリップ》に両手を添えた。池端たち四人は床に伏せたまま、じっと動かない。

五分ほど経過したころ、事務室から亜未が姿を見せた。服をまとい、パンプスも履《は》いていた。

「あなたとまた会えるといいな」

「縁があったら、どこかで会えるさ。早く行くんだ」

畔上は促《うなが》した。亜未が深々と頭を下げ、廃業した水産加工会社の建物から出ていった。いくらも経《た》たないうちに、ワンボックスカーの発進音が聞こえた。

エンジン音が遠のいたとき、池端が口を開いた。

「茨城県警に事件の通報をするのか？　おれたち四人は警察のＯＢなんだ。なんとか見逃してくれないか」

「おまえは、このサイレンサー・ピストルで同僚の日吉修介を射殺した。殺人《コロシ》に目をつぶるわけにはいかないいな」

「社長の命令には逆らえなかったんだよ」

「いまごろ泣き言《ごと》は見苦しいぜ」

畔上は片手を銃把《グリップ》から離し、パーカのポケットに突っ込んだ。指先が携帯電話に触れた。

4

前奏が終わった。

どこか物悲しい旋律で、深みがあった。ラストソングだった。

真梨奈が鍵盤に指を踊《おど》らせながら、『アメイジング・グレイス』を歌いはじめた。聴き手の心に沁《し》みるような声だった。ソウルフルで、温かみがあった。

クラブ『エトワール』だ。畔上はカウンター席の隅で、スコッチ・ウイスキーのロックを傾けていた。ボックス席は客で埋まっていた。

いつからか、ホステスたちの嬌声《きょうせい》は熄《や》んでいた。客たちの大半も、真梨奈の歌に聴き入っている。

平潟港近くの元水産加工会社の建物の中で危険な目に遭《あ》ったのは、五日前だ。一一〇番通報して十数分後、茨城県警機動捜査隊と所轄署刑事課の面々が臨場した。畔上は警視庁の刑事であることを明かし、経緯《いきさつ》を語った。十月十二日の夜に代々木署管内で発生した殺人事件を個人的に調べていたことは打ち明けたが、むろん特命捜査とは言わなかった。

日吉修介をサイレンサー・ピストルで射殺した池端は、ただちに殺人容疑で緊急逮捕された。リベットガンで日吉を傷つけた菊地と坂入は、傷害容疑で身柄を確保された。池端と共謀して畔上を拉致監禁した堂珍も捕まった。

畔上は事情聴取に応じ、現場検証にも立ち合った。池端は観念したらしく、取り調べで宮路重人の指示で日吉を殺し、畔上も葬る気でいたことを自供した。予想した通り、西脇亜未のことはまったく触れなかった。

茨城県警は警視庁との合同捜査に踏み切った。地元警察は監禁及び殺人の捜査を担《にな》い、警視庁は宮路を殺人教唆の疑いで身柄を拘束した。それは、一昨日《おととい》の夕方だった。

宮路は池端が全面自供したにもかかわらず、監禁や殺人を教唆した覚えはないと否認しつづけた。しかし、堂珍、菊地、坂入の三人が池端と同じ供述をしたと知り、ついに犯行を認めた。

宮路社長は会社ぐるみで有名企業、広域暴力団、前科者、過激派セクトの弱みを恐喝材料にして、およそ二百億円を脅し獲《と》ったことを自白した。その供述によって、『共栄産業』の芝専務や柳沢常務だけではなく、元警官の社員たちが次々に恐喝容疑で逮捕された。

宮路は社員が強請《ゆすり》の材料を探していた事実のほか、大熊晃司から暴力団関係の弱みを買っていたことも認めた。情報集めをしていた専務と常務も、社長の供述に異論は唱《とな》えなかった。

畔上は帰京するなり、折方副総監に事の経過をつぶさに報告した。捜査一課の新沼理事官は、捜査本部に宮路が八木殺しに関与しているかどうか厳しく取り調べろと指示を与えた。

代々木署に出張《でば》っている殺人犯捜査第六係は、一日十数時間も宮路を心理的に追い込んだらしい。

しかし、宮路は捜査本部事件には関与していないと頑として供述は変えなかったそうだ。日吉の件では、すでに殺人教唆を認めている。八木を始末しろと誰かに指示していたとしたら、そのことも吐くのではないか。

捜査班のメンバーは、改めて宮路と若林悠樹との繋がりを洗い直した。その結果、二人に接点がないことが確認できた。会社のワゴン車が何者かに盗まれたという話は事実だったのだろう。

宮路は、愛人だった亜未に二億円の手切れ金を払わされたことは一言も喋らなかった。また、畔上が亜未に色仕掛けで日吉修介を陥れたことにも触れなかった。

宮路は、自分の恥を晒したくなかったのだろう。愛人と社員の両方に裏切られたことは屈辱《くつじょく》そのものだ。

亜未は、もう警察の事情聴取を受けずに済むだろう。そのことは喜ばしい。

しかし、極秘捜査は振り出しに戻ってしまった。また、一から出直さなければならない。ともすれば、敗北感に打ちのめされそうになる。事件を迷宮入りさせたら、元部下の八木はいつまでも天国に行けないのではないか。

畔上自身は神の存在を信じていなかったが、クリスチャンだった八木を昇天させてやりたいと考えていた。

絶望するには早すぎる。まるで事件を解く手がかりがないわけではない。若林が謎を解く鍵を握っていることは確かだ。

元留置管理係を操っている人物が捜査本部事件に深く関わっているにちがいない。ただ、闇の奥にいる人間には見当がつかなかった。いったい何者なのか。

畔上は吐息《といき》を洩らし、グラスを呷《あお》った。

空になったグラスをコースターの上に戻したとき、店内に拍手が鳴り響いた。畔上は上体を捩《ねじ》った。ラストソングを歌い終えた真梨奈が客たちに一礼し、ピアノから離れた。ちょうど十一時半だった。

まだ閉店の時刻ではなかったが、真梨奈の仕事は終わりだ。畔上は仕事が済んだら、近くにあるレストランバーに来てほしいと真梨奈に一時間半ほど前に伝えてあった。

彼女は短く迷ってから、誘いに応じた。

畔上は勘定を払い、先に『エトワール』を出た。

今夜は車ではなかった。自宅マンションから電車で渋谷にやってきた。飲食店ビルを後にして、百数十メートル歩く。

待ち合わせたレストランバーは、飲食店ビルの五階にある。

畔上は飲食店ビルに入り、エレベーター乗り場に立った。

待つほどもなく、エレベーターの扉が開いた。ケージには、若いカップルが乗っていた。男は、ひと目で堅気ではないとわかる。紫色のスーツを着込み、右手首にゴールドのブレスレットを光らせていた。二十六、七歳だろう。

女は、肩を露《あらわ》にした黄色いドレスに身を包んでいた。

ホステスだろう。二十一、二歳だ。女は怯《おび》えた顔で、涙ぐんでいる。男に片腕をきつく摑まれていた。キャバクラ嬢か。

「どうした？」

畔上は、ケージから出てきたチンピラ風の男に声をかけた。

「あん？　何だよ、おっさん！」

「連れの娘《こ》はビビってるじゃないか。だから、どうしたと訊いたんだ」

「おっさんにゃ、関係ねえだろうがよ」

「どっかの組に足《ゲソ》つけてるんだろうが、そんな粋《いき》がり方をしてるようじゃ、まだチンピラだな」

「てめえ、喧嘩《ゴロ》まく気かよっ」

相手が頭突きを浴びせるような動きを見せた。畔上は、先に男の睾丸《こうがん》を膝で蹴り上げた。

男が呻きながら、しゃがみ込んだ。すぐに畔上は女を引き離した。

「何があったんだ？」

「あたし、三階のキャバクラで働いてるの。この彼は、お客さんなんです。三回指名してやるから、ホテルにつき合えって言われたのね。ただのおふざけだと思ったから、あたし、『いいよ』って言っちゃったんです」

「その言葉を真に受けたんだ？」

「ええ、そう。店長に九鬼《くき》組の者《もん》だと凄んで、あたしを強引に連れ出そうとしたの。ホテルで舎弟たちと輪姦《マワ》して、覚醒剤《シャブ》を射けるとか脅されたんです。おじさんは誰なの？」

「警視庁の刑事だよ」

「よかった！　救けてください」

キャバクラ嬢が安堵《あんど》した顔つきになった。そのとき、若いやくざが頭から突っ込んできた。

畔上は息を詰め、腹筋を張った。頭突きは躱《かわ》せなかったが、ダメージはほとんど受けなかった。

「きみは店に戻れ」

畔上はキャバクラ嬢に言い、男をエレベーターホールから死角になる場所に連れ込んだ。突き倒し、相手の顔面に蹴りを入れる。無言だった。

男が喉を軋《きし》ませた。むせながら、折れた前歯を吐き出した。一本ではなく、二本だった。

「てめーっ、本当に刑事《デカ》なのかよっ」

「警察手帳《チョウメン》、見たいか？」

「ああ、見せろや」

「いいだろう」

畔上は顔写真付きの警察手帳を短く見せ、相手の体を探《さぐ》った。

上着のポケットに折り畳み式のナイフを忍ばせていた。フォールディング・ナイフの刃を起こす。刃渡りは十三、四センチだった。れっきとした銃刀法違反だ。

「驚いたぜ。刑事には見えなかったがな」

「さっきの女の子にしつこく迫る気なら、おまえに手錠《ワッパ》打つぞ。脅迫罪、公務執行妨害、銃刀法違反だから、おそらく書類送検じゃ済まないだろう」

「勘弁してくれよ。あのキャバスケには近づかないって」

「そうしろ。九鬼組の者だって」

「おれ、まだ盃《さかずき》を貰ってないんすよ。でも、組事務所の電話番してるんだ。準構成員ってやつだね」

「チンピラだから、まだスマートな遊び方ができないんだな」

「おれ、どうなるの？　検挙《アゲ》られるのかよ？」

「雑魚《ざこ》の悪さをいちいち立件してる暇はない」

「なら、目をつぶってくれるんだな。刃物《ヤッパ》は押収してもいいからさ、見逃してくれねえか。頼むよ。いや、頼みます」

男が床タイルに両手をつき、頭を垂れた。

畔上はチンピラに手荒なことをしてしまったことを少し恥じた。捜査が振り出しに戻ったことで、つい八つ当たりをする気になったのだろう。

「フォールディング・ナイフは押収するぞ」

「ああ、いいよ」

「ちょっと大人げないことをしたかな。歯の治療代、あるか？」

「持ってるよ、銭は」

相手が怪訝《けげん》そうな顔になった。

畔上は一瞬、歯の治療代として五、六万円渡す気になった。しかし、そうした行為はなんとなく偽善臭い。

善人ぶるのは、はしたないことだ。たいていの人間は、善と悪の要素を併《あわ》せ持っている。まるっきりの善人はどこにもいない。逆に悪人でも、少しは人間的な温かみを残しているものだ。

他人に善人と見られることには抵抗がある。照れ臭いし、仮面を被っているような後ろめたさも感じてしまう。

畔上は個人的には、露悪《ろあく》趣味のある人間を好ましく思っている。粗野《そや》に振る舞ったり、ことさら悪ぶって見せる者はだいたい好人物だ。含羞《がんしゅう》の人である。できることなら、そんなふうに生きたい。

「前歯が二本なくても、物は喰《く》えるよな?」

「うん、それはね。けどさ、年寄りじゃないんだから、カッコ悪いよ。おれ、差し歯を入れる」

「そうかい。治療費が足りなかったら、おれに歯医者の請求書を回してくれ」

「おたく、変わった刑事《デカ》だね」

相手が説明しがたい笑みを拡《ひろ》げた。

畔上は曖昧《あいまい》に笑い返し、エレベーター乗り場に戻った。

五階に上がり、レストランバーに入る。窓際のテーブル席に落ち着き、数種のオードブルとジン・ロックをオーダーした。選んだジンはタンカレーだった。

頼んだ物が運ばれてきて、間もなく真梨奈が姿を見せた。私服はカジュアルだったが、センスは悪くない。

「好きな飲み物をオーダーしてくれないか」

畔上は向かい合った真梨奈に言って、ロングピースに火を点けた。差し向かいになると、妙に気恥ずかしい。真梨奈を憎からず想《おも》っているからか。

真梨奈は、オリジナルカクテルを頼んだ。名はよく聞き取れなかった。ベースはラム酒らしい。

「ラストの『アメイジング・グレイス』、とってもよかったよ。おれは神も仏も信じてないんだが、きみの歌声を耳にしていると、なんか宗教的な感動を覚えたよ。胸にじーんときた」

「そう言ってもらえると、励《はげ》みになります。ライブハウスと違って、『エトワール』のお客さんはまともにわたしの弾き語りなんか聴いてくださってないと思ってました。

それはそうですよね、ホステスさんたちとくだけた話をしてるほうがきっと愉《たの》しいにちがいないもの」

「客も店の娘《こ》たちも、きみの歌にはちゃんと耳を傾けてるよ。原ちゃんも、きみの大ファンなんだ。もちろん、おれもさ」

「なんだか無理をしてるみたい」

「そんなことないよ」

会話が途切れた。ちょうどそのとき、オリジナルカクテルが届けられた。淡いブラウンだった。

二人は軽くグラスを触れ合わせた。

真梨奈がオリジナルカクテルを少し口に含んでから、小声で切り出した。

「わたしにどんな話があるんでしょう？」

「別に人の恋路の邪魔をするつもりはないんだが、仁友会の瀬戸弘也というインテリやくざと親密なんだってね？」

「ええ。それが何か？」

「その彼は独身なのかな？」

「ええ、いまはね。七年前に離婚したんですよ、彼」

「バツイチか。離婚の原因は何だったのかな？」

「性格の不一致だと言ってました」

「そう」

「なんで畔上さんは、そのような質問をするんです？　弘也さん、いいえ、瀬戸さんが何か罪でも犯したんですかっ」

「別にそうじゃないんだ。きみは、彼氏と真剣な気持ちで交際してるのかな」

「もちろん、そうです。彼は経済やくざとして警察にマークされてるみたいですけど、刺青《いれずみ》を入れてるような組員たちとは違うんです。紳士的ですし、教養もあります」

「不良上がりの筋者と違って、物腰は柔らかいだろうな。知性的でもあるだろう、名門私大の商学部を出てるわけだから。だが、堅気じゃない」

「ええ、そうですね。彼、仁友会の盃を貰ってますから。だけど、一般市民に迷惑をかけるような乱暴者じゃありません。瀬戸さんが大学生のころ、父親が経営してた事務機器販売会社が悪質な会社喰い《マージャー》集団に乗っ取られてしまったんですよ」

「そうなのか」

「彼のお父さんは絶望的になって、自殺してしまったんです。瀬戸さんは父親の会社を取り戻したい一心で、裏経済界で暗躍してる連中の手口を勉強しはじめたんですよ。

だけど、お父さんの会社を取り戻すことはできなかったそうです」

「経済マフィアたちとつき合ってるうちに、仁友会の金庫番としてスカウトされたんだな？」

「ええ、多分。そのあたりのことは、わたし、詳しく知らないんですよ。瀬戸さんは堅気ではありませんけど、一般市民を泣かせたりしてないと思います。心優しい男性《ひと》ですから。わたし、彼とは四年前に赤坂のピアノバーで弾き語りをしてるときに知り合ったんです。酔った建設会社の社長がわたしにどうしても演歌の弾き語りをしろって絡んできたんですよ。わたし、その演歌はまったく知りませんでした。お高く止まってたわけじゃなかったの」

「でも、酔っ払いは納得してくれなかった」

畔上は先回りして言った。

「そうなんですよ。相手はやくざの大親分と親しくしてるとか凄んで、わたしに自分の横に侍《はべ》って酌《しゃく》をしろとしつこく迫ったんです。たまたまお店に居合わせた瀬戸さんが建設会社の社長をトイレに連れていって、なだめてくれたんです」

「なだめたんじゃなく、相手を威《おど》したんだろう。自分は仁友会の者だと言ってね」

「そうだったのかもしれません。わたしに絡んだ相手は、それきりピアノバーに来なくなりましたんで」

「その代わり、インテリやくざがちょくちょく店に来るようになって、二人は恋仲になったということだね？」

「ええ、そうです。わたしは彼が堅気ではないと知っても、背を向けることはできませんでした。それどころか、加速度的に惹《ひ》かれて、半年ぐらい前に逆プロポーズしたんです」

「彼の反応は？」

「自分には離婚歴があるし、やくざ者だから、再婚する資格はないと……」

「そう言われても、きみは彼氏と別れることはできなかったんだ？」

「その通りです。彼のこと、大好きなんですよ。惚れ抜いてると言ってもいいと思います。瀬戸さんがもしも一緒に死んでくれと言ったら、わたしは迷わずにうなずくでしょう」

真梨奈は陶然《とうぜん》とした表情で言った。

「そこまでのめり込んじゃったか。それだけ魅力があるんだろうな」

「ええ、最高ですね。わたしも人並に恋愛をしてきましたけど、彼ほど包容力のある男性《ひと》はいませんでした」

「妙なことを訊くが、彼氏にドラッグを勧められたことは？」

「ドラッグですか⁉」

「そう。覚醒剤には催淫《さいいん》作用があるんだよ。やくざはベッドパートナーの性器や後ろの部分に白い粉をまぶして、相手の性感を高めたりしてることが多いんだ」

「やめてください、そんな話は。彼は、そんなおかしなことはただの一度もしなかったわ」

「失礼なことを言ってしまったか。謝るよ。ごめん！」

「もういいです。彼は、肩をそびやかしてる組員とは違うんです。他人の気持ちを大切にしてますんで、わたしを困らせるようなことは絶対にしません。もちろん、わたしにお金の無心をしたこともありませんよ。コーヒー代すら払わせてくれないの」

「なかなかの好漢なんだろうが、普通の堅気とは違うわけだ。ただね、インテリやくざでも渡世の義理や柵《しがらみ》を無視することはできない。たとえ彼氏がきみのことを最愛の女性と大切にしていても、死ぬまで護《まも》り抜けないこともあるだろう」

「それは堅気の男性だって、同じだと思いますよ。わたしがサラリーマンと結婚しても、姑《しゅうとめ》と犬猿の仲になってしまったら、夫は自分の母親に味方するかもしれないでしょ？　そういうことはなくても、別の女性に心を移すかもしれません」

「真梨奈ちゃん、それは屁理屈《へりくつ》だよ。どんな人間も先のことは確かにわからない。しかしね、相手の男性が筋者か堅気かでは危険の度合が最初っから違うよ。きみがみすみす不幸になるかもしれないのに、黙って見てられないんだ。余計なお節介は百も承知で、あえて言うよ。いまの彼氏に結婚する意思がないんだったら、いまのうちに別れたほうがいいな」

「彼は世間の尺度で計れば、紛《まぎ》れもなくアウトローでしょうね。だけど、わたしにとっては騎士《ナイト》なんです」

「真梨奈ちゃん、おれは職務で多くのやくざと接してきた。中には、名門大学出も幾人かいたよ。それなりの知性や教養はあっても、根の部分が腐ってた」

「わたし、瀬戸さんの性根《しょうね》は腐ってなんかいないと信じてます」

「そういう考え方に危《あや》うさを感じたんで、おれはつい憎まれ口をたたく気になったんだ。すぐに別れるのは難しかったら、何カ月か距離を置いてはどうだろうか」

　畔上は提案した。

「そんなことをしても、わたしの気持ちは変わらないと思います」

「そうだろうか。それにしても、実りのない恋愛は虚《むな》しいだろうが？　彼氏は、きみを妻にする気はないわけだからね」

「わたし、結婚という形態には実はさほど拘《こだわ》ってないんです。瀬戸さんと夫婦になれなくても、彼のそばにいられるだけでいいの。それだけで、充分に幸せなんですよ」

「彼にぞっこんなんだな」

「ええ。畔上さんが、わたしのことを心配してくれるのはありがたいと感謝してます。だけど、わたしは何があっても、彼と別れる気はありませんので。お先に失礼します。わたしのカクテル、いくらなんでしょう？」

「いいから、そのまま家に帰りなさい」

「それでは、きょうはご馳走《ちそう》になります。お寝《やす》みなさい」

真梨奈が椅子から立ち上がり、足早にレストランバーから出ていった。

想像以上に真梨奈の恋情は熱かった。瀬戸の気持ちを確認して、彼のほうから遠のいてもらうほかなさそうだ。

畔上はそう考えながら、ジン・ロックを傾けた。いつになくジンは苦かった。

第五章　剝《は》がれた仮面

1

名刺を交換する。

畔上は瀬戸弘也の名刺を受け取って、改めてインテリやくざの顔を見た。

端整な面立《おもだ》ちで、思慮深そうだ。背も高い。ダンディーでもあった。

港区赤坂五丁目にある『仁和《じんわ》トレーディング』の社長室だ。仁友会直営の会社である。

「どうぞお掛けになってください」

瀬戸が言って、執務机に歩み寄った。内線電話の受話器を取り上げ、社員の誰かに二人分のコーヒーを淹《い》れるよう指示した。やくざとは思えない穏《おだ》やかな口調だった。

「失礼します」

畔上は、応接ソファに深々と腰を沈めた。

渋谷のレストランバーで真梨奈に忠告した翌日の午後三時過ぎだ。畔上は本庁組織犯罪対策部第四課で『仁和トレーディング』のオフィスの所在地を調べ、ひとりで訪ねたのである。

仁友会の持ちビルの四階だった。八階建てのビルの各階に企業舎弟《フロント》が入っている。『仁和トレーディング』の社員数は三十六人と多くない。

だが、その大半は株、国債、外国債の取引に長《た》けているようだ。瀬戸は仁友会の上納金を財テクで膨らませ、組織の資産を上手に運用しているらしい。社員たちは一見、堅気に映る。きちんと背広を着込み、人当たりもよかった。

社長の瀬戸も商社マン風だ。スーツは、いかにも値が張りそうだった。

「畔上さんの噂は、真梨奈から聞いてますよ」

瀬戸が如才《じょさい》なく言って、正面のソファに坐った。

「佐伯さんがあなたに夢中になったのは、なんとなくわかるな。瀬戸さんは、誰からも好感を持たれるタイプのようですからね」

「畔上さんこそ、並の刑事にはない雰囲気があって、なかなか……」

「こっちは『エトワール』の常連で、真梨奈ちゃん、いや、佐伯さんのファンなんですよ。彼女の弾き語りは最高ですね」

「わたしも、真梨奈の歌唱力は高く評価してます」

「でしょうね。さて、本題に入ります。実はきのうの晩、佐伯さんとちょっと話をしたんですよ。というのは、彼女、あなたとの恋愛のことで悩んでる様子だったんでね」

「悩んでるようでしたか」

「ええ。佐伯さんは、あなたに逆プロポーズしたことがあるそうですね？」

畔上は確かめた。

「ええ。しかし、わたしはバツイチですし、堅気《ネス》ではありません。一般家庭で育った女性と再婚する資格はないと思ってます。前科こそありませんが、仁友会の人間です。素人の女と結婚したら、相手に苦労をさせてしまう。だから、真梨奈に結婚はできないとはっきり言ったんですよ」

「そうみたいですね。それならば……」

「真梨奈から遠ざかるべきだとおっしゃりたいんですね？」

瀬戸が呟くように言った。そのとき、社長室のドアがノックされた。

「コーヒーをお持ちしました」

ドアの向こうで、若い女性社員が告げた。

会話は中断された。女性社員は二人分のコーヒーをセンターテーブルに置くと、すぐ下がった。

「熱いうちにどうぞ！」

「いただきます」

畔上は、カップごと受け皿を手前に引き寄せた。

「真梨奈の熱い想いは嬉しく思ってます。しかし、こちらには堅気でないという負い目があります。それに、いつか彼女を不幸にさせてしまうという不安もありますね。それだから、結婚は無理だとはっきりと言ったんですよ」

「そうですか」

「入籍はしないで内縁の妻にすることは、わたし、厭《いや》なんですよ。けじめがないというよりも、パートナーがいろんな面で不利になるわけでしょ？」

「ええ、そうですね」

「惚れてる女を不安がらせるのは、男として無責任です。なんか卑怯に思えるんですよ」

「瀬戸さんは、男っぽい方なんだな。こっちもそう思いますね」

「そうですか。口にこそ出したことはありませんが、何回か真梨奈と別れようと思ったことがありました。いつまでも中途半端な関係をつづけてたら、彼女は婚期を逸《いっ》してしまうかもしれない」

「そう思いながらも、やはり佐伯さんとは離れられなかったわけですね？」

「ええ、おっしゃる通りです」

「そこまで二人は深く結びついてるんなら、瀬戸さん、いっそ足を洗ったら、どうなんです？　仁友会の会長は確か大卒だったし、幹部の多くも同じですよね。上の連中が武闘派ばかりだと、堅気になりたければ、小指《エンコ》を落とせなんて言いそうですが、おたくの組織の場合はそういうことはないでしょう？」

「ええ、すんなり足を洗うことはできるでしょうね。しかし、うちの会長や大幹部たちには借りがあるんです。わたしがまったく前科《ホシ》をしょってないのは、会長たちに庇《かば》ってもらったからなんですよ」

「遣《や》り手の金庫番が服役《ツトメ》を果たさなくなったら、何かと困るんでしょう。そうした思《おも》惑《わく》があって、会長や大幹部たちはあなたの罪を被ってくれただけなんじゃないのかな」

「そうだったのかもしれません。しかし、恩義を忘れるわけにはいきませんからね。ことさら仁侠道がどうとか言う以前に、それが人の道でしょ?」

「足を洗えない事情があることはわかりました。それなら、上手に佐伯さんから遠ざかってやってくれませんか。彼女のことを誰よりも大切な女性だと思ってるんなら、そうできるんじゃないのかな。それも、一つの愛の形でしょ? 屈折《くっせつ》した恋情ですが、相手のことを思い遣《や》ってることになるわけですからね」

「よく考えてみます。畔上さんの助言に従う努力をしてみますよ」

瀬戸が表情を引き締め、コーヒーをブラックで飲んだ。

畔上は倣《なら》った。ブラックコーヒーを啜《すす》りながら、胸が疼《うず》きはじめるのを鮮やかに意識した。

お為《ため》ごかしにもっともらしい忠告をしてしまったが、単に恋路を邪魔しただけだったのではないか。秘めたる想いを寄せている真梨奈を瀬戸から引き離したいという心理が働いたのかもしれない。そんな思いが次第に膨れ上がった。

そうだとしたら、なんとも見苦しい。しかし、いったん口に出した言葉はもはや消しようがなかった。

自分は偽善者に成り下がってしまったのか。善人面した偽善者は、ある意味では犯罪者よりも卑《いや》しい。性質《たち》が悪く、狡猾《こうかつ》である。

畔上は、自分の内面に潜んでいる狡《ずる》さに身震いした。吐き気さえ催《もよお》してきた。

「話は飛びますが、畔上さんはご存じだろうか」

「何のことです？」

「ただの噂なんですが、警察関係者が裏社会の人間たちに裏金作りに協力してくれないかと一年ほど前から打診してるらしいんですよ」

「そんな話は知らないな」

「単なるデマだったんだろうか。仁友会は一円もカンパしてませんが、首都圏のほとんどの広域暴力団がトータルで億単位のカンパをさせられたという話も囁《ささや》かれてるんですよ」

「警察が年間予算をその年のうちに遣《つか》い切ったことにして、捜査経費を浮かせ、昔から裏金にしてきたことは否定しません。しかし、マスコミや市民団体に裏金の件でさんざん非難されたんで、いまも自粛《じしゅく》中のはずです。そんな時期に暴力団から金をたかるなんてことは考えにくいな」

「わたしも初めは、警察に恨みを持ってる組員が悪質なデマを流したんだろうと思ってました。ところが九月の上旬に、十月十二日に殺された警視庁の八木という監察係員がここに訪ねてきて、警察関係者にカンパをせがまれたことはないかと……」

「いまの話は事実なんですね？」

「もちろんです。そのときの遣り取りをこっそりとＩＣレコーダーに録音してありますんで、その音声をお聴かせしましょう」

瀬戸が応接ソファから立ち上がり、自分の両袖机に歩み寄った。引き出しからＩＣレコーダーを取り出し、すぐ戻ってきた。

畔上は身を乗り出した。瀬戸がソファに腰を落とし、卓上に置いたＩＣレコーダーの再生ボタンを押した。

音声が流れはじめた。

瀬戸と言葉を交わしているのは、紛《まぎ》れもなく八木だった。畔上は耳を澄ました。

──監察係に公衆電話からかかってきた密告《タレコミ》の裏付《ウラ》けを取るため、関東の主だった組織の本部や企業舎弟《フロント》を回ってるんですよ。

──そうですか。それで、警察関係者にカンパをしたと証言した団体はあったんですか？

──いいえ、ありませんでした。仮にカンパした組織があったとしても、すんなりと認めはしないでしょう。

——それは、そうでしょうね。

——応対に現われた者の中には、狼狽《ろうばい》した人間もいました。もちろん、カンパを強要されたことはないと言下《げんか》に否定しましたけどね。それで、自分は密告電話は虚偽情報《ガセネタ》ではないと確信を深めました。ですが、カンパをしたという証言は得られなかったんですよ。

——そうなんですか。

——瀬戸さん、仁友会《うち》はどうなんです？　正直に話していただけませんか。

——仁友会は警察関係者にカンパを求められたことはありません。ただですね、その種の噂が裏社会に流れてたことは知ってます。関東御三家は数億円ずつカンパさせられたようだという曖昧《あいまい》な話ばかりでしたがね。

——火のない所に煙は立たないと言いますから、ただの中傷やデマではないでしょう。

——そうなんでしょうか。しかし、警察関係者がそんなことまでして裏金を都合つけたとしたら、まずいことになるでしょ？　大口のカンパをした組織は見返りとして手入れの日時を事前に教えろとか、理事クラスの犯歴を抹消してくれとか言い出しかねませんからね。

——そうした見返りはしてたのかもしれません。

——まさか⁉　いくら裏金を工面したいからって、警察がそんなことをやったら、大問題になります。そこまで堕落してたとしたら、世も末ですよ。

——瀬戸さんのおっしゃる通りです。情けないことですが、一部の警察官はそこまで腐り切ってるのかもしれません。巨大組織ですから、悪い人間も混じってるんですよ。現に毎年、五十人以上の悪徳警官が懲戒免職になってます。

——そうらしいですね。それはそうと、密告者は警察内部の者だったのかな。それとも、組関係者だったんですかね。

——どちらかなんでしょう。どちらにしても、警察の腐敗ぶりを告発したかったんだと思います。

——そうなんでしょうね。

——瀬戸さん、ひとつお願いがあるんですよ。

——何でしょう？

——仁友会と友好関係にある組の連中にカンパの件をそれとなく探《さぐ》ってもらいたいんです。

——わたしに情報提供者にならないかってことですね？

——ええ、そういうことです。

——別に警察を敵視してるわけじゃありませんが、お断りします。ご存じでしょうが、わたしたちの社会では密告《チンコロ》は最も恥ずべき行為だと蔑《さげす》まれてますよ。

——もちろん、そのことは知ってます。それを知りながら、お願いしたんですよ。瀬戸さんは荒くれ連中とは違うタイプですから、常識や正義感を持ってるはずです。

——本質的には彼らと同じですよ、真っ当な生き方ができないわけですからね。わたしたちは誰も外道《げどう》です。申し訳ないが、あなたの力にはなれないな。

——そうですか。わかりました。どうもお邪魔しました。

八木がソファから立ち上がる気配がした後《あと》、音声は途絶えた。瀬戸がICレコーダーの停止ボタンを押し込んだ。

「瀬戸さん、メモリーを何日か貸していただけませんか」

畔上は頼み込んだ。

「いいですよ。レコーダーごとお持ちになっても結構です」

「ありがたいな。では、そうさせてもらいます」

「ええ、どうぞ。八木という監察係には協力しませんでしたが、仁友会《うち》と友好関係にある団体にカンパのことを訊いてみたんですよ。わたしが接触した人間は、誰も警察関係者にカンパを要求されていませんでした」

「そうですか」

「ですが、組長や若頭は警察関係者にカンパをせがまれたらしいという話はしてましたね。間接的な証言でしたから、どうせ偽《ガセ》だと思ってましたが、事実だったんだろうな」

「瀬戸さん、その組の名を教えてくれませんか？　こっちが直《じか》に真偽を確かめてみますんで」

「それは勘弁してください。先方さんにわたしが余計なことを言ったとわかったら、つき合いがぎくしゃくしてしまいますんでね」

「あなたの名前は絶対に出しません」

「そう言われても、立場上、組織の名を教えるわけにはいきません。どうか勘弁してください」

「わかりました」

「カンパの件が事実なら、有効的な切札を手に入れられるな。警察がやくざから銭《ぜに》を吸い上げて裏金にしてたとしたら、その証拠を握れば、それこそジョーカーを得たようなもんでしょ？　仁友会《うち》の構成員が何かで逮捕《パク》られても、地検送致は見送れと威《おど》しをかけられますからね」

「そうだな」

「表情が少し険《けわ》しくなったようですが、むろん冗談です。警察を敵に回したら、いつか組織はぶっ潰《つぶ》されます。やくざなら、そんなことはわかってます。警察の弱みを押さえて、日本では禁じられてる〝司法取引〟なんかしませんよ。できたら、わたしたちに怖いものはなくなるんでしょうけどね」

瀬戸が、にやりとした。

「そんなことになったら、警察と暴力団は潰し合いをするかもしれない。それで、双方がガタガタになったら、日本はリセットして再生できそうだな。一度、ガラガラポンをやらなきゃ、まともな社会にならないんじゃないんだろうか。あなたに警察の不正の証拠を押さえてもらって、偉いさんたちを震え上がらせてもらいたいな」

「過激なことをおっしゃる。でも、誰かがアナーキーなことをやらなきゃ、警察と裏社会は持ちつ持たれつの関係をこの先もつづけていくでしょう。よくないな」

「しみじみと言いましたね。瀬戸さん、この際《さい》、双方の馴《な》れ合いに終止符《ピリオド》を打ってくれませんか」

「あなたが力を貸してくれれば、アナーキストになってもいいな。おっと、冗談が過ぎました。際《きわ》どいジョークはさておき、八木監察係がここにいるとき、不審者がこのビルの前をうろついてたらしいんですよ」

「不審者ですか？」

「ええ。それで一階にオフィスを構えてる企業舎弟《フロント》の若い衆が、その怪しい男を取り押さえたんです。そいつはビルの前で携帯電話を落としたようなんで、単に探し回ってただけだと言い張ったそうです」

「で、その男を解放してやったんですね？」

「その前に運転免許証を出させたらしいんです。不審な奴は、若林悠樹という名だったというんですよ。畔上さん、心当たりはあります？」

「ないですね」

畔上は内心の驚きを隠して、努めて平静に応じた。若林は誰かに指示されて、八木敏宗の動きを探《さぐ》っていたにちがいない。

ということは、警察関係者が広域暴力団にカンパを迫っていたという噂は事実だったと思われる。状況証拠で八木を始末させたのは警察ＯＢの宮路重人だと思い込んでしまったが、捜査本部事件の首謀者はどうやら現職の警察関係者らしい。

「そうですか。どこかの組員じゃなさそうだったという話でしたんで、もしかしたら、怪しい男はカンパをせがんだ警察関係者の配下の者かもしれないと思ったんですが、どうなんですかね」

「なんか気になる奴だな」

「ええ。企業舎弟《フロント》の若い衆は若林という男の現住所を控えておいたらしいから、そいつを締め上げることは可能でしょう」

「こっちが、その男のことを調べてみます」

「そうですか」

瀬戸が口を結んだ。

「ICレコーダーごと借りますね。必要でしたら、簡易式の預かり証を書きます」

「そんな物、別に要《い》りませんよ。必要がなくなったら、返してくれれば結構です」

「わかりました。では、お借りしますね」

畔上はICレコーダーを上着のポケットに突っ込み、ソファから腰を浮かせた。社長室を出て、『仁和トレーディング』の出入口に向かう。

ジープ・チェロキーは、ビルの斜め前に駐《と》めてあった。畔上は表に出ると、すぐさま四輪駆動車に乗り込んだ。

桜田門の本庁舎の地下二階の車庫に潜《もぐ》り込んだのは、およそ二十分後だった。

畔上はエレベーターで十一階に上がり、警務部人事一課監察のブロックに直行した。首席監察官の難波警視正は自席で書類に目を通していた。

「ちょっと聴いてもらいたい録音音声があるんだが……」

「それでしたら、奥の会議室に行きましょう」

難波が肘《ひじ》掛《か》け付きの回転椅子から立ち上がって、案内に立った。畔上は難波に従った。

二人は小会議室に入り、横に並んで腰かけた。

畔上はＩＣレコーダーをテーブルの上に置き、再生ボタンを押した。テープレコーダーと違って、巻き戻す必要はなかった。

音声を聴いたとたん、難波の顔に驚愕《きょうがく》の色が拡《ひろ》がった。

「そんな密告電話があったという報告はまったく受けてませんよ」

「そう。とにかく、音声を尻《けつ》まで聴いてほしいんだ」

畔上は、かつての上司を黙らせた。

やがて、音声が途絶えた。畔上はＩＣレコーダーの停止ボタンを押した。

「八木君は、なぜ密告電話のことを報告しなかったんだろうか。密告内容にリアリティーがないと判断して、主任監察官にもわたしにも言わなかったんでしょうかね。ええ、そうにちがいない。警察関係者が各暴力団にカンパを強要してたなんて、いかにも作り話っぽいですからね」

「八木がそう感じたんだったら、わざわざ裏付けを取る気にはならないと思うがな」

「彼は仕事熱心でしたから、一応、裏社会の人間に確認してみただけなんでしょう」

「そうなのかな」

「畔上さん、このICレコーダーを一両日、預からせてもらえませんか。人事一課長と警務部長にも念のため、録音音声を聴かせたほうがいいと思ったんですよ」

「そっちは、どうせ虚偽情報《ガセネタ》と思ってるんでしょ？」

「ええ、まあ」

「だったら、上の連中に録音音声を聴かせなくてもいいんじゃないかな」

「一応、聴かせたいんです。貸してください。借りたいんですっ」

難波が切迫《せっぱく》した声で言った。

異様だった。難波警視正は八木から密告電話のことを聞いていたのではないか。だが、まさか八木が裏付けを取るとは思っていなかったのだろう。だから、驚きを隠さなかったのではないか。

難波の驚きと慌《あわ》てぶりが気になった。しかし、下手に探りを入れるのは避けたほうがよさそうだ。

「そのうち、ICレコーダーは預けよう」

畔上はICレコーダーを手にして、すっくと立ち上がった。

2

ICレコーダーが沈黙した。

畔上は停止ボタンを押し込み、顔を上げた。副総監室だ。

人事一課監察のブロックを出たのは、十数分前だった。八木と瀬戸の遣《や》り取りを聴かせたのだ。

畔上は、折方副総監とコーヒーテーブルを挟んで向かい合っていた。

「難波首席監察官は、本当に密告電話のことを知らなかったんだろうか。畔上君、どう思うね？」

折方が問いかけてきた。

「本人はそう言ってましたが、知らなかったというのは妙ですよ。密告電話を受けたのが八木だったとしても、首席監察官にそのことを報告するはずです。難波警視正がたまたま席を外してたとしたら、直属の管理官か主任監察官には伝えてたでしょう」

「だろうね。仮に捜査本部事件の被害者《マルガイ》が意図的に難波君や直属の管理官や主任監察官に密告電話の件を伝えなかったとしたら……」

「八木は、監察室の人間に暴力団にカンパを強要してる警察関係者がいることを知ってたと思われます」

「そう考えられるね。裏社会から汚れた金を吸い上げてきた者が警察内部にいるんだろうな。その不心得者に首席監察官が抱き込まれて、悪事に目をつぶってた。八木巡査部長はそのことに勘づいてたんで、上司にも同僚にも密告電話の件を話さなかった。そう推測できないだろうか」

「ええ、できますね。で、八木はこっそりと自分で密告《タレコミ》の内容の真偽を確かめる気になったんでしょう。その彼が何者かに殺害されてしまった。ということは、警察関係者が反社会集団にカンパを強《し》いてたのは事実だったんだな」

「なんてことなんだ。悪しき慣習を根絶するのはたやすくないと思ってたが、まさかそんなギャングじみた手段で裏金を捻出《ねんしゅつ》してたとは……」

「恥ずかしいし、悔しいですよね。そうしたやり方で裏金作りに励んでる奴らをぶん殴ってやりたい気持ちになります」

「わたしも腹立たしいよ。畔上君、難波首席監察官の身辺を少し洗ってみてくれないか。彼は何か弱みを握られて、裏金作りをしてる奴の言いなりになってるのかもしれないからな」

「ええ、そうですね」

「難波警視正に何も疑わしい点がなかったら、二人の管理官か三人の主任監察官の誰かの私生活が乱れてるんだろう。その首席監察官はそのことが表沙汰になることを恐れて、警察関係者の犯罪を見逃す気になったのかもしれない」

「そうなんでしょう。しかし、八木は持ち前の正義感から、身内の不正に目をつぶれなくなった。それで、単独で密告内容の真偽を確かめはじめたんでしょう」

畔上は言った。

「そうなんだろうね。八木巡査部長が動きはじめたんで、裏金作りに精出してる身内かカンパした暴力団のどちらかが……」

「八木を葬《ほうむ》ったと考えられますね。しかし、どちらかと言えば、身内のほうが怪しいな。カンパさせられた暴力団は積極的に警察関係者と癒着したんではなく、強制的にまとまった金を払わされたんでしょうから」

「そうだね。畔上君、『地虫の会』の宮路重人が裏金作りに加担してたとは考えられないだろうか」

「あっ、そうか！　宮路は自分の会社の社員たちに暴力団からも金を脅し獲《と》らせてた。その分は、そっくり警察の裏金として供出してたとも考えられますね」

「そうすることで、宮路は会社ぐるみの恐喝を見逃してほしいと警察の不心得者と裏取引をしてたのかもしれないぞ」

「そうならば、宮路たちをマークしてたことも無駄ではなかったことになります」

「ああ、そうだね。新沼理事官を通じて東京地検の担当検事にそのあたりのことを調べてもらうことにしよう」

「お願いします。宮路はもう観念してるでしょうから、裏金作りをしてる警察関係者に暴力団から巻き揚げた金をそっくり渡してたとすれば、そのことも吐くでしょう」

「だろうね。それはそうと、仁友会は警察関係者に一円もカンパしてないと言い切ってたんだな？」

「ええ」

　折方が確かめた。

「瀬戸弘也は畔上君にメモリーごとＩＣレコーダーを快く貸してくれたわけだが、何か企《たくら》んでるとは思えないかね？　八木巡査部長との録音音声は保存しておいて、別の暴力団や警察の弱みを何かの切札にしようと密かに考えてるとか……」

「瀬戸が双方と裏取引をしようと企んでるとしたら、このＩＣレコーダーを自分に貸すなんてことはしないでしょう」

「なるほど、そうだろうな」

「ですが、瀬戸は個人的に警察関係者が首都圏の暴力団に裏金用のカンパを強要してるという噂の裏付《ウラ》けを取る気になった可能性はありますね。仁友会よりも大きな組織と警察関係者の癒着の事実を押さえておけば、後《あと》で何かと役に立ちますでしょ？」

「そうだね。しかし、瀬戸はその切札を脅迫材料にはしないだろうって読みなんだろう」

「ええ、多分ね。瀬戸は知的な経済やくざですんで、荒っぽいことはしないでしょう」

「だろうな。しかし、噂の真偽を確かめたくて嗅ぎ回ってたら、瀬戸も八木巡査部長と同じように口を封じられないとも限らない」

「ええ、そうですね。ですが、瀬戸は頭の回転が早いようですから、うまく危険を察知するでしょう」

「そうだろうか」

「差し当たって、難波首席監察官の動きを探《さぐ》ってみます。何か摑んだら、副総監にご報告します」

　畔上はＩＣレコーダーを摑み上げ、ソファから立ち上がった。折方も椅子から腰を浮かせた。

　副総監室を出たとき、私物の携帯電話が振動した。

　畔上は上着の内ポケットから携帯電話を取り出した。発信者は原圭太だった。

「きょうも朝から若林の実家を張ってるんですけど、おふくろさんがどこかで息子と接触する様子はうかがえないですね」

「そうか。原ちゃん、自分の仕事は大丈夫なのか？」

「問題ありませんよ。それより、調査会社のスタッフとおれのどちらかが裏をかかれてしまったのかな。若林の母親は自宅の裏庭から真後ろの家の敷地を抜けて、裏通りに出たんですかね。それで、倅《せがれ》とどこかで落ち合って、必要な物を手渡したんでしょうか。息子のほうはうまく隠れ家に戻っちゃったのかな。だとしたら、いつまでも張り込んでても仕方ないわけだ」

「原ちゃん、もう張り込みを切り上げてもかまわないよ」

畔上は言った。

「でも、もうしばらく張り込んでみます。そうそう、少し前に真梨奈ちゃんから電話があったんですよ。なんか怒ってる感じだったな。どうしても、畔《ア》上《ゼ》さんの携帯のナンバーを教えてくれって言われたんで、おれ、電話番号を……」

「そうか。別に構わないよ。多分、真梨奈ちゃんは瀬戸から別れ話を告げられたんだろう」

「ああ、そういうことだったのかもしれませんね。畔《ア》上《ゼ》さんの忠告に従って、インテリやくざは作り話でもしたんだろうな。実は再婚してて、子供もいるんだとか何とか言って、真梨奈ちゃんに別れようと切り出したんでしょう」

「ああ、多分ね」

「畔《ア》上《ゼ》さんに損な役を押しつけたみたいで、なんか気が咎《とが》めちゃうな。こっちが彼女に瀬戸とは別れたほうがいいとストレートに言えばよかった」

「原ちゃん、気にすんなって」

「だけど、畔《ア》上《ゼ》さんだけが真梨奈ちゃんに逆恨みされたら、申し訳ないからな。おれ、本当のことを彼女に話しますよ」

「いいんだよ、原ちゃん。こっちは真梨奈ちゃんに憎まれたって、いっこうに構わない。彼女が危《あや》うい生き方をしてたと気づいてくれたら、それでいいんだ」

「畔上《アゼ》さんは優しいんだな」

「よせやい。そんなことを言われたら、尻《けつ》がむず痒《がゆ》くなるじゃないか」

「照れてますね。真梨奈ちゃんはしばらく失恋のショックを味わうことになるだろうけど、そのうちにきっと立ち直りますよ。それで、畔上《アゼ》さんの思い遣《や》りに感謝するでしょう。そして、彼女は畔上《アゼ》さんに心惹《ひ》かれるかもしれませんよ。そうなれば、いいな」

「別におれは、真梨奈ちゃんと特別な関係になりたいと望んでるわけじゃない。危なっかしくて見ていられなくなっただけだよ」

「そうなのかな。おれと違って、畔上《アゼ》さんは単なる彼女のファンじゃない気がしますけどね」

「ただのファンさ。強《し》いて言えば、はるか年下の従妹《いとこ》を見守ってるような気持ちかな」

「そういうことにしておきますか」

原が意味ありげに笑って、先に電話を切った。

畔上は通話終了キーを押した。次の瞬間、今度は真梨奈から電話がかかってきた。

「やあ！」

畔上は、ことさら明るく応じた。すると、真梨奈が硬い声で喋りだした。

「電話番号、原さんに教えていただきました」

「そう」

「畔上さんは彼、瀬戸さんに会ったんではありませんか」

「いや、会ってないよ。なぜ、そう思ったんだい？」

畔上は空とぼけた。

「数時間前に瀬戸さんから電話があって、一方的にわたしとの関係を終わらせたいと言ってきたんです。唐突な話だったんで、わたし、パニックに陥りそうになりました。でも、すぐに思い当たりました。畔上さんが彼に何か言ったんでしょ？」

「きみの彼氏がそう言ってたのか？」

「いいえ。瀬戸さんは、畔上さんとは会ったことも電話で喋ったこともないと言ってました。でも、それは嘘ですよね？　畔上さんは彼に会って、わたしと別れろとでも言ったんでしょ？　彼が仁友会の人間だからという理由だけで、なんで二人の仲を引き裂こうとするんですっ」

真梨奈が語気を強めた。

危うく畔上は、瀬戸と会ったことを認めそうになった。嘘をつきつづけることは苦しい。しかし、瀬戸は自分と会っていないと言ったという。彼の屈折した真梨奈に対する思い遣りを無にはできない。

「畔上さん、そうなんでしょ？」

「きみの彼氏とは本当に一面識もないんだ」

「そうやって、瀬戸さんと口裏を合わせてるんでしょ？　これまで彼は、わたしには決して嘘をつかない男性《ひと》でした」

「そう」

「だから、とても嘘が下手なんです。一年も前から別の女性と二股を掛けてたんだと打ち明けられても、信じられませんよ。わたしがそれは事実なのかと詰問したら、彼、沈黙してしまったんです」

「それは、きみを騙《だま》してきたことに後ろめたさを感じたからなんじゃないのかな」

「いいえ、そうではないわ。瀬戸さんは、もうひとりいるという彼女の名前、年齢、職業について即答できなかったんですよ」

「それも疚《やま》しさがあったんで、言いづらかったんだろう。それとも、別の女性に迷惑が及ぶことを恐れたのかな」

「仮に彼が二股を掛けてたという話が事実だとしても、わたしはその女性に瀬戸さんとの関係を問い詰めたりしません。そんなことは、彼がよく知ってるはずですよ」

「そうだとしても、二人の女性をいがみ合わせたくないという心理が働いたんじゃないのかな」

「いいえ、違うと思います。瀬戸さんは作り話をしたんで、とっさに即答できなかったんでしょう」

「そうなんだろうか」

「こんなことを言うと、小娘のようだと笑われそうですけど、わたしには瀬戸さんの心の中が見えるんです。それだけ彼のことを想ってるからなんだと思います。瀬戸さんが打ち明けたことは、絶対に嘘です」

「この世に絶対はないよ。人間がいつか必ず死を迎えることだけは確かだがね」

「話をはぐらかさないでください。彼は、瀬戸さんは誰とも再婚する気はないけど、ずっとわたしとの仲を保《たも》ちたいと常日頃、言ってくれてたんです。それなのに、急に心変わりするなんて考えられません」

「惨《むご》い言い方になるが、人の心は不変じゃないんだ。どんなに好きな女性にも、何かがきっかけで心が離れることがあるんじゃないのかな。きみの彼氏は二股を掛けてることに罪の意識を感じて……」

「わたしに背を向ける気になったとおっしゃりたいんですね？」

真梨奈の声は涙でくぐもっていた。

またぞろ畔上は、本当のことを口走りそうになった。しかし、感傷に流されてしまったら、真梨奈を危うい状況から救い出すことはできなくなる。

「畔上さん、答えてください」

「はっきり言おう。きみの彼は、もうひとりの女性を選択したんだろうね。きみをずるずると引きずってることはよくないと考え、けじめをつける気になったんだろう。彼氏なりの誠意なんじゃないのかな」

「誠意ですって⁉」

「ああ、誠意だろうね。逆プロポーズされたが、彼氏は一般女性と再婚する気はないと考えてた。だから、いずれは真梨奈ちゃんと別れる気持ちでいた。いまが汐時《しおどき》と判断して、きみに別の女性のことを告白したんだろう。ある意味では、誠意があると言えるんじゃないのかい？　おれは、そう思うね」

「別の彼女なんかいないはずです。わたし、彼と結婚したいと思ってました。でも、瀬戸さんの気持ちを知って、死ぬまで恋人同士でもいいと思うようになったの。そのことは、ちゃんと彼に言いました。瀬戸さんはわたしの希望を叶えられないことを詫びながらも、喜んでくれてたんです。だから、突然の別れ話は不自然です」

「そうだろうか」

「しつこいようですけど、畔上さんが彼に余計なことを言ったんでしょ？　わたしは、そう確信してます。確かに瀬戸さんは、いわゆる堅気ではありません。でも、わたしは彼をかけがえのない男性《ひと》なんです。常識の尺度で、わたしたちの仲を壊す権利なんて誰にもないわ。もちろん、畔上さんにもね。それだから、お節介は焼かないでほしいんです」

「真梨奈ちゃん、ちょっと聞いてくれないか」

「月並な助言や説教はご免です。本気で誰かを好きになるって、つまり、恋愛はある意味で狂うことでしょ？　常識、通念、損得勘定なんかで、恋情にブレーキはかけられません。そんなもので気持ちを抑《おさ》えられる場合は、正確には恋愛とは呼べないと思います。簡単に後戻りできるうちは、〝恋愛ごっこ〟ですよ」

「真梨奈ちゃんは、炎の女なんだな」

「いけませんかっ。人生に関しては、プロなんかいません。誰もがアマチュアです。だから、悔いのないよう躓《つまず》きながらも、思う存分に生き切る。わたしは、そんなふうに生きたいんです。ですんで、御意見無用です！」

真梨奈が言い捨て、通話を切り上げた。

親切めかして、余計なことをしてしまったのだろうか。畔上はそう思いながら、いったん通話終了キーを押した。携帯電話を握りながら、懐から名刺入れを取り出す。

畔上は瀬戸の名刺を見ながら、数字キーを押した。

スリーコールで、電話は繋がった。

「芝居をしてくれたんですね？」

畔上は名乗ってから、瀬戸に言った。

「真梨奈はわたしの下手な演技を見破って、あなたに何か言われたと……」

「そうなんでしょう。彼女から、探《さぐ》りの電話がありました。いや、抗議の電話といったほうが正確なんだろうな。お見通しのようでしたから」

「そうですか。弱ったな」

「お辛い思いをさせてしまったが、一年ほど前から二股を掛けていたという嘘をつき通してもらいたいんです」

「彼女は、そこまで具体的なことまで喋ったのか。これという妙案が思い浮かばなかったんで、そんな作り話をしたんですよ。しかし、嘘だと看破《かんぱ》されてしまったのか。

面目ない！」

「無理強《じ》いをする権利はありませんが、佐伯さんは年齢の割にはピュアというか、まっすぐなんで、なんだか危なっかしく思えたんですよ」

「ええ、わかります。そんな真梨奈に魅《み》せられたんですが、わたしは筋者ですからね。彼女をいつ泣かせることになるかもしれません。この際《さい》、別れたほうがいいんでしょう。心は千々《ちぢ》に乱れそうですが、もう真梨奈を寄せつけません」

「瀬戸さんのプライドを傷つけてしまいましたが、どうか勘弁してください」

「わかりました。あなたは、わたし以上に真梨奈のことを案じて、慈《いつく》しんでるんだろうな。愛なんて言葉を遣《つか》うと、なんか安っぽくなってしまうが、彼女を誰よりも大事に感じてるんでしょう」

「瀬戸さん、そんなんじゃないんですよ。ただ、こっちは……」

「隠すことはないでしょ？　真梨奈があなたの大きな愛に早く気づいてくれることを願ってます。彼女のこと、よろしくお願いします」

瀬戸が改まった口調で言った。

「そ、そんなんじゃないんですって。町内のおっさんが近所の娘にちょっぴり危うさを感じたんで、ついしゃしゃり出てしまった。それに近いな。そんなことより、瀬戸さんに確かめたいことがあるんですよ」

「何でしょう？」

「殺害された八木と同じように、警察関係者が広域暴力団に裏金用のカンパを強要してるという噂の真偽を確かめようと密かに動いてるんじゃありませんか？」

「そんなことしてませんよ。なぜ、わたしがそのようなことをしてるかもしれないと思ったんです？」

「警察内の不心得者と各暴力団の弱みを知っといて損はないでしょ？」

「その通りかもしれませんが、わたしはその件ではまったく動いてません。ええ、本当です」

「念を押すと、かえって疑われますよ。そういえば、佐伯さん、あなたは嘘をつくのが下手だと言ってたな」

「そうですか。まいったな」

「その件には首を突っ込まないほうがいいと思います。八木の二の舞いになったら、佐伯さんは狂ってしまうかもしれない。たとえ別れても、彼女は当分、瀬戸さんを慕《した》いつづけるでしょうからね。生意気ですが、忠告しておきます」

「わかりました」

「いろいろとありがとうございました。そのうち、ぜひ一緒に酒を飲みましょう」

畔上は言って、電話を切った。

3

官庁街は、暮色《ぼしょく》の底に沈みかけていた。

まだ午後五時半前だった。晩秋から、すでに初冬に移りかけているのか。舗道には、枯葉が落ちていた。

畔上は、難波首席監察官を尾《つ》けていた。

尾行を開始したばかりだ。本庁舎の通用口から外に出た難波は交差点を渡り、足早に日比谷公園内に入った。紺系のスーツの上に灰色のトレンチコートを羽織《はお》っているが、鞄は持っていない。まだ退庁するのではなさそうだ。

畔上も園内に足を踏み入れた。

難波が遊歩道をたどり、噴水池の横を抜けた。噴水池の周《まわ》りのベンチは、早くも若いカップルでほぼ埋まっていた。

難波は日比谷公園の向こうにある帝国ホテルのティールームで、誰かと落ち合うことになっているのではないか。

畔上は、そう見当をつけた。

だが、予想は外れた。難波は、出入口のそばにある花屋の手前で左に曲がった。日比谷交差点側に百メートルほど歩き、ベンチの前で足を止めた。

ベンチに腰かけている男が立ち上がり、深々と頭を下げた。

畔上は目を凝《こ》らした。ベンチから腰を浮かせたのは、本庁組織犯罪対策部第四課の矢作友高《やはぎともたか》警部補だった。三十四歳だったか。

数年前に池袋署刑事課暴力犯係から本庁に転属になった男で、風体《ふうてい》はやくざっぽい。髪を短く刈り込み、いつも蟹股《がにまた》で歩いている。

組織犯罪対策部第四課は、二〇〇三年まで捜査四課と呼ばれていた。〝捜四《そうよん》〟を母体にした再編成セクションで、第三・四課は暴力団絡みの犯罪を取り締まっている。大所帯だ。捜査員は千人近い。略称は組対《そたい》である。

かつて畔上は、組対に属していた。その当時から矢作は同じ課にいたが、班は異《こと》なっていた。そのせいで、個人的なつき合いはなかった。

矢作は派手好きで、外車マニアとして知られていた。実家が裕福なわけではないが、いつも金回りはよさそうだった。主任監察官時代に別の班が矢作の素行を調査したことがあったが、不正の証拠は握れなかった。だが、矢作はどこか胡散《うさん》臭い。

難波が矢作に何か言い、先にベンチに腰を下ろした。一礼し、矢作が難波警視正のかたわらに坐った。

身を隠している若林悠樹は、池袋署の留置管理課にいた。矢作も同じ所轄署にいたわけだから、二人が顔見知りだったことは間違いない。

若林は矢作に指示されて、不審な行動をとっていたのではないか。

矢作もまた、難波に何かを指示されていたと考えられないだろうか。推理に少し飛躍があるかもしれないが、若林と矢作が以前、池袋署で働いていたことが気になる。

畔上は大きく迂回《うかい》して、難波たち二人が坐ったベンチの背後に身を潜《ひそ》めた。樹木の中だった。

腰を屈《かが》め、慎重にベンチに近づく。乾いた落葉を踏むたびに、かさこそと鳴った。

畔上は一歩ずつ進まざるを得なかった。

ベンチの六、七メートル後ろの繁みの陰にしゃがみ、聞き耳を立てる。

「矢作警部補、例の集金はどうなってる?」

「順調です。ただ、仁友会はカンパに応じませんね」

「しぶといな。仁友会直営の『仁和トレーディング』に何か弱みがあるんじゃないの？」

「そう睨んだんで、わたしもいろいろ嗅ぎ回ってみたんですよ。ですけど……」

「揺さぶりの材料が見つからなかったか」

「申し訳ありません。『仁和トレーディング』の瀬戸社長は頭《ペテン》が切れるんで、なかなか尻尾《しっぽ》を出さないんですよね」

「仁友会の隠し武器庫のほうも、まだ突き止められてないんだろ？」

「ええ」

「そうか。きみは、あまり頼りにならないね」

「難波さん、もう少し時間をください。仁友会の幹部たちは経済やくざですが、いろいろ危《ヤバ》いことをやってるはずですから、敵もいるでしょう。必ずどこかに銃器をまとめて隠してるにちがいありません」

「だろうな。神戸連合会の企業舎弟《フロント》は追加のカンパを渋ってるんだ、いまも？」

「ええ、そうなんですよ。すでに三千万円を寄附してるんで、それ以上はつき合えないと突っ撥《ば》ねたままなんです」

「もっと強く脅迫してやれよ。神戸連合会は二万数千人の最大勢力だが、平気で東西の紳士協定を破ったんだ」

「ええ、そうですね。傘下《さんか》の企業舎弟《フロント》が関東に進出することもルール違反ですが、関東やくざはそれには目をつぶってきました」

「そうだな。それなのに、神戸連合会は首都圏に数十カ所の拠点を作った。三次か四次組織ばかりだが、あからさまに関東御三家、関東桜仁会、義友会なんかの縄張《シマ》りに喰《く》い込みはじめてる」

「ええ」

「関東やくざが結束して、首都圏にある神戸連合会の下部団体《エダ》をぶっ潰《つぶ》そうとしてるという虚偽情報《ガセネタ》で震え上がらせてやれよ。そうすれば、素直に追加カンパをする気になるだろう」

難波が言って、急に黙り込んだ。遊歩道の左手から一組のカップルがやってきたからだろう。

矢作が煙草に火を点けた。暗くて、銘柄まではわからなかった。以前の矢作はハイライトしか喫《す》わなかった。多分、好みの銘柄は変わっていないだろう。

二十代後半と思われる一組の男女がベンチの前を通り過ぎた。ふたたび畔上は、耳に神経を集めた。

「難波さんのお考えは、ちょっと甘いと思います」

先に口を開いたのは、矢作だった。

「甘いかな？」

「ええ。たとえ関東やくざが結束しても、せいぜい総勢一万四、五千人でしょ？　首都圏のヤー公たちが最大組織の下部組織の事務所に銃弾を撃ち込んだり、手榴弾《パイナップル》を投げ込んだりしても、関西の極道どもはビビったりしないでしょう。それどころか、返り討ちのチャンスが巡ってきたと大喜びすると思います」

「矢作君、昭和三、四十年代じゃないんだよ。もう血で血を洗う時代じゃない。東西の勢力が死闘を演じても、どちらにもメリットはないじゃないか」

「そうなんですが、外道《げどう》たちにも意地や面子《メンツ》があるでしょ？」

「ああ、それはね。しかし、ガキ同士の喧嘩じゃないんだ。自滅覚悟で血の抗争を繰り広げるはずはないよ」

「そうですかね」

「多勢に無勢じゃ、最初っから勝負はついてる。しかし、神戸連合会は一気に関東やくざの縄張りを奪おうとまでは考えてないだろう。関東勢を怒らせるのは得策じゃないと判断し、首都圏の拠点を少し減らそうとすると思うよ」

「そうでしょうか」

「ぼくは、そう読んでる。矢作君、神戸連合会の系列《スジ》の団体を少しビビらせてみてくれよ」

「わかりました」

「警察ＯＢグループの上前をはねられなくなってしまったんで、裏社会から追加カンパを集めないと、目標額に達しないんだよ。もたついてると、また発破《はっぱ》をかけられそうなんだ」

難波が言った。やはり、宮路は暴力団からせびった金を警察関係者に与えていたようだ。

「同じ警察官僚《キャリア》でも、入庁年度によって、力関係が違ってくるんでしょうね？」

「それはそうだよ。大学の運動部以上に序列がはっきりしてる。ぼくは一応、本庁《うち》の首席監察官だが、まだまだひよっ子だよ」

「ご謙遜《けんそん》を……」

「本当なんだ。先輩キャリアたちから見たら、ぼくなんか、ただの使いっ走りだよ」

「キャリア組も苦労が多いんですね。だけど、スピード出世できるわけですから、自分らノンキャリア組よりははるかに恵まれてますよ。一般警察官《ノンキャリア》は退官まで単なる兵隊です。グレたくもなります」

「で、きみは闇社会の連中と不適切な関係を何年もつづけて、ベンツのローンを肩代わりしてもらったわけだ」

「難波さん、あんまりいじめないでくださいよ。新しい外車に買い換えるたびに、ちゃんと自分で頭金を払ってきたんですから」

「いくらぐらい頭金を払ったの？」

「多いときは百万、少ない場合は三、四十万だったかな」

「その程度の額じゃ、頭金を払ったとは威張《いば》れないんじゃないのか？」

「ま、そうでしょうね」

会話が途切れた。

畔上は頰が緩《ゆる》みそうになった。難波と矢作の遣り取りを盗み聴きしたことで、謎が解けた。

警察関係者が首都圏の広域暴力団に裏金用のカンパを強要しているという噂は、事実だったと断定してもいいだろう。殺害された八木が密告電話の件を上司の主任監察官や首席監察官に黙っていたのは、難波警視正を怪しんでいたからにちがいない。しかし、その時点では警察関係者の恐喝を立件する証拠は何も摑んでいなかったのだろう。

八木は単独で、密かに証拠集めに取りかかった。警察関係者はそのことを察知し、八木の口を永久に塞《ふさ》ぐ気になったにちがいない。警察官僚の誰かが自分の手を汚したとは考えられないだろう。実行犯は矢作友高か、元警官の若林悠樹なのではないか。あるいは、殺し屋の犯行だったのだろうか。

畔上はベンチの前に躍《おど》り出しそうになった。

だが、すぐに思い留《とど》まった。難波警視正は首謀者ではない。共犯者というよりも、手下といった位置にいるのだろう。いま難波や矢作を締め上げても、黒幕の名を白状するかどうかわからない。もう少し二人を泳がせておいたほうが賢明だろう。

畔上は焦りを抑えた。

「ぼくは、まだ仕事が残ってる。先に職場に戻るぞ。矢作君、きみは神戸連合会の下部《エダ》団体の事務所を回って、少し揺さぶりをかけてみてくれないか」

「わかりました。自分はここで十分ほど時間を稼いでから、公園を出ます」

「そうしてくれないか」

難波がベンチから立ち上がり、急ぎ足で歩きだした。ほどなく彼の後ろ姿は闇に呑まれた。

矢作がハーフコートの右ポケットからスマートフォンを取り出した。すぐにどこかに電話をかけた。

「ああ、おれだ。いつもの時間よりも少し遅くなるかもしれないが、必ず純名《じゅんな》の部屋に行くよ」

「…………」

「いや、晩飯の用意はしなくてもいい。それよりも、安眠マスクを二つ買ってくれたか。そうか、後《あと》で代金を払うよ」

「…………」

「なんか不機嫌そうだな。え？　そうじゃないよ。別に純名の体に飽《あ》きたわけじゃない。でも、たまには趣向を変えたいんだ」

「…………」

「そうだよ。だから、二人とも安眠マスクで目許《めもと》を覆《おお》って、ブラインド・セックスをしてみようってわけさ」

「…………」

「純名の言う通りだよ。男は女の裸身を目にすることで、欲情する。けどさ、純名の体の隅までさんざん眺めてきたから、なんて言うか、ちょっと刺激が足りないんだよ。バイブも使い飽きちゃったしな」

「……………」

「純名がバイブレーター好きだってことを忘れたわけじゃないよ。バイブだと、電池が切れるまでイキまくれるからな。でもな、ワンパターンはよくないって。セックスはもっと幅があって、深いもんだからね」

「……………」

「勘違いするなって。急にＳＭプレイを娯《たの》しみたくなったわけじゃないよ。そう、ただのブラインド・セックスをするだけ。パートナーの顔や体が見えない分、想像力が膨らむと思う。純名は大胆になれると思うよ。股を思い切り開いたって、おれには見えないわけだから、羞恥心《しゅうちしん》は完全になくなるだろうな」

「……………」

「安心しろって。途中で、おれだけ安眠マスクを外したりしないよ。指先が敏感になって、新鮮な感覚を味わえるらしいぞ」

「……………」

「誰がって、職場の先輩がそう言ってたんだよ。その旦那は四十八だから、奥さんと半年以上もナニしてなかったんだってさ。だけど、ブラインド・セックスで久しぶりに燃えたらしいよ。奥さんも、よがりまくったみたいだぞ。旦那以外の男に抱かれてるような気持ちになったのかもしれないな」

「…………」

「純名も、いつもよりも燃えそうだな。いまから、楽しみだよ。それじゃ、後《あと》で！」

矢作が通話を切り上げた。

いい気なものだ。畔上は矢作の戯《ざ》れ言《ごと》を聞いているうちに、無性《むしょう》に腹が立ってきた。八木殺しに何らかの形で関わっていると思われる矢作は、交際相手と際《きわ》どいお喋りをしていた。いったいどういう神経をしているのか。

矢作がスマートフォンをハーフコートのポケットに仕舞《しま》った。

畔上はベンチに忍び寄った。矢作の首に右腕を回し、容赦《ようしゃ》なく喉を圧迫する。矢作が苦しがって、全身でもがいた。

もがけばもがくほど畔上の利き腕は、矢作の喉仏を潰す恰好《かっこう》になった。裸絞めは、完璧に極《き》まった。

ほどなく矢作は意識を失った。

畔上は、あたりを見回した。人の目はなかった。急いでベンチの前に回り込む。姿勢を低くし、ぐったりとしている矢作を右肩に担《かつ》ぎ上げた。

畔上は、そのまま植え込みの奥まで歩いた。

矢作を樫《かし》の巨木の太い幹《みき》の前で下ろし、上半身を樹幹《じゅかん》に凭《もた》せかけた。ハーフコートのポケットからスマートフォンを摑み出し、登録リストを検《しら》べる。

難波の携帯電話番号はもちろん、若林悠樹のナンバーも登録されていた。これで、若林が捜査本部事件に絡んでいる疑いが一段と濃くなった。

畔上は、若林の携帯番号を押した。

ツーコールで、通話可能状態になった。畔上はわざと言葉を発しなかった。

「例のタイ人が標的《ターゲット》を尾行中です。相手が人気《ひとけ》のない場所に差しかかったら、指示通りにシュートするでしょう。自分はバイクの尻《けつ》にチャチャイを乗っけて、できるだけ現場から遠ざかりますよ」

「そうしてくれ」

「あれっ、声が違うな。矢作さんですか？」

「そうだ」

「やっぱり、矢作さんじゃないな。おたく、誰なんです？」

「矢作の知り合いだよ。神戸連合会の下部団体《エダ》が追加カンパを出し渋ってるんで、矢作はおれに協力を求めてきたんだ」

「そうだったんですか。失礼ですが、お名前は？」

「そんなこと、どうでもいいじゃねえか。それより、あんた、いい度胸してるな。元警官のくせに、警視庁の八木とかいう監察係を殺《や》っちまったんだからな。その話、矢作から聞いたぜ」

「矢作さんは、この自分が八木敏宗を始末したと言ったんですか⁉」

若林が素《す》っ頓狂《とんきょう》な声をあげた。畔上は鎌をかけ、八木殺しの実行犯の名を聞き出す肚《はら》だった。

「矢作は、そう言ってたぜ」

「どうして矢作さんは、そんなでたらめを言ったのかな。犯人《ホシ》はおれじゃないですよ」

「えっ。そうなのか。それじゃ、誰が八木って奴を片づけたんだい？」

「おたくの言ってること、なんか変だな。矢作さんの知り合いじゃないだろっ」

「知り合いだよ」

「電話、矢作さんに替わってほしいな」

「矢作は泥酔して、おれのそばで鼾《いびき》をかいてる」

「こんなに早い時刻に酔い潰れた？　おたく、やっぱり怪しいな」

「矢作は純名って彼女と大喧嘩したとかで、明るいうちから浴びるように酒を喰らったんだよ」

「純名さんのことまで知ってるなら、本当に矢作さんの知り合いなのかな。でも、なんかおかしいんだよね」

「矢作から聞いた話だと、難波首席監察官のバックに別の警察官僚《キャリア》がいるんだってな。その黒幕は、なんて名だったっけ？」

「おたく、こっちに探りを入れてる感じだな。正体を明かせよ」

「疑い深い野郎だ。おれは矢作の友達《ダチ》だよ」

「おたく、特命捜査対策室の畔上拳なんじゃないのかっ。畔上は八木が元部下なんで、個人的に事件《ヤマ》を調べてるようだったからな」

「畔上だって⁉　そいつ、誰なんだい？」

「とぼけるなって。おたくは畔上だな。ああ、そうにちがいない。まさか矢作さんを殺《や》ったんじゃないだろうなっ」

「何を言ってやがるんだ。それより、酔い潰れた矢作を家《ヤサ》まで送り届けてくれねえか。おれは、これから人に会う約束があるんだよ。矢作とおれは、いま日比谷公園の中にいる。花屋の近くだよ。若林って名だったよな。急いで来てくれねえか」

「そんな手に引っかかるかっ」

若林が喚《わめ》いて、電話を切った。

畔上はリダイヤルキーをすぐに押したが、先方の携帯電話の電源はすでに切られていた。忌々《いまいま》しかったが、どうすることもできない。

「こいつは、しばらく預かるぞ」

畔上は昏絶《こんぜつ》している矢作に言って、スマートフォンを自分の上着のポケットの中に滑り込ませた。それから彼は、矢作の上体を樹幹から引き離した。

「矢作、お目覚めの時間だぜ」

畔上は言うなり、膝頭で矢作の背をたてつづけに二度強く蹴った。矢作が長く唸《うな》って、我に返った。

「おまえが気を失ってる間に、おれは若林悠樹に電話をした。そっちのスマートフォンに若林のナンバーが登録されてたんでな」

「なんてこった」

「八木敏宗を殺《や》ったのは、チャチャイとかいうタイ人の男なのか？　そいつに、これから誰かを射殺させようとしてるようだな。標的は、仁友会の瀬戸なんじゃないのかっ」

「話がよく呑《の》み込めないな。若林が何を言ったのか知らないが、おれはどんな事件《ヤマ》にも絡んでない。これでも、現職の警察官《サツカン》なんだ」

「善人ぶるな。おまえが悪党刑事《デカ》だってことは、もうわかってるんだ。難波を操ってるキャリアは誰なんだ？　そいつの名を吐かなきゃ、二度目のチョーク・スリーパーで永遠の眠りにつかせるぜ。それでも、いいんだな！」

「難波警視正が何をしてるって言うんだよ？」

矢作が白々しく言った。

「それで難波を庇《かば》ったつもりなんだろうが、無駄な悪あがきだな」

「本当におれは何も知らないんだ。難波さんはキャリアの誰かと組んで、何か悪さをしてるのか？」

「下手な芝居はよせ！」

「そう言われても、知らないものは知らないよ」

「いまから、そっちを人事一課監察に連れていく。それでな、難波と一緒に改めて締め上げてやる。立つんだっ」

畔上は矢作を乱暴に引き起こし、遊歩道の手前まで歩かせた。

遊歩道の向こうの暗がりで、人影が動いた。黒いフェイスキャップで顔面を隠している。黒ずくめだった。

よく見ると、大振りの洋弓銃《ボウガン》を構えている。矢は番《つが》えられ、弓弦《ゆみづる》は逆鉤《ユニバーサル・フック》に掛かっていた。

畔上は矢作を引き倒し、自分も身を伏せようとした。しかし、一瞬遅かった。勢いよく放たれた矢は、矢作の心臓部を射貫《いぬ》いていた。矢作が短く呻いた。そのまま後方に倒れかかってきた。

畔上は矢作を地面に寝かせ、大声で呼びかけてみた。

返事はなかった。畔上は、矢作の肩を幾度か大きく揺り動かした。それでも反応はなかった。即死だったのだろう。

畔上は闇を透かして見た。

洋弓銃《ボウガン》を握った男の姿は搔《か》き消えていた。逃げる足音は、ほとんど聞こえなかった。徒者《ただもの》ではなさそうだ。事件の核心に迫りかけたが、矢作の口を封じられてしまった。仲間の手によって、矢作は抹殺されたのだろう。

畔上は、思わず夜空を仰いでしまった。

ちょうど流れる雲が月を隠したところだった。

4

仄暗《ほのぐら》い。

赤坂署の死体安置室だ。ストレッチャーに横たわっているのは、仁友会の瀬戸弘也の亡骸《なきがら》である。

畔上は一礼して、ストレッチャーに近づいた。

日比谷公園を出て間もなく、折方副総監から電話があって、インテリやくざが赤坂署管内で射殺されたことを教えられたのである。そんなことで、畔上は赤坂署に駆けつけたわけだ。

「犯人《ホシ》は、タイ人のソムライ・チャチャイという男です。二十六歳で、池袋にあるタイ料理店のコックなんです」

斜め後ろで、刑事課の葉村淳《はむらじゅん》巡査部長が言った。畔上とは旧知の仲だ。葉村刑事は三十七歳だった。

「凶器は、アメリカ製のブローニング・アームズＢＭＤだったね？」

「ええ、そうです。被害者《マルガイ》は背後から頭部に九ミリ弾を二発、まともに浴びせられてます。後頭部の射入孔《しゃにゅうこう》は小さいんですが、顔面はぐちゃぐちゃです。どうしても射出孔はでかくなりますから」

「そうだな。被疑者《マルヒ》は瀬戸を撃ち殺した後、仲間のバイクに相乗りして逃《フケ》げたんだね？」

「はい、そうです。ですが、ヤマハはガードレールに接触して、転倒したんですよ。すると、ライダーはソムライ・チャチャイを置き去りにして、自分だけ逃走したんです」

「チャチャイの供述で、バイクを運転してたのはかつて池袋署で留置係をやってた若林悠樹だと判明したんだな？」

　畔上は確かめた。

「そうです。瀬戸殺しの依頼人は、本庁組対四課にいた矢作だと自供しました。成功報酬は二百万円で、凶器は五日前に若林から渡されたそうです」

「都内全域に緊急配備《キンパイ》して、間もなく若林の全国指名手配もするんだね？」

「ええ。若林の身柄が確保されるのは、時間の問題でしょう」

「そうだといいがな」

「畔上さんは、昔の部下の八木監察係員の事件を個人的に調べてるということでしたが、捜査本部事件の真犯人《ホンボシ》に見当はついたんですか？」

葉村が問いかけてきた。

「アンダーボスには見当がついてるんだが、まだ黒幕《ビッグボス》の顔が透けてこないんだ。チャチャイは、瀬戸のほかに殺人《コロシ》を頼まれたことがあると洩らしてなかったか？」

「人殺しをやったのは今回だけだったと供述してます」

「そう」

「チャチャイは池袋署時代から店の客だった矢作警部補に自分が五年近くも日本にオーバーステイしてることを知られてたし、金も欲しかったんで、瀬戸殺しを引き受けたんだと供述してます。逃亡中の若林は池袋署で働いてたころ、何度か矢作に連れられてタイ料理店に来てたそうです。そのころからのつき合いなんで、若林は矢作に頼まれ、チャチャイの逃亡の手助けを引き受けたんでしょう」

「そうなんだろうな。瀬戸弘也は、なんで殺されることになったんだろうか。そのことについて、ソムライ・チャチャイは何か言ってなかった？」

「殺しの依頼人の矢作は、瀬戸を生かしておくと、警察の偉いさんたちの立場が悪くなるんだと言ってたそうです。畔上さん、何か思い当たります？」

「残念ながら、思い当たることはないな」

畔上は言い繕《つくろ》った。

「そうですか。日比谷公園内で、矢作が何者かに洋弓銃《ボウガン》の矢で心臓を射貫かれた事件《ヤマ》はご存じでしょ？」

「それは知ってるが、犯人に見当はつかないな」

「そうなんですか。被害者の顔、本当にひどいことになってますよ。見ないほうがいいような気がしますけどね」

「いや、死者の顔を拝ませてもらおう。瀬戸とは一度会ったきりだが、いつか一緒に酒を酌《く》み交わしたいと思ってたんだよ」

「わかりました」

葉村がストレッチャーに近づいた。合掌してから、故人の顔を覆っている白布を取り除く。

畔上は葉村の横に並んだ。

死者の顔を見た瞬間、危うく声をあげそうになった。額は大きく割れ、潰れた片方の水晶体は頰に垂れ下がっていた。鼻柱は砕《くだ》け、原形を留《とど》めていない。上唇は欠損している。前歯も四、五本、消えていた。

もしも故人の死に顔を目にしたら、佐伯真梨奈は卒倒してしまうだろう。それほどインテリやくざの顔面の銃創《じゅうそう》は惨《むご》たらしかった。

畔上は両手を合わせ、故人の冥福を祈った。

こういう運命が瀬戸に待ち受けていると知っていたら、むろん真梨奈との仲を引き裂くようなことはしなかった。よかれと思ってやったことが、裏目に出たような気持ちだ。

畔上は、心の中で何度も故人に詫びた。

真梨奈にしても、瀬戸の真意を知ることはできなかったわけだ。こんな形で最愛の男と永遠に別れなければならなくなってしまった。割り切れない思いは長く尾を曳《ひ》くにちがいない。余計なことをした刑事にも、怒りと嫌悪を感じるだろう。

畔上は、どんな仕打ちにも耐えようと心に誓った。そして、真梨奈の悲しみが薄らぐまで彼女を見守りつづけることを自分に課した。

「あまりにも痛ましくて、長く故人の顔は正視できませんよね？」

葉村が溜息混《ま》じりに言った。

都内二十三区で殺人事件が発生すると、大塚にある東京都監察医務院で司法解剖される。昭和二十三年まで、東大か慶大の法医学教室で司法解剖されていた。多摩地区はいま現在も、慈恵《じけい》会医大か杏林《きょうりん》大が司法解剖を担当する決まりになっていた。

その前に被害者は、殺人現場で検視を受ける。現在、検視官は全国に四百数十人しかいない。警視庁でさえも、慢性的な人手不足だ。したがって、すべての殺人事件現場に検視官が臨むことはできない。

検視官が臨場できないときは、捜査一課か所轄署のベテラン刑事が検視を代行する。だが、別に法医学の専門知識を身につけているわけではない。自殺や事故に見せかけた他殺を見抜けないこともある。そのため、司法解剖が義務づけられているのだ。

「もういいですよね？」

葉村が確認してから、故人の顔面に白布を被せた。畔上たちはストレッチャーから離れて、死体安置室を出た。

「個人的には面通し室に畔上さんを案内して、チャチャイの取り調べの様子を覗かせてあげたいんですが……」

「おれは正規の捜査員じゃないんだから、そこまでしゃしゃり出ることはできない。第一、そっちに迷惑をかけてしまう。遺体《ホトケ》と対面させてもらっただけで、ありがたいと思ってるよ」

「あまりお役に立てなくて、すみませんでした」

葉村が申し訳なさそうな口調で言った。

畔上は首を横に振って、葉村を犒《ねぎら》った。二人はエレベーターで地階から一階に上がった。畔上は葉村に見送られ、赤坂署を出る。

ジープ・チェロキーは、赤坂署の裏通りに駐めてあった。畔上は七、八十メートル歩き、四輪駆動車の運転席に入った。

イグニッションキーを捻ったとき、原圭太から電話がかかってきた。

「テレビのニュースで、瀬戸弘也が殺されたことを知りました。びっくりしましたよ」

「そうだろうな」

畔上は経過を手短に話した。

「矢作という組対四課の刑事がボウガンで殺《や》られた現場に畔上さんがいたのか」

「そうなんだ。おれは公衆電話で一一〇番通報して、日比谷公園から離れたんだよ。現場検証につき合うことになったら、覆面捜査中だってことを丸の内署の刑事たちに知られちゃうからな」

「ええ、そうですね。それはそうと、ソムライ・チャチャイという男は瀬戸を殺害しただけなんですかね？　もしかしたら、八木監察係も……」

「タイ人コックは赤坂署で素直に自供してるようだから、嘘はついてないと思うよ。

八木を殺したのは、洋弓銃《ボウガン》の矢で矢作を射貫いた奴なのかもしれない。行動が素早かったから、陸自《りくじ》の元レンジャー隊員か傭兵崩れなんだろう」

「畔上《アゼ》さん、そいつは元ＳＰか特殊急襲部隊ＳＡＴ《サット》の元隊員とも考えられるでしょ？一連の事件には、現職や元警察官が絡んでるんですから」

「ああ、原ちゃんの言った線も考えられるな」

「真梨奈ちゃんの彼氏は、警察関係者が闇社会から裏金用のカンパを強要してた確証を手に入れようとしてたんだろうな。それで、八木監察係員と同じように葬られてしまったんでしょうね」

「そうなんだろう」

「真梨奈ちゃんは、もう彼氏が射殺されたことを知ったんだろうな。で、いまごろは半狂乱に……」

「おそらく、そうだろうな。こんな結果になるんだったら、二人の仲を裂くんじゃなかったよ。真梨奈ちゃんには、一生、恨まれても仕方ないな」

「畔上《アゼ》さんに憎まれ役を押しつけてしまったおれが、一番悪いんですよ。畔上《アゼ》さん、赦《ゆる》してください」

「原ちゃんが悪いわけじゃないよ。こっちも真梨奈ちゃんを早くインテリやくざから引き離したほうがいいと思ったから、瀬戸弘也に芝居をしてもらったんだ。最も罪深いのは、このおれさ」

「こっちも、いけなかったんです。真梨奈ちゃんが立ち直るまで、おれたち二人で見守ってやりましょう」

「もちろん、そうするつもりだったよ」

「そうでしょうね。早く逃亡中の若林が捕まるといいな。ソムライ・チャチャイが観念して殺しの依頼人が矢作だと吐いたんだから、若林も全面的に自白するでしょう?」

「若林が全面自供してくれれば、矢作を操ってた難波の背後にいる首謀者が明らかになるんだがな」

「そうですね。畔上《アゼ》さん、油断しないでくださいよ。敵は、不都合な人間を情け容赦なく始末してるんですから」

原が先に通話を打ち切った。

畔上は私物の携帯電話を所定のポケットに戻し、矢作のスマートフォンを取り出した。若林に電話をする。

畔上は、警戒心を強めた若林が電話に出るとは思っていなかった。それでも物は試《ため》しと思い、電話をしてみたわけだ。

　予想に反して、すぐに電話は通じた。

「難波警視正ですね？　検問所だらけで、自分、都内から脱出できないんですよ。なんとかしてくれませんか。お願いします。本庁の覆面《メン》パトに自分を乗せて、神奈川か山梨まで逃がしてくださいよ」

　畔上は作り声で訴えた。

「…………」

「難波さん、あなたじゃ無理だと言うんだったら、警察庁《サッチョウ》の首席監察官に動いてもらってくれませんか。首席監察官が指令塔なんでしょ？　矢作さんがそう言ってましたよ」

「…………」

「難波さん、何か言ってください」

「…………」

「警察庁の首席監察官が指令塔なんだなっ」

　畔上は言った。

「あっ、その声は⁉」

「若林、電話を切るな。場合によっては、おまえを高飛《ジャンプ》びさせてやる」

「嘘だろ⁉」

「本当に逃がしてやるよ。おまえは雑魚《ざこ》にすぎないからな」

「だけど……」

「早いとこ逃げないと、矢作と同じようにおまえも死ぬことになるぞ」

「あんた、矢作さんを殺《や》ったのか⁉」

「おれじゃない。日比谷公園内でボウガンの矢で矢作の心臓を射貫いたのは、黒いフェイスキャップを被った男だ。そいつが先月十二日の夜、八木敏宗を殺害したんじゃないのか？」

「それは……」

「ちゃんと答えろ！」

「八木監察係員を始末した奴のことまでは知らないよ。だけど、自分の逃亡に協力してくれるんだったら、知ってることを洗いざらい喋ってもいい」

「おまえをこれから捜査車輌で迎えに行ってやる。いま、どこにいるんだ？」

「西巣鴨《にしすがも》二丁目にある『ホテル菊水荘』って、昔風の連れ込み旅館にいるんだ。客がまったくいないみたいだから、目立たないと思ったんだよ。バイクはＪＲ飯田橋《いいだばし》駅近くで乗り捨てた」

「警察庁の首席監察官は風早尚純《かざはやひさずみ》だったかな」

「ああ、そうだよ。四十三歳だったかな。難波警視正の先輩キャリアだよ。その風早首席監察官の指令で、難波さんと矢作さんは暴力団に億単位のカンパをさせてたんだ。総額で三十億円近く裏金用の銭をせびったはずだよ。それから、『地虫の会』という警察ＯＢのグループからも、同じぐらいの額を吸い上げた」

「警察庁の首席監察官は確かに要職だが、黒幕という器《うつわ》じゃない。難波や風早の後ろに、もっと大物が控えてるはずだ」

「矢作さんの話によると、ビッグボスは警視庁副総監の折方達巳警視監だって話だったよ」

　若林が言った。

　畔上は我が耳を疑った。折方副総監が黒幕などということは考えられない。難波と風早は真の首謀者を庇《かば》うため、折方に濡衣を着せることを思いついたのだろう。

「副総監は次期の警視総監のポストを狙ってるとかで、どうも点数を稼ぎたいみたいだな。警視庁と警察庁に五十億円ずつの裏金をプールしたがってるらしい。警視庁と警察庁のキャリア組を味方につけたいんだろう」

「折方副総監は、そんな方じゃない。難波や風早を操ってる黒幕は、別の警察官僚にちがいないよ」

「でも、矢作さんは難波警視正から直《じか》に聞いたと言ってたがな」

「おおかた難波と風早は首謀者まで捜査の手が伸びることを恐れて、折方副総監に罪を被せようと嘘をついたんだろう」

「そうなのかな。ところで、おたくは本当に自分を逃がしてくれるの？　とか言ってるけど、本当はこっちを逮捕《パク》る気なんじゃないのか。ちょっと不安だな」

「おれは、八木敏宗を殺した実行犯を刑務所にぶち込んでやりたいだけだ。こっちを信用しろよ。急いで『ホテル菊水荘』に行く」

畔上は電話を切ると、すぐさま車を走らせはじめた。

近道を選んで、西巣鴨へ向かう。

レトロな連れ込み旅館を探し当てたのは、二十五、六分後だった。築五十年近く経《た》っているのではないか。外壁のモルタルは、いまにも剝《は》がれ落ちそうだ。

黒塀だけが妙に妖《あや》しい。踏み石は苔《こけ》むしていた。

畔上は『ホテル菊水荘』の黒塀の横にジープ・チェロキーを停め、両開きの玄関戸を開けた。

ややあって、腰の曲がった老女が現われた。女将《おかみ》だった。厚化粧が哀《あわ》れさを誘う。

「うちは素泊まりしかできませんよ。デリバリーの女の子を呼んであげてもいいけど」

「客じゃないんだ。二十代の男がひとりでチェックインしたはずなんだが……」

畔上は警察手帳を呈示した。

「その方なら、もう帰られましたよ。部屋に二時間もいなかったのに、ちゃんと泊まりの宿泊料を払ってね。どんな罪を犯したのか知らないけど、そんな悪人じゃないでしょ？　泊まり賃を値切ったりしなかったんだから」

「慌《あわ》てた様子で出て行ったのかな」

「ええ、そんな感じだったわね。靴を履きながら、『罠だ、罠に決まってる』なんて呟いてたわ」

女将が背筋を伸ばし、両手を腰に当てた。

畔上は礼を言い、外に出た。難波は、まだ職場にいるかもしれない。畔上は四輪駆動車のドアを勢いよく開けた。

5

偽電話をかけ終えた。

畔上は口許を綻《ほころ》ばせた。難波警視正は、まだ職場にいた。

あと数分で、午後十時になる。

畔上はジープ・チェロキーの運転席から、本庁舎の通用口に目を向けていた。難波の動きを探《さぐ》り、場合によっては痛めつける気でいる。

チャチャイが逮捕され、逃亡中の若林も身柄を確保されるかもしれない。若林が犯行の一部始終を自白したら、当然、捜査当局は難波と風早に迫る。参謀格と思われる難波たち二人は何らかの手を打つため、どこかで密かに会うのではないか。

畔上はそう推測し、通用口の近くで張り込む気になったのだ。

難波が通用口から出てきたのは、十時五分過ぎだった。すぐにタクシーを拾った。

畔上は、難波が乗ったタクシーを追尾《ついび》しはじめた。

タクシーは桜田門から日比谷を抜けて、そのまま晴海《はるみ》通りを直進している。築地《つきじ》の料亭で、風早警視監と落ち合うことになっているのか。警察庁の首席監察官クラスになると、官費で料亭を使える。

読みは外れた。難波は、三原橋《みはらばし》交差点の先でタクシーを降りた。ワンメーターの距離だった。難波は横断歩道を渡って、晴海通りの反対側の車道の端にたたずんだ。

別のタクシーに乗り込む気なのだろう。タクシーを乗り換えるのは、行き先を誰にも知られたくないからではないのか。どうやら難波は風早と落ち合って、善後策を練るつもりらしい。

畔上は四輪駆動車をいったん脇道に入れ、晴海通りの反対車線に入った。まだ難波は空車を探している。畔上は、難波の三十メートルほど後方で車を路肩に寄せた。手早くヘッドライトを消す。

そのすぐ後、難波がタクシーを停まらせた。慌《あわ》ただしくリアシートに乗り込む。

タクシーが走りはじめた。

畔上は、ごく自然にジープ・チェロキーを発進させた。

タクシーは警視庁本庁舎の前を通過し、国会議事堂を回り込んだ。紀尾井町《きおいちょう》を抜け、四谷《よつや》交差点を左折した。しばらく新宿通りを走って、新宿御苑前《ぎょえんまえ》を右に折れた。

新宿二丁目だ。あたり一帯には、ゲイバーが軒《のき》を連《つら》ねている。同性愛者たちの聖地として知られている地域だ。

付近はハッテン場と呼ばれ、夜ごとゲイたちが通りや公園でパートナーを探している。日本人だけではない。外国人男性の姿も見かける。数こそ少ないが、レズビアンバーもある。

ゲイバーの周辺には、ゲイ専用のラブホテルが点散しているはずだ。異性にしか興味のない男女も好奇心に駆られて、ゲイバーを覗いたりしている。

そうしたノンケの客の入店を断るゲイバーもあるが、商売っ気のある経営者は拒んだりしない。最近は、そういう店が増えたようだ。景気が悪いせいか。

タクシーが停まった。

『アポロン』という店の前だった。店名から察して、ゲイバーだろう。難波がタクシーを降り、弾んだ足取りで『アポロン』に入っていった。

畔上は、『アポロン』を見通せる場所に車を停めた。

ヘッドライトを消し、ロングピースに火を点ける。二口《ふたくち》ほど喫《す》ったとき、パワーウインドーが軽く叩かれた。

車の横に中性的な容姿の若い男が立っていた。二十一、二歳か。うっすらと化粧をしている。

畔上はパワーウインドーを下げた。

「何だい？」

「あなた、ナイスガイね。好みのお相手は見つかりそう？」

「そうじゃないんだ。幸か不幸か、おれにはそっちの趣味はないんだよ」

「別に隠さなくたって、いいじゃないの。異性愛だけが恋愛じゃないわけだからさ。ワイルドな感じだから、自衛官かしら？　それとも、警察官？　どっちも案外、隠れゲイが多いのよね」

「そうなのか」

「知らないの⁉」

「ああ」

「ごめんなさい。やだ、勘が鈍《にぶ》っちゃった」

相手が口許に手を当て、身をくねらせた。

「小遣い稼ぎたいと思わないか？」

「おフェラなら……」

「早とちりするな。そっちに教えてもらいたいことがあるだけだ。情報料として、五万払うよ」

「本当に？」

「ああ」

畔上は助手席側のドア・ロックを外した。

中性的な男が車内に乗り込んできた。体から甘ったるい香りが漂ってくる。香水の匂いか。

「サリーって呼んで」

「女役だな?」

「そう。何を知りたいの?」

「少し前に『アポロン』に入った男を見たかい?」

「ええ、見たわよ。警視庁のキャリアの難波さんでしょ?」

「そうだ。彼はゲイなんだろ?」

「ゲイ道まっしぐらよ。『アポロン』で彼氏のスポーツインストラクターと待ち合わせて軽く飲んでから、いつもホテルに……」

「そうなのか」

「あなたも警察関係なんだ?」

「おれはフリーライターだよ。警察官僚《キャリア》たちの私生活をルポ記事にまとめるんで、取材中なんだ」

「そうなの。だったら、喋っちゃおうかな。警察庁の偉いさんも、よく二丁目に遊びに来てるわよ。その彼は妻子持ちだから、いわゆる両刀遣《づか》いよね」

「バイセクシュアルの男は、首席監察官をやってる風早尚純のことなんじゃないのか？」

「ビンゴ！　東大法学部出身のキャリアよ。一度、彼に抱かれたことがあるけど、両刀遣いにはのめり込めなかったわ。男一本槍の人たちとは、どこか違うのよ」

「そうだろうな。難波の彼氏のことを教えてくれないか」

畔上は五枚の一万円札をサリーに手渡した。

「わっ、嬉しい！　難波さんの彼は穂高譲司《ほたかじょうじ》という名で、確か二十七歳だったと思う。六本木の会員制スポーツクラブで働いてるの。筋肉マンだけど、シルエットはすっきりしてるわ。均斉がとれてるのよ」

「そうか。風早には特定のパートナーがいるのか？」

「風早さんは摘《つま》み喰《ぐ》いしてるだけで、決まったベッドパートナーはいないはずよ」

「そう。いい情報をありがとう」

「もういいの？　なんか悪いな。しゃぶってあげてもいいけど。どうする？」

「せっかくだが、ノーサンキューだ」

「百パーセントのノンケなんだ。それじゃ、お小遣い貰っちゃうね」

サリーが片目をつぶり、四輪駆動車から降りた。

畔上は、パワーウインドーのシールドを上げた。難波と風早は癖のある性的嗜好《しこう》を真の黒幕に知られ、裏金作りを命じられたのではないのか。二人が出世したくて、共謀したとは考えにくい。

難波と風早を操っていたのは、警察庁長官か警視総監のどちらかなのか。ほんの一瞬だが、そんな疑いも畔上の脳裏を掠《かす》めた。

しかし、それぞれトップまで昇り詰めた警察官僚が汚い手を使って、難波と風早に裏金を調達させるなどということはあり得ないだろう。

そもそも二人のキャリアが広域暴力団や宮路重人から吸い上げた巨額は、警視庁や警察庁の裏金に充《あ》てられるのだろうか。そういう名目で汚れた金は集められたが、使途《しと》目的は別だったのかもしれない。

正体不明の黒幕は大きな負債を抱え、その返済を迫られていたのではないか。そして、弱みのある難波と風早にもっともらしいことを言って、数十億円を工面させたとは考えられないだろうか。

畔上は、あれこれ推測しつづけた。

『アポロン』から難波が現われたのは、十一時二十分ごろだった。ひとりではなかった。大柄な二十七、八歳の男と連れだっていた。スポーツインストラクターの穂高だろう。

二人は腰に手を回し合うと、急ぎ足で歩きはじめた。

畔上はそっと車を降り、難波たちの後を追った。二人は、三つ目の辻から暗い裏通りに足を踏み入れた。路《みち》の奥にはゲイ専用のラブホテルがあった。

突然、二人は足を止めた。

暗がりだった。男たちはひしと抱き合い、唇を貪《むさぼ》り合った。舌も絡め合っている様子だ。

畔上は、さまざまな恋愛があってもいいと考えている。しかし、男同士のディープキスを見て、思わず難波たちから目を逸《そ》らしてしまった。

二人は手を繋ぎ、また歩きだした。

ほどなくラブホテルに達した。畔上は、二人がホテルのエントランスロビーに入る前に大声で難波の名を呼んだ。

難波が反射的に振り向いて、棒立ちになった。驚きが大きく、とっさに逃げる気も起こらなかったようだ。

「あんた、誰なんだ？」

穂高が前に踏み出してきた。顔つきが険《けわ》しい。早くも両の拳《こぶし》を固めている。

「二人が熱いくちづけを交わしたシーンを拝ませてもらったよ」

「何者なんだよっ」

「警視庁の者だ。そっちは穂高という名で、六本木の会員制スポーツジムのインストラクターだよな？　難波警視正の彼氏でもある」

「そ、そこまで……」

「難波警視正に訊きたいことがあるんだ。そっちは消えてくれ。去る気がないんだったら、ゲイだってことを職場の同僚たちに言い触《ふ》らすぞ」

「好きにしろ！　同僚の多くはわかってるよ。あんたこそ、早く失《う》せろ」

「殴り合ってもいいぜ」

畔上は言った。

穂高がファイティング・ポーズをとった。と、難波がスポーツインストラクターに小声で何か言った。

穂高は畔上を睨《ね》めつけると、小走りに走り去った。畔上は難波の前に進み出た。

「そっちの性癖だけじゃなく、警察庁の風早首席監察官が二刀流だってことも調べ上げた」

「えっ」

難波が絶句して、視線を目まぐるしく動かした。顔面は引き攣《つ》っている。

「そっちと風早は一連の事件の首謀者に変わった性的趣味を知られ、首都圏の広域暴力団や『地虫の会』の宮路会長から警視庁と警察庁の裏金用のカンパ金を吸い上げろと脅迫されたんじゃないのか？」

「畔上さん、なんの話をしてるんです？」

「観念しやがれ！」

畔上はステップインして、アッパーカットで難波の顎《あご》を掬《すく》い上げた。骨が派手に鳴った。難波は後方に引っくり返り、両脚を浮かせた。不様だった。

「腸《はらわた》が血袋になるまで蹴ってやろう。歯を喰《く》いしばれっ」

「や、やめてください。ぼく、子供のころから暴力は苦手なんです。一度も殴り合いの喧嘩をしたことがないんですよ」

「学校秀才は、どいつもひ弱だからな」

畔上は嘲笑し、上着のポケットに右手を突っ込んだ。さりげなくＩＣレコーダーの録音スイッチを入れる。

難波が肘《ひじ》を使って、上体を起こした。口の端から血が流れている。パンチを受けたとき、舌の先を噛んでしまったのだろう。

「もう一度訊く。難波、おまえと警察庁の風早首席監察官は先輩のキャリアの誰かにゲイであることを知られ、首都圏の暴力団と『地虫の会』から巨額のカンパを集めろと脅迫されたんだな。おまえらは警察の裏金にするという名目で、汚れた金を吸い上げた。集金係は矢作だった。逃亡中の若林には、いろいろ下働きをさせたんだよな?」

「えーと……」

「ごまかすな。はっきり答えるんだっ」

「そうです。ぼくと風早さんはスキャンダルを暴露されたら、一巻の終わりだと思ったんで、大先輩の脅迫に屈《くっ》してしまったんですよ」

「黒幕は誰なんだ?」

「国家公安委員会のメンバーのひとりである吉岡繁之《よしおかしげゆき》さんです」

「元警察官僚で、警察大学校のトップを務めた吉岡だな?」

「ええ、そうです。吉岡先輩は勇退後、実弟に経営を任せてた父親が創立した薬科大学の理事長になったんですが、資金繰《ぐ》りに困ってたんですよ。それで後輩キャリアの風早さんとぼくに警察の裏金作りだということにして、闇社会や『地虫の会』から億単位のカンパをさせろと命じたんです。絵図を画《か》いたのは、すべて吉岡先輩です」

「八木敏宗を殺《や》った実行犯は？」

「元ＳＡＴ《サット》隊員の肥後道則《ひごみちのり》という男です。三十二だったと思います。吉岡さんが八木君を抹殺させたんです。八木君は我々の陰謀に気づいたようなんで、『共栄産業』の名で彼の銀行口座に五百万円、吉岡さんが振り込んだんです。でも、そのミスリード工作はうまくいきませんでした。八木君は首謀者が吉岡さんだと見破ったようで、『共栄産業』名義で振り込まれた五百万円を吉岡宅の庭先に投げ込んだんです。それで、もう彼を生かしておくわけにはいかないということになって……」

「そうだったのか。日比谷公園で矢作を始末したのも、元ＳＡＴ隊員の肥後なんだろっ」

「そうです。やはり、吉岡さんが指示したんです。逃亡中の若林も、そのうちに肥後に消されるでしょう」

「仁友会の瀬戸まで葬ったのは、なぜなんだ？」

「人事一課監察に密告電話をしてきたのは、瀬戸弘也だったんです。そのことは、矢作が突き止めてくれたんですよ」

「瀬戸の電話を取ったのは、八木だったんだな？」

畔上は訊いた。

「ええ、そうです。密告電話をかけてきた瀬戸は、八木君にカンパ金を集めてる矢作の背後に警察の上層部の人間がいるようだと言ったんだと思います。それで八木君は、ぼくにも直属の主任監察官にも密告《タレコミ》のことは言わなかったんでしょう」

「そうなんだろうな。八木殺しに宮路が関わってると見せかけたかったんで、若林は『共栄産業』のワゴン車をかっぱらって、前橋でわざとおれの前を走り抜けたんだろ？」

「ええ、そうです。吉岡さんは畔上さんが真相に迫ったら、大変なことになると焦《あせ》って、風早さんとぼくに何とかしてくれないかと言ってきたんです」

「で、おまえら二人は矢作を介して、若林を八木の実家に行かせたってわけか」

「ええ、そうです。若林は畔上さんを利根川沿いの雑木林に誘い込んで、肥後に狙撃してもらう段取りだったんですよ。ですけど、近くに地元の者がいたんで、諦めたわけなんです」

「そうだったのか。モーターボートを操縦してたのは、肥後って奴だったんだな？」

「そうです」

「肥後は元ＳＡＴ隊員だという話だが、どうして殺し屋みたいなことをやってるんだ？」

「彼は、人殺しが好きなんでしょうね」

難波が言った。

「人殺しが好きなんじゃないかだって!?」

「ええ。肥後はＳＡＴ隊員だったとき、社長令嬢を人質に取ってホテルの一室に籠城《ろうじょう》してた誘拐犯と銃撃戦の末、相手を射殺したんです。左の肩口に被弾して、思わず犯人の眉間《みけん》を撃ち抜いてしまったんです」

「過剰防衛だな」

「ええ、そうですね。そのことを問われて、肥後はＳＡＴにいられなくなったんですよ。退職してからは、吉岡さんのお抱え運転手をしてたようです。六十四歳の父親が、吉岡さんと中学校で同級生だったらしいんですよ。そんなことで、吉岡さんは肥後の面倒を見てやってたみたいですね」

「面倒を見てやってたんじゃなく、殺人マシンとして使う肚《はら》だったんだろう。現に吉岡は、肥後に八木、瀬戸、矢作を始末させた。そのうちに若林だけじゃなく、おまえと風早も葬らせる気でいるにちがいない」

「そ、そんな⁉　ぼくと風早さんは不本意ながらも、吉岡先輩に全面的に協力してきたんですよ。ぼくら二人を抹殺させようなんて思わないでしょ？」

「学校秀才は甘いな。吉岡は、おまえら二人を利用しただけさ」

「でも、吉岡先輩は風早さんとぼくが将来、警視総監か警察庁長官になれるよう根回しをしてやると約束してくれました。吉岡さん、キャリアの後輩の面倒見はいい方なんですよ」

「大甘だな。風早首席監察官も、そう思ってるのか？」

「ええ、多分ね」

「二人とも学校の勉強はよくできたんだろうが、頭そのものはそれほどよくないな。よく考えてみろ。吉岡は薬科大の経営を安定させたくて、狡《ずる》い手段で暴力団や『地虫の会』の会長から汚れた金をせしめたんだぜ。おまえや風早を脅迫してな。同じキャリアだが、吉岡は後輩を守《も》り立ててやろうなんて、これっぽっちも思ってやしないさ。国家公安委員は私利私欲の権化《ごんげ》なんだろう。おまえと風早は世間体を気にしてビビってるから、吉岡にまんまと利用されたんだよ。いい加減に目を覚ませ！」

　畔上は言い放って、ＩＣレコーダーの停止ボタンを押した。それから、彼は折方副総監の携帯電話を鳴らした。スリーコールで、通話可能状態になった。

「夜分に申し訳ありません。捜査本部事件に片がつきました。一連の事件の首謀者は、国家公安委員の吉岡繁之、六十四歳でした。アンダーボスは、警視庁の難波首席監察官と警察庁の風早首席監察官でしたよ」

畔上は、経過をつぶさに伝えた。

「なんてことなんだ。最悪な結末じゃないか。これで、警察の威信《いしん》は地に墜《お》ちたな」

「ええ、そうですね。これを機会に、膿《うみ》を徹底的に絞り出しましょうよ。ゼロからの再出発です。取りあえず難波の身柄を確保しましたんで、新沼理事官をこちらに寄越《よこ》していただけますか。いつものように理事官に犯人《ホシ》を捜査本部に引き渡していただきたいんですよ」

「わかった。現在地を教えてくれ」

折方が促《うなが》した。

畔上は逃げる素振りを見せた難波に横蹴りを見舞ってから、副総監の質問に答えた。

一週間後の夜である。

畔上は『エトワール』で、原圭太と飲んでいた。元ＳＡＴ隊員の肥後は五日前に都内で逮捕され、八木、瀬戸、矢作を殺害したことを認めた。殺しの依頼人が国家公安委員の吉岡繁之であることも自供した。

その翌日、吉岡は殺人教唆《きょうさ》容疑及び恐喝教唆容疑で検挙された。すでに身柄を確保されている難波と風早は吉岡に脅迫され、死んだ矢作に恐喝をさせていたことを白状した。

失踪中の若林が横浜のデパートの屋上から身を躍《おど》らせたのは、三日前の夕方だった。逃げ切れないと判断し、元警官は自ら命を絶ったのだろう。

スポットライトが白いグランドピアノを照らしだした。

佐伯真梨奈がマル・ウォルドロンの名曲『レフト・アローン』の前奏を弾きはじめた。しかし、なかなか歌いだそうとしない。

畔上《こほ》は真梨奈を見た。円《つぶ》らな瞳は涙で大きく盛り上がっている。いまにも、涙の雫《しずく》が零れそうだ。

「選曲がまずかったな。頭に『レフト・アローン』を選んだら、どうしても死んだ瀬戸弘也のことを思い出しちゃうのに」

原が心配顔で低く呟いた。

愛《いと》しい男性が急死し、まさに真梨奈は独りぼっちになってしまったという気持ちなのだろう。彼女が感傷的になっても仕方がない。

だが、真梨奈はピアノの弾き語りのプロだ。辛いだろうが、ホステスや客の前で醜態は晒《さら》してほしくない。畔上は真梨奈の心中を察しながらも、彼女に歌いだしてもらいたかった。それでこそ、プロではないか。

前奏が、また繰り返された。客たちがざわつきはじめた。

そのとき、男運のよくないチーママの律子がピアノの横に立った。三十九歳だが、若々しい。

律子が真梨奈に目顔《めがお》で何か告げ、アームマイクに手を伸ばした。真梨奈の代わりに歌う気になったようだ。律子は気立てがよかった。店の従業員たちには慕われていた。

真梨奈が笑顔で律子を目で制して、ファーストナンバーを歌いはじめた。

もう瞳は潤《うる》んでいなかった。そっと涙を拭ったのだろう。店内に拍手が鳴り響いた。

だが、すぐに静まり返った。

「ちょっと時間がかかるだろうが、彼女は自力で悲しみのトンネルを抜けられるよ。原ちゃん、大丈夫だって」

「そうみたいだな。真梨奈ちゃんが明るさを取り戻すまで、二人でせっせと店に通ってやりましょうよ」

「ああ、そうしよう」

畔上はロックグラスを傾けた。

歌声が高くなった。伸びやかな声だった。情念が込められている。

畔上は足でリズムを刻みはじめた。半《なか》ば名曲に酔い痴《し》れていた。真梨奈の歌唱力は抜群だった。掛け値なしの歌姫だ。

畔上は、いつまでも『レフト・アローン』を聴いていたかった。

ツーコーラスに入ったとき、畔上は真梨奈と目が合った。彼女は畔上を睨《ね》めつけてきた。当分、閉ざした心を開いてはくれないだろう。

畔上は落胆しなかった。それどころか、何やら嬉しかった。この先も、ずっと『エトワール』に通いつづけられる。できることなら、何年も償《つぐな》いつづけたい。そのうち真梨奈の気持ちがほぐれることを願う。

畔上は、真梨奈の横顔にほほえみかけた。

二〇一一年十一月徳間文庫刊
(『覆面刑事』を改題)

本作品はフィクションであり、実在の個人・団体とは一切関係がありません。(編集部)

実業之日本社文庫　最新刊

実業之日本社文庫 み74

特命警部《とくめいけいぶ》

2017年2月15日　初版第1刷発行

著　者　南《みなみ》 英男《ひでお》

発行者　岩野裕一
発行所　株式会社実業之日本社
〒153-0044　東京都目黒区大橋 1-5-1
クロスエアタワー8階
電話 [編集]03(6809)0473 [販売]03(6809)0495
ホームページ　http://www.j-n.co.jp/
印刷所　大日本印刷株式会社
製本所　大日本印刷株式会社

フォーマットデザイン　鈴木正道（Suzuki Design）

ISBN978-4-408-55343-6（第二文芸）